春歌

赵殷 ◎ 著

春风文艺出版社

·沈 阳·

图书在版编目（CIP）数据

春歌 / 赵殷著 . —沈阳：春风文艺出版社，
2024.1
ISBN 978 - 7 - 5313 - 6505 - 1

Ⅰ . ①春… Ⅱ . ①赵… Ⅲ . ①散文集 — 中国 — 当代
Ⅳ. ①I267

中国国家版本馆 CIP 数据核字（2023）第 153479 号

春风文艺出版社出版发行

沈阳市和平区十一纬路 25 号　邮编：110003
辽宁新华印务有限公司印刷

责任编辑：刘晓欢		助理编辑：周珊伊	
责任校对：陈　杰		封面设计：鼎籍文化　隋治	
印制统筹：刘　成		幅面尺寸：155mm × 230mm	
字　　数：220千字		印　　张：17	
版　　次：2024年1月第1版		印　　次：2024年1月第1次	
书　　号：ISBN 978-7-5313-6505-1			
定　　价：68.00元			

自 序

在这本书中，我将不可避免地要说一些散文的话题，这也是为什么把这本散文集取名为《春歌》的原因。首先是受了南宋慧开禅师"平常是道"的影响，直接采用了禅师的诗偈《春歌》。另一个原因是出于对父亲的怀念。父亲去世五年后，一个春日阳光明媚的午后，我在办公室阅读《洛夫诗全集》，读到《边界望乡》中"当雨水把莽莽大地，译成青色的语言"，那一瞬，仿佛有种感应从遥远的家乡，父亲长眠的那片土地传导而来。我合上先生的诗卷，在电脑上写下了《春歌》，那情景就像跟父亲在梦里见了一次面，聊了一会儿天。

今年正月二十八日深夜，大姐因病去世，我悲伤的心情无法平静。每天早晚，独自在白龙江边走来走去，看着远处江心洲能站一整天的鸬鹚，以及它们傍晚踏水起飞回家的情景，看着看着，鸬鹚们飞翔的身影，在我的泪眼中幻化为大姐的身影。阳光下孤独的白鹭，突然从江岸起飞，留下一江水的倒影，飞向江水的另一头，那个我再也看不到的另一头，就像我再也见不到的大姐。我太想念大姐了，看什么都是大姐，走路遇到一块小石子，看上一会儿也会变成大姐的模样。大姐无时不在，我便去菜市场买来早春的野菜，模仿大姐的动作择菜、焯菜、冷冻，把家里的冰箱装得满满的。这样，我就觉得真的见到了大姐。大姐生前，每年春天她就是这样用一整天一整天的时间择野菜，焯水后冷冻装满家里的冰箱、冰柜，到了冬天，给父母、弟弟、妹妹、亲戚们，一袋一袋地捎去，年复一年。

这本书写的多是小人物的生活状态和命运，在我的认知里，小人物更具个人特质，他们的生活决定了他们才是各种对立矛盾的结合体，无论怎么写怎么表达他们都是真实鲜活的。长期以来，我关注他们，以小人物的生活为主题，并以此决定自己的书写方式。我写他们无须技巧，不用构思，更谈不上谋篇。我天赋欠缺，不是只依靠努力就能写出构思恰切的文学作品。所见即所写，觉得有意义就认真记录。写作自然不是随意的，是要覆盖广大的人民生活及瞬息变化的生活万象，凝练出令人感动的生活意境。譬如：愉悦、悲怆、幸福、痛苦、满足、遗憾、信任、欺骗，这些生活中随时都会发生的生命体验，纷纷走进我的视野，被我看见，被我发现。看见与发现之间，存在令我感动的细节或让我思考的现象，我都会用心记录。记录的过程让我学会思考，学会对待生活，学会难能可贵的内省。

在我的散文写作中，我只对题材负责，对事件发生的情景与结局有所担当。譬如：《菜市场》里的小兰、杨桃，《碾麦场》里唱秦腔讨饭吃的女人，《老费》里花光积蓄却买到假货的老费，《你的眼神》中的傻女孩，《春歌》里的父亲，《冻桐子花开》里失去爱子再也唤不醒的婆婆，《醉花阴》里的书桐，"固城养老院"里的帅叔、瓜子、猎人叔、瞎叔兄弟、槐花阿姨、刘杰，等等。我希望有人读到他们悲剧的人生能心生怜悯，也希望可以凭借文字的力量阻止其他悲剧的发生。

我是一个活在自己世界里的人，我拎着自己的世界，在小城生活工作，每天走着同样的路，看四季不同的风景，热爱大自然胜过读书写字。大自然永葆无法复制的独特，而书籍多少都有重复。若有非去不可的社交活动，那对我将是一种精神上的折磨。由于写不好，我很少给文学刊物投稿，除非不得已而为之。我的写作原则是作品里要有我在，我在文本里也在现场，我就在这场事件里游走穿梭，让整个事件立体地呈现在读者面前，形成一种更有生活气息的文学氛围。对于写作，我偏爱朴素，能接受庸俗。"因为生活本来就是庸俗的"（毛姆语）。

谈到散文观，我的生活观就是我的散文观。我做不到写作时的"忘我"境界，也达不到对民间生活"有我"的自觉审视。我只是一个茫茫人海里微小如尘埃的记录者，采用"记录"的方式写作，更多的是期望自己能包容，能在纷繁浮躁的世界觅得一方安宁，在生活里做真实的自己，在文学中书写清晰明澈的人生心迹。

时值惊蛰，由春风文艺出版社出版《春歌》，就像春风吹过大地，山河清新，生命蓬勃，爱恒久绵长。

2022年惊蛰

目　录

搬　家

一

20世纪90年代初期，时任成县县委书记的正雨，是一位具有文学情怀的儒官，呼吁办起了纯文学刊物《同谷》，召开高层次大型文学笔会，并在全国范围内举办"同谷"散文大奖赛。加上具有悠久传统的书画创作也风生水起，成县一时成为西北甘肃的一块文化热土，急需文学编辑人才。在陇南教育学院任教的王怀钦，才华横溢，对国学、外国文学、人类学均有涉猎，不断在知名刊物发表小说、散文作品。正雨先生以王怀钦为主将，同时把成县红川镇小学老师、文学爱好者陈志杰调到文化馆，把在文县二中教数理化、已发表一些诗歌作品的毛树林调到成县文联，和对书法、古诗词研究颇深的文化局副局长陈庭栋一起编辑《同谷》杂志。《同谷》肩扛先锋旗帜，这在社会急剧转型，商品经济大潮冲击不断，纯文学、通俗文学并存的特殊时期，《同谷》掀起的具有挑战性和超越性的文学浪潮，在西北偏僻的小县城里引起不小的震动。

1993年正月十六日，我们迎着这股扑面而来的社会转型风潮，从文县碧口镇搬往成县。

起程的前一晚，正在与家住碧口镇的许彤女士谈婚论嫁的成县师范讲师高天佑，把自己在师范学校单人宿舍的钥匙递给树林说："你俩到成县住我的宿舍，想住几天就住几天，跟自己的家一样。"天佑与树林都热爱诗歌，初次见面便因为对文学的共同爱好而深信对方。

我们的全部财产是一纸箱书籍，一纸箱锅碗瓢盆，一辆旧自行车，一床棉被。第二天早晨，乘班车到武都县，同学彩霞送我们一小袋大米，她说你们到成县就要开灶，拿上吧。班车上人多，大米只得放在过道，过往乘客踩破米袋，雪白大米撒落车厢，那场景在我心里生下了拔不掉的根。

我已怀孕八个多月，年轻加上生活的艰难，让我将怀孕这等人生大事忽略得几乎不存在。清晨五点半乘车，风雪交加，一路颠簸，十几个小时后到成县已是凌晨，自行车后座一边架一纸箱，中间驮被褥，树林推车在前面走，我跟随其后。

1993年正月里的成县，基本看不到红红火火的年味儿，倒是寒冷犹存。我俩从老车站走到成县师范，深夜安顿下来，饭馆都已打烊，树林出去循着饭馆的牌子挨家挨户敲门，买来两碗白天没有卖完的馄饨，店主让拿回去自己煮，一只装馄饨的土巴碗押金6块钱。第二天早晨，要把碗还回去取押金时，却怎么都想不起是哪一家饭馆。那6块钱，在我心里沉浮很久才被时间忘记。

两天后，树林送我回到礼县老家。不久，他就搬进县委统一租赁的南河桥边的小楼里。县委办公室分给他一间8平方米的房子，楼房还没有通电，渴了就只能下楼接碗自来水喝，他就这样独自住了半年多。

一个多月后的植树节，我在老家生下儿子。

正雨先生闻讯捎来两桶奶粉和100块钱，高天佑和王怀钦亲临礼县看望我们母子，时任甘肃劳动厅处长的张先生，也是因为爱好文学而结识，给到兰州开会的树林带来500块钱。多年来，有很多次，我想带着儿子当面去说声感谢，都没有找到他的联络电话，几经查询，方知他们举家搬往广州。

同年10月，树林一次性地补发了1000多块钱的工资，他用300块钱买了一张床，60块钱买到一条大红色的绣花床罩，向单位借来办公桌，买了一个800瓦的电炉子。做好这一切后，他兴高采烈地来礼县接我和孩子，说他布置的房子，因为60块钱的大红绣花床罩变得金碧辉煌。

11月8日下午我们来到成县，带着父母给的案板、擀面杖，一套棉被，一条毛毯，两个枕头，一条床单，和树林上大学用过的棉被加起来就是两套。怀钦、小花夫妇送来一整套餐具，这个家就什么都不缺了。

小楼修建得极为结实，但是因为地方的局限，小楼夹在矿管办的办公大楼与几栋居民的瓦房之间。小房子里靠墙支张双人床，床头支张办公桌，靠窗放一小案板，门后放只文化馆馆长张建文借给我们的沙发，另外一只放在阳台。

剩下的空间不到2平方米，做饭的电炉子就只能放在门外的窗台上面。

小楼三天两头停电，电量本来就小，做饭就是受罪。冬天，紧挨床生煤炉子，因为房子小，倒是十分暖和。有月亮的夜晚，月光充溢小屋，炉里的火苗呼呼上蹿。我们盘腿坐着唱歌，那首《其实你不懂我的心》，常常在月光下面绕梁低回。树林的声音磁性动听，他的歌声让我们忘记一切，我和孩子总是惊喜地笑出声。隔着高高的玻璃窗，看见房檐下的电线上面，几只燕子长长的尾巴，在夜光中摇摆跳动，月光落在它们身上。我告诉孩子："那些生灵，那些站在电线上面睡觉的小燕子，都是我们的歌声唤它们来的。"孩子扬起小手朝窗外拍打，却不慎打疼自己的脸哭起来。

初来乍到，没有同学，没有朋友，正雨先生在他的办公室亲自炖羊肉招待我们。饭间，他一直抱着我儿子，儿子撒尿，打湿他的衣裤，他说没啥，继续与大家聊文学，聊人生。之后，在8平方米的小房间，我们邀请正雨先生吃火锅。屋内只有一只沙发，正雨先生坐，其他人坐床边。在狭小的空间，不多的几样菜品，在蜂窝炉不能控制火力的状况下吃火锅，先生却总在赞叹菜香，好吃。

社会遭遇转型，一群低调又高调、挚爱艺术的文化人与我们同在小县城，为我们孤独的生活增添了许多快乐色彩。同年，成县从政府、县委到各行各业取消分房规划，职工住房改为商品房进入市场。没有房子的年轻人购房的路径只有两条，向亲属朋友借或从银行贷款。在这样的大形势面前，鸡峰山下的这帮文化人措手不及，苦苦寻找写作突破口的同时也在寻找赚钱机会，他们像一群迷途的旅人，在跨年的夜晚，怀揣对文学的酷爱和对金钱的渴望走进1994年。

后来，我们相继结识了陇上著名画家雷春、杨立强、张遵铭，书法家刘九畴、包步洲、陈庭栋、刘甄翔，文物古迹研究学者张建文，小说、散文、诗歌兼容的陈志杰、张珏，泥塑高手陈春霖，摄影家费昌祥等。几乎每个周末，王怀钦都会主动约朋友出去游玩，回来总会有人写一首诗歌、一篇随笔或散文，记录当天的见闻和感悟，在饭后谈论一番，启发心灵，赶走寂寞烦乱。

我们是幸运的，鸡峰山下，南河东流，河岸一路抬高，庄稼成荫，果树繁茂，美丽山野包围着8平方米的小屋，于是小屋被我誉为"一个被神灵庇护的温情所在"。夜里，抱孩子到楼台，仰望被夜雾覆盖的渐趋明朗的星辰，嗅闻河流对面山坡林地里散发的泥土草香。重要的是，南河就在眼前，终日唱流淌的歌谣，给简朴生活带来希望。

小楼陆续住进九家人，男人大都在县委各部门上班。只有一楼边上的男人在公安局，女的在县委宣传部。一家姓魏的是县委的老干部，分了两间房，老伴早逝，四个孩子都已成年，一间成了大儿子的婚房，一大家子就挤在另一间房里。大儿媳妇生得白净苗条，在菜市场边开着美发店，美发对象大多为城边上的人，收费低加上到她店里来美发的人少，不到一年就倒闭，之后跟着在广州打工的妹妹走了，似乎再也没有回来。倒是出嫁的女儿三天两头回娘家，给兄弟们做顿饭，打扫一下房子。四个孩子好像都没有正式就业，老父亲身患胃癌多年，为了儿女硬撑着。另一家三口人，儿子上高中，女人是位老师，性格孤僻，肠胃不好，不能坐车，据说从不到公公家去。二楼住三家人，一家将房子租给外人，一家人经常不在，一家为刚结婚不久的小夫妻，吵闹着度蜜月。三楼中间是家住郊区的一位领导的套房，常年空着。边上住户也是穷苦人家，当哥哥的带着小妹妹，乡下父母收完庄稼，将粮食运到儿子家里来，楼道常年堆麻袋，惹得老鼠们结队来做客。妹妹是个本分人，在老家订过婚，未婚夫在部队服役，两人为青梅竹马，妹妹来城里的第二年，男孩突然提出退婚，妹妹哭着恳求我，给她的未婚夫写封信，她不会写字。她哽咽地说，亲爱的东东，接着又叙述一些属于两个人的往事。写完信我的心很沉，也没敢多问她后来怎么样了。

从小屋出发，可以到河流两岸的任何地方去收集快乐，接纳生活中的各种信息，用自己的方式建立心中的小小梦想。

周末到远一些的南山，发现与平常站在小楼望到的南山有很多不同，南山山腰高高低低，类似南方的浪漫风光，初春与初夏完全不同的蘑菇般的松树，秋天与夏季不能比拟的色彩斑斓，冬天独一无二的白雪皑皑，一年年在南山翻新出彩。我们探秘的脚步攀登至鸡峰山高处的化垭村，吃农家妇女用野生馍馍叶蒸熟的馒头，步行至丰泉山核桃繁密的边远村落，与农民聊天，带走他们馈赠的青皮核桃；向东到睡佛寺，漫游秋水长天下成熟的黄豆地，与黄豆地里的妇女谈天说地，讨论鬼的真假难辨；走访修在山间的瓦木房子，邂逅卧在门前树下的大黄狗；到陈院村看半山坡的翘莲一起绽放，深居山中的桃花露出粉色笑靥，杏花越过木篱笆，梨花如雪。

20世纪90年代，一家三口的代步工具就是一辆轻便自行车，它也是我们家最贵重的东西。每次回来，自行车随意放在院中，从不上锁，倒像是小楼大门的门卫般忠诚于我们。可是，有一天，我们要去飞龙峡谷游玩时，发现昨天刚刚大修、听从邻居建议配备了一把漂亮链条锁的自行车不见了。寻遍院外角落，菜市场和更远的街道小巷，都没有那辆自行车的消息。那一刻，我才感到从碧口到成县，又陪伴我们一家人整整两年的自行车，在脑海中"轰"的一声不见了。

站在院内，相对无言，为丢失的自行车沉默，为日渐老去、脱掉颜色，已经是三人世界中密不可分的伙伴的行踪，感到深深的迷茫。

小房子也是文学青年的沙龙。

周末，在成县师范读书的尚建荣、郝伟、陈建云、王永刚、贺朝举等来到小房子，在狭窄的阳台坐成一排，拿出自己写的诗歌、散文，与树林、怀钦讨论、分析，要怎么写诗歌是他们聊不完的话题。有时候，张昭华从抛沙镇下来，谈农村生存状况和富有浪漫情调的未来写作生活。此时，大家的生活都处在同样的贫困线上，在他们谈论写作的时候，我对人生的认识还很朦胧。曾在少女时代写过几个豆腐块的报道，但对于真正的文学创作，我还是一个门外汉。

有月亮的夜晚，住在文化馆的王怀钦家，那里又是一处沙龙阵地。

当时，张建文、陈志杰、陈春霖都住在文化馆。月亮升起来，大家不约而同地来到王怀钦家二楼的阳台喝茶聊天，有时他们喝几杯红川老酒，不觉间将话题引向文学，也聊到赚钱。除却这些有共同爱好的年轻人，县委书记正雨，通读古典文献的陈庭栋，书画家杨立强、张遵铭，吹拉弹唱样样精通、滔滔如流水背诵古诗词的李忠义，气功大师、书法清秀高雅的孙政委，诗人兼考古学者的张剑君，公安作家郭海滨，诗人南寄红，教授诗人马勤学，性格耿直的杂文家王帆棣，亲手揪面片请我们吃的书法家刘甄翔，甚至与文化无关的各行各业的人都参与进来，大家在一起的时光快乐又短暂。就像自行车对我们一家人的承载，友情与成县良好的自然环境似乎掩饰了物质生活的贫困。当生活面对现实，买房触碰低微薪水，快乐刚走一步，焦虑便紧随两步，理想变得虚无缥缈，仿佛整个世界只剩下60后们最后的浪漫与激情。

1994年冬天，树林去江苏拜访朋友，趁他不在家的时间，我倾所有积蓄用999元钱买来一台半自动小天鹅洗衣机，张昭华帮我抬到三楼。为什么要趁树林不在的时候买洗衣机？第一没有钱。第二没有房子。第三个是洗衣服时，要把洗衣机从三楼扛到一楼院中的自来水管前，洗完衣服又要扛上去，而且楼梯狭窄，扛上扛下很费劲。

生活中，某些行为一定会在潜意识里发生意想不到的变化，买洗衣机花掉的钱一直让我耿耿于怀，为了赚回这笔钱，半年后我尝试下海，开起了自己的饺子馆。

后来从成县搬往武都时，我将价格比洗衣机高两倍的冰箱送给了朋友，却将洗衣机用棉被、床单层层包裹，拉到武都，这层层包裹的是我曾经勇敢的心和年轻的憧憬。2006年9月，维修三次后，给我们工作了12年的洗衣机被我送给了家属院门卫老刘。某天下班，老刘说他把洗衣机50元卖给了回收旧电器的人，我的心突然像被针刺了一下。这么多年了，洗衣机仅值50元钱，一顿火锅店的自助餐还要再加6块钱。这笔钱就像初到成县时那只土巴碗的押金，也在我心里沉浮许久。

洗衣机买回来没有地方放，隔壁的老领导中午到小楼休息过几次后，看到我们确实困难，主动把套房的客厅借给我们。因为这间大客厅，我又产生了买沙发的想法，沙发买来后，生活方式没有任何改变，精神世界却悄无声息地发生了变化。

1994年夏天，诗人赵玉虎到成县来看我们，树林特意花6.9元钱买来一瓶地方名酒红川特曲，这是我们到成县，在小楼最奢侈的一次消费。窄小的窗台上摆满各种调料，绿肥红瘦的蔬菜堆放窗台，像一幅抽象画作。800瓦的电炉子炒菜、煮面条，电炉子突然熄火，再用电饭锅接着煮，一碗油泼扯面，就是90年代属于我们的幸福。

这一时期，王怀钦从北京诗人西川手中拿到海子的长诗《弑》，首次在《同谷》杂志发表，师范讲师高天佑一口气读完，一夜写出1000多行长诗《生命之舞》，时间不长，又出版学术著作《西狭颂研究》，老高一时名噪省内外，破格评为高级讲师。没过多久，他又华丽转身为成县分管文化的副县长。

思维敏捷的王怀钦，小说、诗歌、散文齐头并进，散文尤其写得好。当时，大家都静不下来，怀钦一边读书前行，一边在矿山摔打，离开成县以后，仍然在文学与赚钱的路上潇洒书写，笑傲江湖。

不觉尚建荣们即将毕业，我们在阳台做了几个简单小菜，树林买来两瓶酒，为同学们送行。年少的师范毕业生都喝下几杯酒，在狭窄得挪不开脚步的阳台唱歌，朗诵自己写的诗歌，那是90年代最浪漫、最伤感的一天。

三年当中，我们在狭窄阳台接待来自远方的友人，交流彼此的生活信息，相互鼓励，见证矿产开发给南河带来的污染，听河流在夜深人静时发出的呐喊。

1996年深秋，县委不再承担租房费用，九家人一夜之间各奔东西。

张昭华特意从抛沙镇赶来，帮忙租来三辆农用架子车，两辆拉着我们的生活用品，一辆装载书籍，在深秋的晚霞中搬到武家巷。

2005年7月，搜狐网赫然出现以谷童为笔名发表的一部全景式反映自由新闻人生存状态的网络小说《人里面哪有你》，这部半自传体小说的作者就是远走他乡、对文学创作始终坚守不弃的张昭华。他还著有新闻作品《兰州丐帮大揭秘》《盲流村调查》，长篇小说《业余爱情》《猫鬼神》，中短篇小说《别动我的朋友》《神摇》等，作品揭示和反映了社会各个阶层群众的生活百态。

但我们有好多年都没有见过他了。

二

武家巷里的新房东是两位年过七十的老人，类似南桥边的红铁大门，多数时间是关起来的，院墙大门隔离，基本没有机会用眼睛观看邻居们的生活，只能用耳朵聆听。

巷道幽深，小楼瓦房相间，有些房屋建筑还保存着民国以前的建筑风格。住在巷子里的人沿袭先人的生活方式，早出晚归，一日三餐，找风水先生看婚丧嫁娶的日子，为一点小事争得面红耳赤，为邻居迎娶新媳妇倾巢出动。巷里居住着著名书法家包步洲先生，老先生待人和蔼，儒雅脱俗，写得一笔好字，住在巷里的人都有种自豪感，这种自豪波及巷外，形成成县人对文化的普遍认同。我的房东紧挨一家字画装裱店，店主是文化馆的同事，装裱店里收藏着陇南最高水平书画家们的作品，门面装修似有宗教意蕴，令这条城乡混居的深巷有了一种特殊的文化味道。成县多雨，雨后的深巷与农村别无二致，鸡、狗、猪从巷子里走出走进，汽车、摩托车、架子车、自行车从巷子里开出开进。后来发现，巷子表面存留的宁静，和那些雕花瓦屋的门厅，只是一种曾经的生活方式，而真正住在老房子里的年轻人，大多投入火热的倒矿买矿生活。

傍晚，晚霞伴随我们到东河两岸的旷野去，鸽子在河边的树林中盘旋飞翔，在河边闲云野鹤般漫步，与孩子涉水玩乐、塑泥巴人，不知不觉间成为认识一条河流的方式，东河与南河的婉约柔媚相比更多的是奔放豪迈。即使在地球的一个小角落的小县城，河流带来的气息始终影响着人们的生活。

在东河北岸，山峰降低的平原处，晚霞从茂密的林子里投来的光晕里，雄伟的吴挺碑身披夕阳，碑身周围站着形态各异的小石人，在庄稼掩映的安静时光中散发出撼人的力量。

由于石碑过于庞大，螭龙缠绕，夕阳下鳞甲闪烁，我不敢靠近观看，只在远处看了看，便背起孩子匆匆回家。

石碑系南宋抗金名将吴挺的神道碑，其父吴璘、伯父吴玠，其子吴曦三代建功西垂，位列王侯，碑正面顶部为鎏金篆额"皇帝宸翰"，碑文详尽记述了吴挺的家世和他参与的宋金在甘肃境内进行的德顺之战、瓦亭之战、巩城之战等战役，以及其保境筹边的功绩。光宗绍熙四年（公元1193年），吴挺因积劳成疾，卒于兴州（今陕西略阳），葬于成州（今成县），终年55岁。但又由于吴曦叛国投金，吴家80年来积累的荣耀功勋毁于一旦。吴挺碑就这样在荒野矗立了800多年。读完这段历史，顿感那天的失礼，特意在一个晴好的日子，专程前去拜谒。走到那片庄稼前，蓦然发觉吴挺碑在太阳的光辉中，栩栩如生的螭龙和站在地上的石人，在树木投下的光影里攒动，乱箭穿梭，利刃撞击。当一切幻觉停下来，我踏上归途，频频回首，顿感朝觐英雄，仍然要具备承受历史之厚重的能力。

当"承受"这个词语突然从胸腔迸出，武家巷接二连三的事件频频发生，矿山赢利，拆除瓦房修建楼房的人家逐日增加，巷道沙石、砖头堆积，俨然建筑工地。但大多没有先期投资，靠种地、种菜生活的农民，依旧"穷"字当头。

秋季开学的傍晚，一墙之隔的邻居家里突然哭声大作，直到深夜还能听见女人的哀号声，哭声延续一天一夜，后来才知道是为了97元钱。

小学四年级的大女儿，拿着母亲卖菜得来的97元钱，高高兴兴到学校去报名，等她报名时，发现包里的钱不见了。11岁的小姑娘，发现钱丢了，一路哭着跑回家。父亲听到女儿哽咽着说完，不容分说，几个耳光甩向女儿的脸，小儿子不知所措地哭着，一时间天昏地暗，好像天要塌了。

女儿跪下劝爸爸不要打，我去把钱找回来；抱住妈妈劝妈妈别哭了，我去把钱找回来。说完跑出大门，边跑边哭，那模样就像一个疯子。

一家人哭闹一天一夜，钱还是没有找回来。第二天，哭声停止，一家人昏睡一天，第三天，后院冒出炊烟，房东大娘指着升上半空的白色炊烟说："今天搭火做饭了。"

事后，姑娘的妈妈到巷子深处的私人诊所输了三天补充能量的液体。女儿被爸爸打肿的脸半个月后还是青一块紫一块。

这件事后，我渴望离开武家巷，离开成县，我害怕再次听到女儿、母亲、父亲一起哭的声音，那声音真像一棵大树被连根拔起。

第二年冬天，5辆架子车，3辆拉着生活用具，2辆拉着书籍驶出武家巷，搬到县委家属院，一套真正属于我们的房子里。房子在最高层6楼，70平方米，市场价格一平方米200元钱，一共14000元。

儿子4岁时，我们拥有了自己的房子，生活质量跟着提升，物质的、精神的，都有了新的变化。我又开始学习、读书、写日记。晚上，一家人拥被朗诵聂鲁达、海子、帕斯的诗歌，树林的诗歌《悬崖上的家》《月亮里的溪流》就是我们一家三口，在那套标注着602室的家里的生活印记。

平静的生活日日重复，快乐、烦恼从未停止。

到河边游玩，仍然是我们三口人生活中最大的快乐。

夏季，每到周末，带上自做的饭菜，一家人骑一辆自行车到城郊河边林地去玩。东河靠岸聚起来的水池里，餐饮业主饲养着河蛙。傍晚，河蛙像难民突围般向夕照下的河滩涌来，河水像沸水，翻滚起浑黄的浪花。儿子站在河边，像是河蛙的引领者，召唤河蛙向岸边逃跑。蛙声激昂，儿子以为是跑不出水池的河蛙在哭。每隔两三天，儿子会提出到河边去看河蛙。回家路上，坐在自行车前面被爸爸环抱的小小少年，总要问几遍，河蛙是不是已经跑到水的外面？儿子不了解河蛙离开水的境遇，更不了解河蛙待在水里的命运。

弹指间，小小少年已经是高中生了。

泰山庙每年农历三月二十八日的庙会，照例是成县剧团的秦腔向大众开唱的日子，是成县老百姓最隆重的节日，是人与神相聚的日子，是山上的白皮松认祖归宗的日子，是自然生灵的一次大聚会。这几天，许愿、还愿的男女齐跪在白皮松下，燃香点蜡烧纸，将泰山庙变成一座香烟缭绕、烟雾弥漫的焦灼之地。三天大戏后积累的灰烬堪称奇观，几乎有一人高，香烟在风中飘舞、盘旋，久久不散。

有一年庙会结束的傍晚，从山上下来，见一女子跪在路边的一棵白皮松前祈祷。她告诉我她有丈夫，不小心爱上一个有家室的男人，男人昨天出车祸，躺在医院里，她到这里来是为他祈福，也为自己忏悔。她相信泰山庙的神，会原谅她的错，她相信古老的白皮松会让她爱过的男人重新站起来。

大雨初晴，我们一家人骑车到泰山庙去看蚂蚁搬家。

墒情饱满的空闲山脚，雨后的蚂蚁，用手脚挖出细土，围起一个个圆圈，如海面的波涛，又如大树的年轮，似千军万马组成的方队，如士兵征战前夕的实地演习，将泰山庙围棋般包围起来。被蚂蚁围进方阵的白皮松，树荫下的庙宇，庙宇周围的麦田、散落到远处的村落，在万千蚂蚁的躁动中颤抖起来。

蚂蚁也许是在举行一次挖土能手大赛，也许在修建一座地下宫殿，这支蚂蚁部队常常在雨后聚集起来，突击它们要征服的领地，像外星人一样创造着我们不知道的生命奇迹。

这是儿子最早看到的微小生命，团结起来争取生存条件的现实教材。

1999年元旦，在泰山庙碰到一位妇女，说自己回到家里头疼得直打滚，来到泰山庙就不疼了。因为害怕头疼，她丢下有儿有女的家，常年住在泰山庙吃斋诵经，化缘布施。

妇女淡然说出她长住泰山庙的理由，埋头清扫寺院里的树叶。被太阳拖长的身影，让我想起几年前在白皮松树下遇到的女子。她的爱情是否在那天的长跪里结束，她爱过的男人是否还好好地活着？他们之间是否真的因泰山庙的神灵而形同陌路，还是一如既往？

这样的追问，似乎是对泰山庙的亵渎，我也迷茫神灵怎么处理"爱"的问题。如果神懂得爱，怎么会独守空灯？或者，住在泰山庙的神都是爱情的落难者。

一扇对不能爱的人打开的绝望空门，可能是寺庙的属性吧？

转眼到了2000年元旦，雪下得小县城白茫茫一片。半夜，被一阵妇女的哭声惊醒，妇女间断的哭声延续至凌晨。早晨上班时，邻居说昨晚哭的妇女是陈院乡人，昨天下午她7岁的儿子买了一包辣条还是别的什么，总之就是一块钱的小食品，孩子吃后，半夜口吐白沫。当妈的赶紧把孩子送到县医院救治，可是依旧太迟了。

母亲抱着奄奄一息的儿子，在楼下哭了一夜，雪下了一夜。

早晨，街面冰层掺杂着跨年夜燃放的红色鞭炮纸屑，加上深夜又落下一场大雪，这个悲惨的故事被新年夜的大雪掩埋得了无痕迹。

我再次渴望离开县委家属院，离开成县，这种想法很能折磨人的心智，想法过于强烈时会令人头痛欲裂。

2003年3月，非典蔓延，在空气沉重得无法流动的艰难日子里，我们已调到武都工作。当年5月，我回成县去卖掉房子，整理了三天三夜家里的东西，再次通读了一遍远方朋友的来信。这次仅带走一张床和杨立强先生的三幅画作、张遵铭先生的一幅小山水画，其余是信件和书籍，装了满满一卡车。

离开成县的前一夜，9岁的儿子不情愿地说："你俩去武都，我留下来看家。"8个月大就到成县的儿子，把成县视为故乡。第二天起程前，他在自己房间的墙面刻下家里的电话号码，边刻边说："房子会给我打电话。"

南河以南

初到成县，我们一家三口住进县委租赁的南河桥边一幢私人修建的三层小楼里，我家住3楼，靠碾麦场边的一间不到8平方米的小房子里。房门打开就意味着与鸡峰山对话，与青翠田野、山坡，林子深处的斑鸠相约。站在楼台，抬眼便见款款流动、无惊无喜的南河，心里便生出说不清道不明的希望。

小楼有小的美好，小楼前面朝河岸铺开的各类作物，延伸至视野之外的河流边缘，即便雾雨天气，仍能透过低沉浓雾，看到山水画般的田园风光。午后或黄昏，我们常常带孩子去河边，看浓雾白霜似的在河流表面融化，一片片抑或一颗颗掉进河水，看映照在河流上面的粼粼波光，半透明的灰蓝色、紫色、翡翠绿的光影，跟着河流走到夜幕降临，再逆河流反向回家。

南河发源于西秦岭南麓二郎乡海西山菜子坪，途经二郎、沙坝、小川、抛沙等乡镇，流至县城东南孙家坝至飞龙峡口，与发源于西秦岭南麓马元乡周家沟的东河合二为一，变成有丰富内涵与悠久历史的青泥河。在地形上，东南两河正好绘成一幅图，东河绕毗邻兄弟县，从东北至东南绕出一个大半圆，南河从西北至东南绕出一个小半圆，两条河在县城外围东南方汇合，正好形成一个神奇的生命之圆。邻居们讲了很多真实故事，说很多人曾走出了这个圆，很多年后，又走了回来，最终安息在河流画出的圆里。

成县为上古《尚书·禹贡》记载九州的冀、兖、青、徐、扬、荆、豫、梁、雍中的雍州之域，是秦人生活的地方，春秋时期为白马氐国。素有"陇上江南""陇右粮仓"之称。有犀牛江、东河、南河、洛河"一江三河"形成的水生物圈，暖温带半湿润的气候，使年降雨量充足丰沛。每年春秋两季雨水缠绵得让人烦恼，本地人都说自己是泥腿子，这足以说明成县雨水的丰足。淅淅沥沥的雨水对河谷、坡梁的庄稼、果蔬无一例外地给足滋养，庄稼几乎年年丰收，农民很少外出务工，有也只是在离家不远的县城做一些建筑工地、餐饮业的临时工，赚取生活补贴。

蔬菜、桃李、核桃是农民主要的经济来源，他们依靠这笔收入，在县城深巷延伸出去的自留地里修起房屋，租赁给从山上或河边进城打工和陪读的家长，大学毕业参加工作的农家子弟，寻找矿藏、在本地就业的外地人。这些人长期住县城里，给房东付租金，与河边的菜农、小商小贩共同推进成县日日兴盛的平凡生活。

那些远离河流，深居高山沟壑的化垭、闫湾、浪沟、闫山、宋坪等村庄，因地理环境、交通不便等因素，老百姓至今过着贫穷落后的日子，他们是山水都依靠不上的特殊群体。

20世纪90年代以来，铅锌矿的大量开发导致环境污染，南河逐渐变成青灰色的泥浆汇入浑浊的东河，青泥河集东南两条河流流向飞龙峡。令人担忧的是如果河流被污染得改变了性情，或在半途干渴而死，随河流创造的人类文明是否也会黯然失色？

青泥河流至县城东南的飞龙峡，峡谷中有一草堂，是杜甫生活过的地方。《成县新志·古迹》中记载："子美草堂，在飞龙峡口，山带水环，霞飞雾落，清丽可人。唐乾元中，子美避难居此，作草亭，有《同谷七歌》《凤凰台》诸诗，后人感其高风，即其址祠祀之。"

诗人杜甫在公元759秋天，弃华州司功参军职务，漂泊陇右。因宰相房琯未做官时与杜甫相交甚厚，在其遭受贬谪时，身为左拾遗的杜甫主动弃官，以示抗议。杜甫弃官后，适逢安史之乱，投奔秦州侄儿无果，正巧接到同谷县令来信相邀，诗人以为，同谷有县令相助，有肥沃的良田，有湿润的气候，可以暂时安身。于是，他毫不犹豫地携妻儿一家六口，举家南奔同谷。

一家人千辛万苦来到同谷，却遭遇县令因杜甫辞去左拾遗后陷入潦倒而避之不见。天色昏暗，饥寒交迫的一家人顺青泥河而下，到飞龙峡谷凤凰村风餐露宿，拾柴捡木搭建茅屋。

这茅屋就是后来的杜甫草堂。

可悲的是杜甫一家到成县，正是隆冬，大雪封山，无处觅食。杜甫只得到积雪至膝的山中去捡拾栎树的果实橡栗充饥。

我曾经在一个初秋暖阳融融的午后，与王怀钦、陈志杰几家人相约到杜甫草堂对面的凤凰山捡拾橡栗。

初秋的太阳何其暖和，若要跟杜甫隆冬捡拾橡栗相比，那真是天堂与地狱之别。可是，整整一个下午，几个人仔细在栎树下寻找，也没有找到几粒橡栗，过路的山民看到我们的奇怪行为，嘲笑道："橡栗早被山鸟吃光，哪里还有你们捡的橡栗。"可想而知，鸟儿每日站在树梢等待橡栗成熟，等待的过程就是吃的过程，能成熟掉落地面的也早被地鼠们吃净了。

有客有客字子美，白头乱发垂过耳。

岁拾橡栗随狙公，天寒日暮山谷里。

中原无书归不得，手脚冻皴皮肉死。

呜呼一歌兮歌已哀，悲风为我从天来。

杜甫当年是怎么捡橡栗的，他写得清晰明了，读者的想象力无法超越当时的情景。杜甫写诗歌的笔触纵然逼真犀利，也无法还原他当时真实生活的悲惨场景。

杜甫又是怎样在盛雪覆盖的冻土中挖黄独的，有诗为证。

长镵长镵白木柄，我生托子以为命。

黄独无苗山雪盛，短衣数挽不掩胫。

此时与子空归来，男呻女吟四壁静。

呜呼二歌兮歌始放，邻里为我色惆怅。

身陷困境的杜甫，在青泥河边写下的每一首诗歌，都如同一把砍向自己的刀。在百姓饥荒、野兽出没、饥寒交迫的生活夹缝里，他写下《乾元二年寓居同谷县作歌七首》，在那个饥不择食的时代里实现着他诗歌创作的最高成就。

杜甫到同谷的时候，是一家六口，走的时候还剩几口？这也是一个千古之谜。

杜甫离开这条峡谷1400多年后，20世纪60年代后期，师范院校中文系毕业的老曹来到这里。老曹的身份是县文化馆的集体工人，也是我的同事。据说老曹曾被最爱的人抛弃，从此不再相信人类。失去了最起码的是非判断能力。

每次去草堂，怀钦都会给老曹买几样新鲜蔬菜，或称几斤猪肉。时间一长，他的举动成为大家效仿的样板。

受暖温带半湿润气候影响，成县早晚都是雾蒙蒙的。去往草堂的小路两边四季山是青的，水在淙淙流淌，油菜、菠菜、蒜苗、白菜在湿润温暖的烟雨里最大限度地保持着青翠鲜嫩。

草堂修建在凤凰山与马峡山之间，凤凰山是杜甫捡过橡栗的山，马峡山是杜甫挖过中草药黄独的山。

老曹接到信，早早站在草堂台阶下等待，见面后他唯唯诺诺，始终如一地应和，更像寄人篱下的过客。

老曹带我们参观殿内南北墙壁和殿外墙壁镶嵌的十几块宋、明、清历代镌刻的诗碑、祠碑。他说自己不懂诗歌，更谈不上怎么去欣赏理解。说完转身离开，默然站立墙角。

有人说，老曹在草堂里饲养一条蛇与他为伴。我始终不信，问站在一边沉默的老曹，他顿时脸红如喝了酒，语无伦次地说这就带你去看。

绕了几大圈，绕回大殿，他手指脚下的地面说："以前养的，在下面，蛇洞深到马峡谷，每天蛇从洞里爬过背青山到另一座山顶，有时候翻过大山爬过边境，到深不见底的地下世界去漫游，它们有它们的事情。马峡山上的草朝两边一波一波地翻动时，它就爬出草堂了，黄独成熟的时候，它就回来了。冬天基本都在杜甫的神像脚下睡觉，一觉睡到春回大地再出山周游，这满山的蛇都是它的后代。"

老曹手指的地方分明什么都没有，他却非常认真地盯着空空的地面，说他以前早晚都给它喂肉吃，把自己舍不得吃的好东西都给它吃了。老曹不慌不忙，也不抬头看我，讲一条蛇和它的地下世界。我听得全身哆嗦，感到脚下似乎真有动静，不知是风蚀山林引起的震颤，还是那庞然大物正在地下穿越。

老曹还诚恳地告诉我："从前，我在草堂后面的马峡山上养了三只羊，五只鸡，四只鸭。羊挂在半坡上吃草，这儿一点白，那儿一点白，像冬季落在坡上的雪。五只鸡住在山顶的树上，夜里各占一棵树，谁也不抢占谁的树枝，东方发白就打鸣。四只鸭住在陡壁绝崖飞下来的水泉里，水泉太小太浅，四只鸭只能轮流游泳。"

听了老曹的故事，我们爬到陡滑的马峡山腰去看的时候，一只黑色小鸭，正在半山腰的泉中凫水，胸贴着水底石头，昂头游泳，另外三只站在泉边围观，那情景与老曹所言别无二致。

时间不长，单位搞工资改革，需要身份证原件，所有人都有了，单缺老曹。我便骑自行车到草堂去找老曹。找到老曹后，他带我到草堂前面的冯家坝，绕了一大圈，走进一户人家院落，从侧门后的悬梯爬上去，到二层一个放满农具的房里。老曹腾开破架子车，背篓，拉开门板，倒腾得灰尘滚滚，翻腾出一只鼓囊囊的破布包，抱在怀里。他让我先下去，我下去多时，才见他满脸灰尘下来，并要求我保证还回来，我只好按他说的做，保证一定送还给他，他才把身份证给我。

身份证用完，我立马骑自行车到草堂，将身份证还给老曹，他满脸狐疑地看着我，收回身份证返回住处，仿佛我的存在对他是个威胁。

时光不觉走过三年，又一个春天来临。

周末，一家人去草堂玩，行至王门村口，看到小桥流水之上，款款走来一个高挑身材的女人，走近方认出是多年未见的张珏。她说自己已从黄渚镇调到附近的王门小学任教，和女儿住在前面的村庄里。

张珏租用的是农家土坯房，长长的一排，小小的单间，每间都住着陪读家长和到城区做零工的农民。

土坯房里空间狭小，母女俩用来做饭的是能放两块蜂窝煤的小火炉，火炉里重叠的第三块煤，在炉膛外面燃烧过半，女儿埋头坐在炉旁读书学习。

张珏严肃地说："这里安静，可以读书写作。"

之后，我们偶尔约在一起吃顿饭，她长久地忧郁、沉默，你若不问，她便不说一句话，但有时还会拿起书本做话筒唱歌，几次约她到草堂去玩，她坐在一边一言不发，仿佛忧郁在她心里生下根，又好像有什么难以言表的痛苦在折磨着她。

有一次，在草堂门前，她矜持地说起自己的写作是否需要改变思路，如果没有写作和读书的乐趣，她便什么都没有了。然后谈到对卡夫卡作品的认识，外国文学与中国文学的区别，等等，似乎只有文学才能提起她的兴趣，打开她内心封存的固执又独特的思考。

几个月不见，她又调到县城边的另一所小学，在成县幼儿园对面，租一院墙头挂满蔷薇花的瓦房与女儿同住。有次碰到她，她说自己不想待在学校里当老师，想换一个清静的单位从事写作，好像工作再次调动的事也有了些进展。

她大大的眼睛里充满忧郁，好像受过伤后克制住的痛苦。

又过去几个月，晚饭后，出去散步，见盘旋路口赫然出现名为"华人久恒服装店"的大牌子。张珏还有一个名字叫茹久恒，她的生父姓茹，张是继父的姓。我进去，见她正在店里忙碌。张珏说她早就想开服装店赚钱，否则要在城里租一辈子房住下去。她可以照常上班，平时雇人守店，周末自己经营。当时，我觉得她卖的衣服颜色有点沉，建议她调整衣服色调，亮一些可以更好买。还有要学会笑，开心地笑，顾客才会上门。她淡定地笑了笑，仍旧回到坚硬的忧郁状态，像对待写作一样坚持自己对服装颜色的喜好。

两个月后，张珏的服装店彻底关门，非但没有赚到钱，反而赔进去一万多。

她沮丧地抽着烟，心灰意冷地说自己早晨到睡佛寺去抽签了，是下签，工作调动可能比较麻烦。

　　服装店关闭后，张珏又到武家巷子尽头的东河边，租来一套崭新的砖房与复合的丈夫同住，夫妻俩四处借贷，准备投资矿石。

　　初秋的一天，70多岁的父亲突然乘坐长途班车来到成县，在家里住了20天回去。父亲回去以后，母亲电话里说二哥家的娃娃都大了，二哥想修房，父亲本是到成县来向我借钱的。挂掉电话，我心里很疼，当年买洗衣机花掉的钱和父亲20天的沉默，像一股风在心里穿云破雾。于是我当即向朋友们借来两万元，在成县东街租来医药公司的一大间门面房，用当时最好的PVC材料装修墙面，独自坐夜班车到西安去买桌椅板凳。买好桌椅板凳，在西安街头租一辆货车，就这样，一个陌生人拉着家具，我坐在一边，心里盘算着怎么赚钱帮二哥修房，却没有想过开车的陌生人会把车开到别的地方去。

　　饺子馆开张，意味着每天凌晨一两点休息，凌晨5点又得起床。租来的房子没有独立厨房，酷夏的热，在厨房煮饺子的沸水里升级翻倍，厨房热浪滚滚，进去就汗水湿透衣衫，每次都要闭着眼睛进去，闭着眼睛出来。严冬，大雪夜夜降临，如同秋雨般缠绵悱恻，每日早晨6点刚过，骑自行车到菜市场，起初因严重的鼻窦炎戴口罩，后来干脆素面跟寒风赛跑。成县的冷还是很有穿透力，每天等待绞肉机绞碎80斤肉的时间，感觉身体冻成了冰块。用自行车载回去，在8点30分上班前，拌好三大盆饺子馅，和好50斤面粉，才去上班。

　　饺子馆的生意出乎意料地好，吃饭时间，门前吃饺子的人排起长长的队。

　　我开饺子馆的时间，张珏在托亲戚朋友帮忙办调动，几番周折，在朋友、地区政府办工作的舅舅帮忙下，将她调到向往已久的成县文联。

丈夫矿石投资也大有收益，夫妻俩买下一套100多平方米的大房子，生活终于安定下来。

饺子馆人满为患的晚饭时间，张珏提着一大捆韭菜给我送来，手里拿着几本外国剧本，说她想与我合作写剧本，剧本太美，太有想象力。我劝她好好写小说，已经写那么多年了，放弃多可惜。

那天，她第一次谈到自己的童年，父母离异，兄妹对她的依赖；第一次谈到自己的丈夫是个好人。我大概听出她内心的痛苦和命运对她的欺骗。那晚，我们一起做饭、共进晚餐，发现她一度消沉、郁闷的心房逐渐打开，饭间她多次谈到自己的写作计划，要写一部家族体的长篇小说。

上班兼营饺子馆，不到一年，身心俱疲。年底，将生意兴隆的饺子馆转让。

1999年初夏，我意犹未尽的在商海搏击的激情再度爆发，十个月饺子馆赚来的钱，除去给父亲修房子的一部分，手里还攥着一万元。我又向朋友借来三万元，在新商场租来二层的六间房子，开始火锅店的装修。

在朋友的推荐下，为了让六眼燃气炉着火稳定，我特意到西安买来六只机动车专用的点火阀。火锅店开张当天，请来的都是最好的朋友，点火阀像只弹跳的玩偶，不停地发出雷鸣般的高分贝声响，火苗突然冲天而起，继而发出爆炸声，所有人都被吓跑了。老费捂着头边往楼下跑边高声喊叫："啊，再不敢来了。"

点火阀事故过后，火锅店生意仍旧不错。年底，因工作调动，火锅店不得不转让。离开成县以后，我的经商梦结束，陪伴我20多年的鼻窦炎却神奇地好了。

冬去春来的清晨，成县笼罩在白色大雾里。门被敲响，开门见是张珏，脸庞冻得通红，睫毛挂满雾珠，怀抱刚打印出来的长篇小说《家族的传说》，兴奋让她说话的声音有些结巴。她将打印稿给我说："写完了，一个月就写完了。你们先看看，我是怀着忐忑不安的心来的，我的心还在跳哩。"那一刻，是我见到的最有女人味的张珏。

《家族的传说》出版之际，我们离开成县调到武都工作。2002年，她出版散文集《我心蒙昧》，并获得甘肃省第三届黄河文学二等奖。2009年9月4日，我从成县回到武都的第二天下午，她在武都为女儿办理工作手续，返回成县途中发生车祸罹难，年仅45岁。

对张珏来说，活着是如此地痛苦，死又是另一种疼痛的开始。

张珏离世的最初一段时间，翻阅她的长篇小说《家族的传说》和散文诗歌作品，发现她是一个在生活与文学中极为矛盾的人。生活中，45岁的她，还是一个童心未泯的孩子。而在文学中，她已经远远超越生活中的苦难，理性地书写人生的种种际遇。

张珏走后的第21天夜里，我梦到她长发结辫，与一群少女在成县杜甫草堂的菜地边，快乐如春天的燕子，追逐着奔跑进那间年年开满马兰花的茅草屋。

梦醒之后，忆起茅草屋对面，是张珏曾经居住过的土坯房，再往前就是杜甫草堂。

杜甫，老曹，张珏，不说个体对文学的贡献大小，作为独立人格的生命体，他们的生命里是否有同样的文化基因？在飞龙峡谷，在马兰花盛开的青泥河畔，在那渠小桥流水的下方，他们是否留下了洞悉世事的秘籍？

近 邻 居

一

　　我们居住的小楼后墙，正对红铁大门人家，铁门偶尔打开，从楼梯角可以看见庭院红砖围成的长方形花圃，堆积着深冬积雪。积雪被灰尘染成黑色，雪又层层覆盖，融化结冻，结冻融化，变得如土基般坚硬。腊月间，大雪下了一场又一场，满院积雪对应崭新砖房，庭院深不度量的殷实透出谜语般的空阔荒凉。那一年，我们回家过完春节返回已是3月中旬，到成县，天已漆黑，第二天早晨，从楼梯看到朱红大门内，牡丹开得如绸似缎，像黑夜忽然从天而降的精灵妖魅，满院姚黄魏紫，典雅娴静的牡丹花，让寂寞荒疏的庭院流光溢彩。然而，大门仍旧紧锁，心里直惋惜这一院子国色天香无人欣赏，还被铁门、高墙围堵起来。

　　虽然进不去院内观花，在楼梯远观仍不失美的享受，只要上下楼梯，就能看到对面院落的花园，赞叹牡丹花的娇艳，感慨花朵被关在铁门内的落寞，成为日日上下楼梯的功课。几天后，牡丹花仿佛被我看得感动一般，齐刷刷将花朵转向小楼，红的更红，白的更白，粉的更粉，仿佛每日清晨都要重新绽放一回，等待来自楼梯拐角的眼睛的观望，仿佛这天天的远观，让我与牡丹花之间产生出某种跨越生命界线的默契，在三楼高处与低处的土地之间似乎生出一条流动的小溪，随每一次看牡丹花的视线流进花朵根部。半个月过去了，一院子无人经管的牡丹花，居然毫无凋谢的意向。

一天中午，突然开来一辆大货车，车内装载沾泥带土的钢铁机械。铁门顿然打开，大货车开进院落，几个男人将车厢内的钢铁机械抬起，砸向牡丹花丛，货车轰然开走，门复上锁。

我从楼梯看到牡丹花瞬间花残叶断，那一片残酷的场景，血淋淋呈现眼底，直感觉被砸碎的牡丹花哀鸣声声，哭得小楼前后迷雾重重。

总是在突然间，胖胖的女主人出现在院内，将洗衣机从屋内推至院落，从墙角的水泵抽水，将一桶桶水倒进洗衣机，机身嗡嗡转动，脱出的污水和残留的洗衣粉溶液流进钢铁机械下面的牡丹花地。女人手端带盖茶杯，坐在屋顶的葡萄架下，抱怨小楼里的住户将燃烧后的煤灰和垃圾，从楼角倒下去，煤屑随风飘到她家院子。抱怨一会儿，索性高声叫骂小楼里住的都是畜生。

小楼里的住户常年用蜂窝煤炉烧水做饭，周边没有一个垃圾箱或专用的垃圾站，楼角下边正好是一个存放草料、冬天基本空置的碾麦场，碾麦场是曾经生产队的公用场地，朱红大门正好对应碾麦场，这倒霉事便让她遇上了。

洗完衣服，女人将衣服晾在院中的铁丝上，锁紧铁门走了。没有人知道她去了哪里。傍晚她回来收衣服，对着空空的碾麦场叫骂，抱着衣服来到小楼院中，喊叫倒煤灰的畜生下来看看，她刚洗的衣服已经变成黑的了。我抱着孩子踏进院子，女人转身让我看，她给儿子洗的白衬衫比没洗的时候还要脏。我吓得不敢看她气得通红的脸，只好"嗯嗯"答应两声，抱着孩子退出小院，故意朝与小楼相反的方向走去。因为，我就住在大家往下倒煤灰的三楼楼梯边，而且，我有时也往下倒。胖女人骂人的时候两条腿在跳，激烈的辱骂声，能传到矿管局前面的工行家属院。

即使这样，小楼住户仍然将垃圾和煤灰往下倒。一个是她骂人的时候，大家都去上班了，小楼基本没人；另一个主要原因，在我们来之前，碾麦场角就是放垃圾的地方，这是一个历史问题。无奈的胖女人只有迁怒于小楼房东，两个女人在碾麦场手舞足蹈地对骂起来，临走，女房东呵令小楼住户将煤炉子熏黑的房檐，在两天内刷新。从那以后，小楼里的住户收敛许多，有人从楼上往下倒煤灰也在夜晚偷偷地倒。即使黑夜，我也不敢往下倒煤灰，因为我住的楼梯边嫌疑最大。而且，我们也是受害者，他们往下倒的时候，煤灰就会飘进我们家里。

朱红大门照旧一锁就是十天半月，下雨下雪的早晨，生火烧水前，仍有人将煤灰从楼角倒下，煤灰依旧飘向她家院落，飘进我的家里。女人回来一次骂一次，小楼里的住户始终无人接应。

躺在牡丹丛中的钢铁机械，夏阳暴晒，秋雨灌注，寒雪冰冻。转眼过去一年，春风吹来，冻雪融化，钢铁机械锈迹斑斑，层层剥蚀脱落。牡丹在地底发芽，试图破土而出，却被沉重的钢铁压得蜷曲而死，一场场春雨过后，牡丹嫩芽再次顶出地面，绕过钢铁重压，仍旧半途焦枯。第二个春天来临，牡丹在一天天锈烂的钢铁的胳膊、腿脚、头脸的缝隙间，伸出 1 根，10 根，100 根歪歪扭扭的嫩芽，似千万双弯曲变形的残疾小手，把乱七八糟的钢铁机械的空隙长得密密麻麻，在春的和风细雨里，牡丹再次枝繁叶茂，花苞累累，重以鲜活的生命姿态站在春光下等待怒放。

现在，站在楼梯拐角几乎看不到丑陋的钢铁机械，满院含烟洗露、雍容华贵的牡丹花，盛开在锈迹斑斑的钢铁之上，而坚硬的钢铁正在柔软的牡丹花下腐朽。

随着时间推移，小楼里的住户都自觉对不起胖女人，尤其对不起那满院的牡丹花，大家逐渐养成将垃圾提到集中地的好习惯，这事总算有了一个比较好的结局。

二

铁门一侧有大块菜地，菜地里建传统马鞍架瓦房，黑得像一头蹲久了的老牛，早晚的炊烟缭绕至邻家屋顶升至半空。瓦房前的大片菜地形成这家人的院落，没有大门，没有院墙，与菜地前后的瓦房人家形成一个大村落。这家人几乎没有任何秘密，除炕头、灶炉在屋内，一些生活用品放在门阶窗台，另一些装进花花绿绿的塑料袋挂在桃杏枝头。

菜地有口水泵压井，井盖系红布条。年轻的女人，穿鲜艳上衣，早晚在菜园里躬身压水，浇地，煮饭，风风火火到地里去干活。男人背犁吆牛，早出晚归，很少见过他们一起从菜地出来，一起回家。我甚至搞不清楚女人跟哪个男人是夫妻，男人跟哪个从深巷里背着背篓回家的女人是一家人。很多次，小楼停水，我抱着孩子去菜地打水，女人有时在屋里做饭，男人蹲在门槛后面抽烟，好像井并不是他家的。井边的铝勺里经常有水，水里漂浮白色粉末。水泵压起来累人，我压不出水。蹲着抽烟的男人，弯腰迈出门槛，从我手里接过压水铁杆，胳膊使劲抬几下，水哗哗上来，用目光示意我放好水桶接水，他一只手压水，另只手拿烟锅，压满一桶水，用胳膊肘推起滑落肩膀的上衣，一言不发地进屋。

时间长了，我发现，菜地四周的家属区一旦停水，大家都去菜地里提水。

多数时间，男人女人都不在，娃儿去上学，房门半掩，进院打水，院里静得只有蜜蜂蚊蝇嗡嗡叫嚷。孩子在菜园里捉住一只蝴蝶，捡到一片花边菜叶，便高兴得不愿回去。我们常常在菜园里逗留，看西红柿被太阳染红，豆荚被春风抚绿，黄瓜顶出刺花，土豆悄悄在地底长圆，菜地的时光永远都在静悄悄里走向下一个季节。那扇又老又黑的柴门始终半掩，阳光跃上门槛从门缝挤进去，细小的光却只能照亮泥土地面，无法照到褪了漆色的桌子后面，那片遥不可及的孤独世界。

从这家菜地埂走进去，弯弯曲曲，绕来绕去的小路伸至县城内部，杂乱的民间瓦房伫立田间地头，房檐下成群的鸽子飞起落下，玩耍打闹的小娃娃，身患疾病无精打采的男人，找东西吃的鸡，乱跑的黑狗，无人看管的小灰驴，在菜地深处演绎着各种长长短短的故事。

菜地另一头是成县矿管局，与我所在的小楼门对门，直线距离不到十米，整天人来人往，车来车去，繁忙如闹市。

成县是全国第二大铅锌矿带，1300多万吨的地质储量，铅锌原矿石远销全国甚至世界各地，也一直是甘肃省白银选矿厂矿源的重要支撑。受20世纪80年代以来的市场经济冲击，成县在以铅锌矿开采为主导的前提下，能源化工、建筑建材、酒类酿造、餐饮酒店等工业、服务行业迅速发展起来，来自全国各地的商人，落脚铅锌矿藏丰富的黄渚镇、毕家山。成县街头巷尾的民房，成为矿老板和矿贩子租赁的临时居住地，靠近矿山的地带，帐篷林立，寻找矿石的外地人，让荒野山区变成亘古未有的采矿胜地，城乡居民以矿石为媒介，实现了20世纪90年代刮起的淘金梦。在这个全国范围的经济转型期，来到成县的大部分人，都淘到他们人生中的第一桶金，矿管局在这样的大环境下，福利待遇非常优越。

20世纪90年代中期，在大众普遍谈论"宏观"一词的同时，新的社会运行逻辑隐约可见，日常生活的变化意味深长，许多新变化已经明显地出现在普通老百姓的生活里。然而我们这些上班族感到的不是计划经济向市场经济过渡的繁荣，而是前所未有的艰难，没有钱买商品房，仅此一条，是每一个上班族面临的最大挑战。这一时期，"矿贩子"这个毁名贬誉的称呼开始变得非常中性且有种赞赏的味道，行政事业单位职工可停薪留职上山赚钱，新的社会经济转型不仅重新塑造社会生活的新构架，而且向大众提出一系列新挑战。而普通的老百姓，像住在菜地的那对夫妻，对正在到来的新生活似乎缺乏敏感，仍然沿袭着70年代以前形成的早出晚归、牛耕马驮的传统生活方式。

成县外面的世界如夜空的烟花般繁花璀璨，通信工具出现了BB机、大哥大，理发店一夜之间变成美发店，招待所更名为大酒店甚至国际大酒店，百货商店成为超市，火锅店、美容院、洗脚房、KTV在大街小巷依次出现。310国道络绎不绝地飞驰着运输矿石的货车，多少人行囊空空地来，多少人又满载而归。

小楼里住户的生活仍然窘迫，大家坚守着平淡生活。对于外面的世界，这些人既没有机会去了解，也没有资格去谈论，偶尔谈论也仅是道听途说。

那些年最让我感动的人，还是我的左邻右舍，大家对我们这些外乡人的接纳和厚待。我的右舍是老费，他家楼前有一排桃树，早春时节，盛开的花朵如一条桃红色河流。南河对岸一排排的果树、庄稼地里常年劳作的农民，傍晚慢悠悠消失进天际的流云，霞光染红的鸡峰山，日日伴随老费的摄影梦。其他的邻居，至今都不知道姓甚名谁，只记得他们朴实如泥土、真诚如朋友。

一次，我抱着孩子到菜地打水，任我怎么哄，孩子都不愿意站在菜地边等，越是要将他往地上放，他越是抱紧我的脖子。穿鲜艳上衣的女人看到这情形，上前将她压好的一桶水提起倒进我的水桶，并径直帮我提到小楼，我跟在她身后，看见她的一条腿脚不太灵活。她将水桶放在小楼院落，返回与我擦肩而过，看我和孩子的眼神如同是我给她提了一桶水，黑黑的脸庞涨得通红，油腻的头发罩住了眼睛。我看着她匆匆走过来的身影说："谢谢你！"她"嗯"了一声，埋头走进了菜地。

草木枯黄，秋风摇落树叶之时，我们准备搬离小楼。带孩子到菜地去告别，菜地边的黄菊花开得正艳，房门依旧半掩，打水的人走一个又来一个，将一大片菠菜踩得不像样子。门口晾晒着两双沾有泥巴的湿布鞋，几根带泥的大葱挂在桃树枝条，一把荠荠菜放在草帽中，豁边的塑料布上晾晒豆角，孩子拿起一根晒焉的豆角，当作玩具装进衣兜。

回到巷道，胖胖的女人，锁好铁门正要离开，我问她："又要走?"她怔怔地看着我，手指小楼："你住在楼上?"我答："就是。"然后，她亲切地看着我儿子说："看娃长得好看的。"我说："明天，我们也要搬走了，这两年，我们对不起你们。"她红着脸"哦"了一声又"哦"了一声，重复说道："看娃长得好看的。"

远 邻 居

一

　　1993年深冬的夜晚，树林沿菜地边的小路回家。白天下过雪，深巷的小路不太好走，他走到一间门缝透出光亮的瓦房前，听见有女人噎噎哽哽的哭声，便上前敲响柴门，跛足的男人打开门，双手按住门扇问他有事吗？他说听见有人哭想进来看看。男人热情地接待了他，女人停住哭声坐在床边垂泪，床上睡着几个月大的小娃娃，床后坐着位白发老奶奶。树林看了看家徒四壁的家，给他们介绍自己的姓名和住址，掏出100块钱给男人说："算借的，给娃娃买点营养品，以后有了还我，没有就算了。"他出门时雪又下得瑟瑟有声，回家睡到半夜，他感叹贫贱夫妻百事哀啊，我以为他在感叹自己。第二天早晨他才告诉我，昨天发了工资，没想到179元钱要接济两家人一个月的生活。

　　几天后，我俩买了一袋青松奶粉、一袋藕粉去看他们。并知道男的叫王宁，生得俊朗白净，3岁时小儿麻痹致右腿残疾，能骑自行车，生活能自理。王宁上过卫校，具备中级阶段的医学水平，口才好，思维敏捷。女的叫桑女，长得漂亮，4岁时患小儿麻痹致左腿残疾，做过四次大手术，背部四根筋骨手术时被拿掉，只能慢动作走路，生活也基本能自理，但是自理的程度要比她丈夫的范围小得多。八个月大的儿子叫黑蛋，身体健康，憨态可掬。两人都在矿山上班，月薪100多块，年租400元租的本地农民的房子，日子能凑合着过。桑女生孩子是剖宫产，花的钱多，自己身体本来就有残疾，剖宫产又使身体机能下降，于是王宁把奶奶接来帮忙带孙子。

两年后，矿山改革整顿，夫妻双双下岗，又在更偏远的城边租了间更便宜的农家瓦房落脚。王宁凭自己在卫校学到的医学知识，在城区开起小诊所，因为是新手，上门就医的患者不多，加上昂贵的房租，日子过得更加艰难，两人因此常常争吵，甚至动武。之后又将诊所搬至房租相对便宜的城边，一家人安身诊所，省去租房的费用。王宁对疑难杂症的诊治有自己独到见地，在当地引起患者关注，诊所生意慢慢上路。诊所艰难赚来的钱，有一小部分，准确说是一碗面皮、一根油条的钱，被王宁瞒着桑女给从小背着他长大的奶奶买了点好吃的。为此，小两口经常吵架，桑女就让奶奶走。桑女的身体根本不能带孩子，她自己的生活起居都要奶奶照顾，可是不让奶奶走，生活费用又太大。65岁的奶奶给我说过，她经常吃不饱，桑女每到吃饭时间就给她眼色看。闹得实在让奶奶承受不了的时候，奶奶主动提出要带孙子回老家。王宁觉得这最好不过，可桑女不同意，她自己带不了儿子，又容不下奶奶。两人吵架吵到奶奶晚上不敢回家，站在幽深的菜地里流眼泪。实在不能协调的情况下，王宁请来桑女母亲，一家人权衡再三，桑女总算勉强同意让奶奶带黑蛋回老家生活一段时间。

奶奶带着孙子走后的某一天，王宁大弟弟的儿子要向学校缴纳学杂费，47块钱，当农民的弟弟一时手里没有钱，思想再三，到开诊所的哥哥家里来借。桑女当着王宁弟弟的面将诊所放钱的抽屉锁住，坐在一边不说话也不抬头，这让王宁非常为难。无奈，王宁只得装作去上厕所，向熟人借来50块钱给了弟弟。弟弟走后，桑女打开抽屉，取出当天的收入，数了两遍，56块钱。她自言自语道，这一天连本带利才56元钱，连房租都不够，还有人要借。王宁本来不想提钱的事，经桑女这么一说，战争即刻爆发。

王宁主动挑起这场战争，更多的是因为桑女对奶奶的不友好。他想起黑蛋睡着后，奶奶四处捡拾垃圾换几块钱的事，想起奶奶端起饭碗看桑女的眼神，想起奶奶为了让桑女随时吃上热饭菜，驼背的身体匍匐在地，每天将盛饭菜的缸子，放在炕洞里用热炕灰加热的情景。他毫不犹豫地给桑女脸上甩去一个重重的耳光，这一巴掌是为奶奶而打。他说纵使哪一天，桑女突然变成贤妻良母，今天的这一巴掌，他永远都不后悔。

桑女却简单地认为王宁打她，是为了没有给他弟弟借钱。从此，她总觉得只要她上厕所或者出去干别的事，王宁就会取出抽屉里的钱，给他的弟弟。于是，桑女出门只要回来，就打开抽屉数钱。以后的日子里，她索性出门前点好钱数，锁住抽屉，给王宁留几块为顾客找的零钱才出去。

王宁说，一个月给儿子50块钱，买5袋青松奶粉还剩5块钱。可是桑女总认为这50块钱没有给儿子买奶粉，被王宁的奶奶和父母贪下了。每当抽屉里有几十块钱，她拿到手里数来数去，放几个地方都不放心，手里提着抽屉钥匙，动辄放在哪里又找不到，成天不是找钱就是找钥匙，提防小偷一样地防着王宁。患者来买药，王宁找给患者的零钱要等桑女打开抽屉取出钱。有时候，给顾客找钱，桑女自己放的钥匙自己找不到，只有让顾客下次买时再给。她出门时经常把几十块钱攥在手里，有一次，把40块钱掉进厕所，急得当场昏倒，输了三天液才缓过来。

王宁干脆每月给儿子买5袋奶粉捎回去，剩下的5块钱交给桑女，桑女还是不放心，把卖奶粉的店主电话记下来，让店主每月按时把奶粉送到自己手里。

二

桑女的所有亲人，包括自己的父母、兄弟姐妹都是她泄愤的对象，最可怕的是6岁半的儿子黑蛋，即将成为她的出气筒。

果然，黑蛋在老家长到6岁半，桑女闹得非要接回来自己抚养，黑蛋接回家不到一周，桑女便像对待王宁弟弟们一样对待儿子，黑蛋哭闹着要回老家找爷爷，找奶奶。黑蛋叫一声爷爷，桑女上前一耳光，叫一声奶奶又是一耳光，打得儿子的嘴巴红肿，晚上不跟她睡觉，跟在王宁身后像个捡来的孩子。

黑蛋只要叫爷爷、奶奶，甚至任何一位与王宁有血缘关系的人，桑女绝不能容忍，非得跟儿子决一死战。仅仅两个星期，黑蛋开始躲避妈妈，这更叫桑女无法接受，她一定要与黑蛋理论清楚，她是他的妈妈，是生下他的人。可6岁半的黑蛋怎么能理解这些，他幼小的心灵需要妈妈轻言细语、无微不至的关爱。黑蛋跳起来大声与妈妈顶嘴，桑女扑过去就是一巴掌，这让王宁心疼不已，他不由自主地想，他和儿子这辈子真的完了。

有天晚上，王宁牵着儿子，一步步上到三楼，希望我一定帮忙与桑女好好聊聊，他们这个家太不容易，绝对不能让身体的伤残影响他们的生活。他满眼泪水，凄楚地回忆道："我们曾经多么相爱，父母坚决反对，我还是与她结了婚，桑女除了身体残疾，人长得好看，多么温柔敦厚的人，只要不走路，还是一个漂亮人。她现在到底中了哪种毒，我是否要带她到北京的大医院去做一下心理疏导，找找原因？"王宁自言自语，扯住王宁衣角不肯松手的黑蛋，天真的脸庞布满成人的忧伤。

王宁绝望地说："我必须要离开这个家，带着儿子，逃到没有桑女的世界去。"于是他带着儿子逃到老家，躲过一天算一天吧，可他没有想到，桑女一下就猜到他们的去向，将平时舍不得花的钱用来租一辆出租车，追到老家，进门和王宁的奶奶、父母、弟弟们开战，闹腾到昏死在王宁妈妈脚下。全家人手忙脚乱地抢救，桑女睁开眼睛，命令王宁立即带上儿子跟她回家。

这次王宁与黑蛋回来，桑女不怎么纠缠王宁，倒是追着儿子不放。王宁沉痛地对我说："你一定和桑女好好谈谈，权当拯救我和儿子的人生。"而桑女有自己的一套理论，她的讲述往往逻辑清晰，无论从哪一方面都无懈可击，用一句通俗易懂的话讲就是她永远站在真理一边，王宁与黑蛋永远都在邪恶一边。如果要真正和好，王宁必须跟他农村的父母、兄弟们断绝关系。

这怎么行？我问桑女，如果让你跟父母、兄弟姐妹断绝关系，你能做到吗？桑女毫不犹豫地说："我从来不跟父母、兄弟们来往。"婚姻要做到六亲不认，这种悖论还是头一次听说。两天后，王宁的三弟来到成县办事，王宁妈妈给孙子带了一只自己养的大公鸡，宰好洗干净只需红烧或清炖，可桑女一不让三弟进门，二不吃三弟带来的土鸡。

王宁三弟是有个性的人，站在马路上，骂嫂子侮辱了王家的门庭，骂完扬长而去。

桑女当即气得口吐白沫。

三弟惹的祸要王宁偿还，输液是必须的，做饭喂饭是必须的，嘘寒问暖是必须的。王宁说，桑女只有躺在床上输液的时候才能安静，是折腾完了浑身的力气，还是觉得让我低声下气侍候她才过瘾？

这一轮过后不到五天，桑女要正在做作业的黑蛋去买菜，黑蛋说做完作业就去，她提起一只装过液体的空瓶子打黑蛋。黑蛋拔腿就跑，桑女还未迈出门，黑蛋早就跑到前面家属区的楼上去了，她上不去，找到一块石头扔上去，打碎一楼人家的窗玻璃。人家问了问她，她就气势汹汹地喊叫："给你赔，给你赔。"那家人气得关了门，她当即跛着腿，走了半个小时来到我家，进门哭得就像天塌了。

桑女在我家哭的时候，黑蛋跑上楼，用火柴头挨家挨户地塞住人家的锁孔，下楼时，又顺手将晒在一楼阳台的一双"双星"牌男鞋，用棍子钩下来提在手里。下班回家的邻居看到黑蛋手里的鞋子，问他那里来的鞋子？黑蛋手指一楼阳台说："从那里弄下来的。"邻居摇摇头走了。

当晚，整整一个单元的人打不开防盗门，一楼的女人在找晾在阳台的鞋子。邻居告诉她，他看到黑蛋手里提着一双鞋子。女人找到王宁诊所，进门便骂："贼娃子，还我的鞋。"王宁问黑蛋怎么回事，迷迷糊糊打瞌睡的黑蛋说他把鞋换雪糕吃了。女人听后大骂："贼娃子，不要脸。"王宁低头道歉，说丢的什么牌子的鞋，明天就买回来还你们。女人扬起胳膊嘲骂道："还，你还得起吗？"王宁觉得伤透自尊，但又无理跟她理论，只有听任女人谩骂。

桑女在我家哭天抹泪说了一千个儿子的坏、一万个王宁的恶的时候，打不开门锁的人家，闹哄哄地站在诊所门口，要王宁出来给他们开门。王宁仍然不知是为什么。摇醒已经睡着的儿子，问他有没有堵人家锁孔。黑蛋得意地说："是我堵的，爸爸。"

王宁只得按这些人提供的开锁人的电话，请来开锁师傅，开一个锁20元钱，除一楼两家没有堵的，还有10家，10家就是200元钱。开完锁孔，好心的开锁人来到诊所，对王宁说："给我20元就行了，6岁的娃娃懂什么，以后教他别再做这样的事，花几个钱开锁是小事，被人抓住打一顿就是大事。"

王宁深受感动，送走开锁师傅，看着睡得憨憨的、还没有吃饭的儿子，心里涌出一股说不出的酸楚。

桑女从我家走的时候，已经是深夜10点，说她出去就找个地方去死，让王宁与黑蛋体验一下没有她的生活。我再三挽留，让她住在家里，她说，不行，我还有一笔账没有跟王宁算清楚，算清楚就去死。

送桑女回到家，黑蛋睡着了，坐在床头的王宁，面容雕塑般木然，他真的累了。

然而，精力旺盛的桑女打开抽屉，取出31块钱，举到王宁眼前质问："钱呢？还有20块钱到哪里去了？"王宁躲避她，捂住脸往门外走，桑女一把将10块钱撕成两半，甩到王宁脸上。桑女愤怒的声音吵醒了熟睡的黑蛋，黑蛋吓得哇哇哭叫，王宁蹲在门口一声不吭，他懒得告诉她20块钱用于给人家开锁的事。

王宁在桑女的骂声里站起来给哇哇哭的黑蛋煮熟挂面，用嘴吹凉让黑蛋自己吃。又给爬在床边喘气的桑女打了一针镇静药，像没事一样让我回去。

黑蛋上到初一那年，因学习差，跟同学打架，三天两头闯祸，被学校开除，回家又被桑女赶得到处乱跑。王宁成天找不到黑蛋，在黑沉沉的夜晚，王宁第一次感到活着的痛苦，突然想到一死了之。他跛着腿来到黑蛋被桑女追得无处可去、经常藏身的菜市场口的塑料棚下，准备坐下来休息一会儿，却见黑蛋坐在另一头望着星空发呆，王宁心头一酸，抱住儿子失声痛哭。

第二天，王宁拿出所有积蓄，130块钱，到学校找到校长，长跪不起，说如果不收下黑蛋，他就死在校长面前。校长感动了，黑蛋再次回到学校，仍旧砸烂玻璃，打破同学的头，学校准备再次开除黑蛋。王宁再次跪到校长面前，只求让他替儿子换好玻璃，任学校怎么处理黑蛋，他都能接受。

面对这样的父爱，学校再次接受了黑蛋，王宁拖着病腿回到诊所，桑女不依不饶要黑蛋给她下跪，黑蛋不依，当即跑掉，彻夜未归，桑女追不上便打110求助。王宁扑通跪在桑女面前，请求她放过儿子。

其实黑蛋不黑还很帅，粉扑扑的脸庞，做数学题时可以心算而不用笔算。黑蛋学习时好时坏，经常主动对比他个头高的同学发起进攻，被打得鼻青脸肿，他也把对方打得鼻青脸肿。与同学打架，几天找不到人影，回家却像没事一样。邻居家里的铁锅铁丝，搞不清什么时间就被他卖掉，更有甚者他还将邻居家的自行车借去骑过之后转手卖掉，这让王宁尴尬至极。

王宁眼睁睁看着黑蛋即将成为第二个桑女。

早晨，王宁带着黑蛋消失了。

两个月后，王宁回来提出与桑女分手，桑女坚决不同意离婚。

王宁千万次想到离婚或者干脆走掉，永远不要回来，可是又想到儿子。只要忍耐到黑蛋独立生活的那一天，他就可以不用离婚，远走高飞，在世界的任何一个角落靠行医生活下去。

2002年，我们调到武都之后，一天，桑女打来电话，诊所里没人看病，也没吃的，她心脏不好，活不了几天时间了。

不到十天，桑女又打来电话，说王宁要和她离婚，她死也不会让他得逞，她就拖，拖死他也拖死自己。

现在，用桑女的话说，她终于可以清静地过自己的生活了。覆层灰尘的药架，几只东倒西歪的空药瓶，每月的房租、桑女的生活费用都要依靠名不副实的诊所和政府给她的140元钱的低保来支撑。

王宁离开桑女后，将黑蛋转入另一所县城三中，自己在城里接手了一家中药铺子，父子俩准备开始新生活。

王宁表面上离开了桑女，却一直都在照顾着她，他最终没有离开桑女跟喜欢的女人结婚。这里面最主要的原因不是儿子，是桑女以后的生活问题，他总觉得桑女离开他会活活饿死。他不敢丢下她，他这辈子身体残疾，就是上辈子没有修行好，再去丢弃一个跟自己一样身体残疾、给自己生下儿子的女人，下辈子要遭遇更悲惨的不幸。

这可能是传说中的孽缘。

桑女本质上是病人，小时候做手术落下的病根，要治好的话，就要把从4岁开始从她身体里取出的四根筋骨重新放回去，不能错位，就像生下来时一样完美，也许就好了。但是，那四根筋骨早就化为仇恨，扎根在她心里，像贴身的管家，由不得她自己。也许，她在蛮横无理的时候，是那仇恨的种子在发芽，在她身体里长出扎人的刺。

"说穿了，桑女一直在和自己生气，我和儿子只是观众，她其实是很可怜的人。"陷入绝境般的王宁语气怜悯地说。

一年后，再次见到王宁，说到黑蛋，他说儿子是好儿子，今年上初二了，儿子的未来比我强，我相信这一点。我更相信，这个社会有更大的舞台让我和儿子展示本领。说到让桑女跟他一起生活时，王宁苦笑道："桑女跟娘家父母、我的父母、兄弟都是敌人，没有一个人愿意跟她说句话，要真的跟她离婚，我还是不忍心，我不要她，她真的生活不下去。去年政府给我们批下来一套50平方米的廉租房，父母兄弟帮助借到10万元买下了，在一楼，水电都方便，让她独立生活几年，把丢掉的自己再找一找。如果桑女永远找不回自己，那就是我的命，这一切都与我一起降生，是我和她都无法改变的命运。"

菜 市 场

一

　　每临下午，孩子睡好午觉，抱他下楼，从小楼后的泥土小路走到菜市场去。午后的阳光厚厚地铺满路面，灰尘悄悄沉浮，几片农人掉落的萝卜叶子和手指样的野菜，在路边逗留。经过葱绿菜地，隆起的土堆和探到瓦房下面的光亮，穿过工行家属楼投下来的阴影，在阳光明媚的三岔路口，会看到河流带下来的小树枝、一棵完整的白菜、一顶农人戴破的草帽，在河流上面漂荡。孩子看到这些会惊喜地喊叫，然后用迷惑的目光将它们送远，还有从林子里飞起的鸟群，听着孩子咯咯的欢笑声，飞过河流飞到对面的苞谷林里去。

　　从红砖垒起的墙角进去，一个面积巨大的市场，在太阳下铺开。市场分为两半，向东是蔬菜与肉类，向西是服饰。市场内交织着纺织机的嗡嗡声、地摊主的喇叭声、自行车的铃声、车辆的轰鸣声。我抱紧孩子，从纽扣摊前经过，卖纽扣的是位丰满的年轻女人，她坐在纽扣摊后面，吃着苹果，仰头望着黄色顶棚泄下来的太阳光。孩子看着她手里的苹果，拧着不走了。我指给他看五光十色的纽扣，他一下子被色彩斑斓的纽扣吸引，抓起一颗往嘴里塞，女人惊叫起来，吸引来众多目光。我哄孩子放下纽扣，抱着他离开，女人的纽扣真是很吸引人，孩子一定把它们当成了糖果。纽扣摊对面是长长的修鞋摊，在此修鞋的多是四川人，男男女女坐两长溜，他们熟练地缝补行人脚上脱下的鞋子，尘土在手指间起伏。他们安然的神态像从远古来的居士，形成与市场的喧闹完全不同的一个小区间。

不管在世界的任何角落，劳动者都是令人崇敬的。

前面是肉市场，肉摊上面亦用黄色塑料棚遮挡，棚内流溢着热烘烘的太阳光，整扇的猪肉挂在粗大的铁钩上。卖肉的师傅浑身油腻，看见有人过来，便手拿菜刀上前招呼。师傅们总会让我买两三斤薄薄的五花肉回去，我家楼台上的煤炉子常年吐着红红的火焰，将肉皮烧至焦黄，刮洗干净，下锅煮至八成熟，切成薄片加豆豉、蒜苗爆炒至卷状起锅，是最香的下饭菜。

六年来，我无数次想起，那些年月，在成县南河桥边，午后的阳光异常清晰，一斤五花肉一块钱抑或一块两毛钱。

穿过肉市场，是民间的菜市场。满满的蔬菜，满满的清凉，无论细雨纷飞还是阳光明媚，蔬菜总是娇嫩得让人惭愧。教孩子认识莴笋、莲藕、菠菜、茄子、香菜，不管我怎么耐心教他认识蔬菜，孩子一直将茄子叫黑瓜。我经常去买一个女孩儿的菜，时间久了，知道她叫小兰。有天下雨，路面泥泞，小兰拉一架子车蔬菜，途经一个泥泞斜坎，怎么都拉不上去。其实拉上去就到菜市场了，可她实在拉不动了，架子车突然倒滑，小兰随滑下去的车子倒退，车翻人仰。菜倒进泥泞里，小兰双肩拉着车绳跪进泥潭，两肩拉扯车子的重量使她难以起身，她使劲挣扎，想摆脱尴尬困境，越是挣扎，车绳越将她捆得紧绷。我放下孩子，和到市场去买菜的大妈大爷帮她取下车绳，推起侧翻的车子。小兰从泥泞里爬起，用衣袖擦了擦脸上的泥巴，蹲在泥泞里用沾满泥浆的手剥去沾上泥浆的菜叶。很长时间过去了，她蹲在泥潭，手拿一片菜叶抚弄，丝毫没有快一些整理好蔬菜拉到市场去卖的意思。其实，她只要起身拉车子，过路的每一个人，都会停下脚步帮她将架子车推上去。然而，她站起来，丢下一车子蔬菜跑开了。

细雨滴打蔬菜，车绳落进泥泞，车杆上挂的红布包里插一把细长杆秤，装两个馒头。走出菜市场，回头见架子车还在那儿，心里突然有一种不好的感觉，再回头，见那孤独得如同一群精灵一般的一架子车蔬菜，焕发出鲜活的绿意，还在雨中等待她的小主人。

两天后，天气放晴，到菜市场远远看到小兰站在架子车边，两手抚弄车杆，黑发掩住大半边脸庞，前些天的伤痛似乎还在她身上挥之不去。我走过去，让孩子叫姐姐，她仅微微转过脸，用余光看了看我们，也不问要不要买菜，继续抚弄起车杆来。过来一位老大娘，问茄子一斤多少钱，她低声回答："八角钱。"然后又埋下头，眼皮也不抬，老大娘挑三拣四地选出几根茄子，小兰称过，装袋时一根茄子掉到地上，老大娘要取一个车里干净的。小兰低着头等她取，给钱的时候，老大娘说："一斤八毛钱，两斤一块六，一块五毛钱能行吗？"小兰点头道："能行。"收钱时，她仍然眼睛看着脚面，始终没有像其他人一样满面笑容，喊叫着招揽顾客。

好几次，我很想问小兰，为什么没有读书？最终还是没有问，而小兰却慢腾腾地对我说："我其实上过六年级，妈妈突然腿不行了，弟弟要上学，爸爸一个人种地卖菜顾不过来，我就不念了。妈妈说等她能走路了再让我去念书，我卖三年菜了，妈妈还没有站起来，一条腿越来越细，一条腿越来越粗，细的那条还变短了，连炕都下不来。"

小兰简单地介绍了自己的家世，我也不能追问更多。我问她："弟弟学习好吗?"小兰羞涩地笑笑说："没有我好。"小兰的回答像一把利刃，刺得我心头酸痛，看着她一如既往地埋着头，我再也说不出什么。

时间不久，我们搬到武家巷，距离菜市场远了，很少到那儿去买菜，也再没有见过小兰。

像王宁遇到桑女一样，生命中不可捉摸的命运，也许早在小兰降生之前就在这条路上等候她的到来。

二

小兰卖菜的对面，肉市场挤出一片热气腾腾、炊烟从早到晚染蓝半边天空的小吃摊，这片三角地带是整个大市场最为温馨诱人的去处。食客们在那里止步，东张西望寻找自己想吃的食物，年轻的母亲怀抱孩子在那里流连，给怀里的小孩喂一块钱的蜜汁粽子。花十几分钟的时间，看着孩子一口一口吃下去，对于母亲是一个多么重要的时刻啊!

小吃摊的功能不止这些，追逐矿石的商人，为生计南来北往的江湖行者，为爱情不惜背井离乡的少男少女，远行至成县的旅人，本地闲情逸致的美食家，在同一时间不约而同寻觅至此，品尝蓝色炊烟下面的岐山臊子面、兰州牛肉面、川味小炒、面皮、包子，相互交流沟通，达成各自需要的协议。男孩给生气的女孩碗里夹一块肉，即使女孩假装不要不吃，爱的小溪也已经悄无声息地流进彼此心田。为事业来成县的远方客商，在吃一碗面条的过程中，兴许会放下心中郁闷已久的欲望或怨怼。小吃摊便宜、好吃，分量很足的一碗热腾腾的臊子面，为寻求财富、追求爱情、过着小日子的人们，打开一扇扇通向知足的门窗。

然而，成县的传统小吃杏仁油茶、油茶麻花、甜浆、埋沙、火烧，却分布在县城内的大街小巷，及小巷深处的角落地带，有的甚至开在卖主自家门前。

冬天的早晨，送孩子去幼儿园，空空的长街雪雾迷蒙，东街武装部门前总有一位身材矮小的老头，大家都叫他老扁。老扁拉着一辆架子车，车上有一口特大号的陶壶，鹤嘴似的壶嘴长长地伸到架子车外，整个的陶壶被蓝色棉被包裹起来用以保温。老扁双手伸进棉袖，倚车等待上早学的学生们来喝油茶。给老扁五毛钱，老扁取只放在车里的土巴碗，将大壶稍微倾斜，鹤嘴里便咕噜咕噜地流出来一碗热气香气混合，漂浮着葱花、豆腐条和杏仁瓣的油面茶，孩子一边吹一边喝，喝得全身暖和，精精神神地去学校。若出差或远行，一大早出门喝一碗老扁的杏仁油茶，乘车出县城跑上几十里路，杏仁油茶的余香还在唇齿间萦绕不去。

县文化馆门前那位妇女卖的杏仁油茶又是一种吃法，她将炸得金黄的小麻花，整齐有序地码在藤条笼里，那种小是小中的小，艺术品般的小巧玲珑。妇女舀一碗油茶，取三两根小麻花，捏碎放进滚烫的油茶中，油茶的香浓配合小麻花的爽脆酥香，本地人称"柔吃"。另有"干吃"的吃法，就是将麻花直接干吃，边吃边喝油茶。

据说这种嘎嘣嘎嘣吃小麻花的脆裂声最为彰显成县人耿直的个性。

甜浆多在南街巷子，成县甜浆有别于豆浆里加糖，是真正意义上的用慢工夫长时间熬制出来的食物，即把黄豆磨成豆浆，过滤烧煮，加入粳米，熬成黏稠汤汁，加少许椒盐调制即食的一种本土传统小吃。大清早，年龄偏大的稳重妇女端坐特大锅前，锅内升腾的热气笼罩着女人和食客。老人手提饭盒闻香而来，为老伴买一碗浓稠软糯的甜浆回去；母亲手提饭盒闻香而来，为足月的婴儿买一饭盒甜浆回去；女人手提饭盒闻香而来，给体弱的父母提一饭盒回去。这日复一日、月复一月、年复一年的闻香而来，携香而去，似乎是土地对人永无止境的爱的延续。

火烧在我记忆中最为深刻。

我上班的县文化馆门前，是通往县医院的必经之路，对面就是成县师范附小，中间是文化馆，这里每天的人流量多且密集。早点、午餐、晚饭时间，都有人路过。卖油茶麻花的中年妇女，每天准时坐在摊位前，什么时候捏碎一藤笼小麻花，什么时候收摊，卖甜浆的妇女什么时候舀得几个大号的饭桶见底，什么时候离开。唯有一对烤火烧的中年夫妻，从早晨到下午都在门前烤火烧，夫妻俩做的火烧是用炒熟的面粉与椒盐、菜油调和，包进发酵好的面团，放进铸铁凹锅中，上下火对烤成熟。火烧烤完卖完，用热锅炒第二天的香料。每天下班前，凹锅里炒熟的面粉香飘进文化馆，飘上紫金山，想必紫金山上的神仙也被中年夫妻炒熟的面香味诱惑得想当一回凡人。

埋沙即埋沙馍，售卖摊点多在行人较多的路口和自家门前，将发酵面团取小块压扁撒椒盐等香料，层层折叠，做成长方形状，放进铺着热沙石的铸铁凹锅中烤熟即可。刚出锅的埋沙馍，金黄香脆，表面呈现沙子的凹坑，像一件麦香扑鼻的文物，让人不忍去吃总想收藏起来。

三

回到菜市场，回到小吃摊。

小吃摊前铺陈开来的锅碗瓢盆勺铲，农用的犁铧等铸铁器皿，是长期生活在成县的四川人，自己制作和创造出来的生活用品及生产工具，他们口喊四川方言，将铁器敲得叮当作响，对过路的人夸耀自己的手艺。他们身前有媳妇、儿女的小吃摊，身后有抬眼可见的擦鞋、补鞋的亲人，他们彼此联系紧密，团结互助，形成菜市场一股隐秘又强大的力量。

往西走几步是排排简易砖房，房里房外挂满了颜色各异的衣服，是整个大市场的亮点，所有的衣服都是新的，走走停停的大多是女人。下午3点多，天空泻下温暖的阳光，市场的氛围变得热烈起来，行走的人，静止不动的房子，来自四处的声音，都处在明亮的太阳光里，所有看得见的物体表面与内部，形成一个杂乱又秩序井然的整体，没有人能看得清市场内众多物体呈现的真实姿态。

看上去混乱朴实的菜市场，其内部有它长期形成的一套组织机构，菜市场有菜霸，他让你将菜摆放在哪块地方，你就得听他的，他的菜卖多少钱，你就得卖多少钱。小吃摊照例有掌控话语权的人，一碗面条或一盘炒菜，价格的调控权在他手里，你若任意调高降低，会招来拳头，甚至换来滚出小吃摊的下场。四川人平静的擦鞋摊同样有不动声色的内部体制，加入进来一位外地人，是关乎他们地摊范围缩小的事，是要集体默认通过的大事。服装市场更有它严密的经营模式，店主与店主之间永远保持着三分友好，衣服的批发渠道，上市的出售价格，是不能捅破的一张纸，彼此保守秘密，是他们长期赚钱的方式。

小社会菜市场的门槛并不低，一旦迈进意味着将永远遵守市场管理者的约法三章，洗耳恭听市场竞争首领独有的运行法则。

人生的每一道门槛都不能轻易迈进迈出，它有强大的吸引力，更有排斥异己的暗藏能量。

临街处的简易砖房，是工商管理局的办公楼。我的初中同学杨犁，大学毕业后被分配到成县某单位工作，跟没有工作的老婆、女儿同住楼上三层的单间办公室。杨犁曾经怀揣文学梦，意气风发地进入社会，却被没有工作、感染上脑绦虫的老婆牵住手脚。在月薪不到400元的20世纪90年代中期，借钱到北京、西安给老婆寻医治病。无奈之下，他利用周末，给矿山小老板兼职一份记账工作。他的老婆秋香生病初期，在办公楼前面菜市场的角落卖酸辣粉。周末晚上，我时常去看他们，深秋的风将办公室坏掉的单扇房门吹开关闭，关闭吹开，撞出非常响亮的声音。他们6岁的女儿杨桃蹲在地板上，将厚如砖头的《红楼梦》捧在手里阅读。我问她吃饭没有。她看着书页说："还没有。""你爸妈呢？""我爸上山了，我妈在下面卖酸辣粉。""你怎么不下去吃饭？"她说："我煮好了，等妈妈上来吃。""饭呢？"她站起来带我走到走廊尽头水房旁边的一间杂物间，在单位陈年旧物挤出来的一点空间，放着煤炉子。我看到一锅煮得绒烂还在煮的挂面，汤里漂浮着发黄葱花。我问杨桃："你怎么不先吃？"她说："等妈妈上来一起吃。""你不饿？"她说："不饿。"

从三楼看下去，夜晚的市场空寂无人，秋风将白天人们扔在地面的塑料袋、纸片吹上半空。秋香的麻辣粉摊仅供从市场过夜路的年轻人来吃，生意非常清淡，而她每天坚持不放过一个从她的摊前过夜路的人，空荡荡的夜空，空荡荡的市场，秋香像一粒掉进黑暗的种子。她早已病入膏肓，还在坚持赚钱养活自己。她曾说过："一个月能赚到500元钱，够自己和女儿生活，杨犁会轻松一些。有时候，站一天，腿脚肿了，还卖不出去十碗酸辣粉。"

这年春节回家，到河对岸去看生病的秋香。杨犁一家矮小破旧的三间瓦房，挤在两个当农民的弟弟崭新的高房大院之间，二弟红色大门前停放一辆耀眼的摩托车，更让三间小瓦房低到积雪的沟渠里。杨犁的三间破瓦房是父母作为祖业分给他的家族财产，兄弟三人每人一院同样的烂瓦房。杨犁是老大，弟弟因他读书放弃学业，弟弟们在他读书期间去北京、天津打工赚钱，供他上大学，给自己修房造屋，迎娶媳妇。而他大学毕业仅有100多块钱工资，工作六七年的月收入也就300多块钱，不要说在城里买房，就连老家的三间烂瓦房也无力翻新。上小学的女儿，没有工作的老婆已让他感到生活窘迫，近年来仅给老婆治病，就让他背上4万元的外债。

杨犁坐在烂瓦房中仅有的一条小板凳上，病重的秋香躺在占去屋内二分之一的土炕上，几乎听不到她的一声叹息，杨桃不知忧愁地和小朋友在一起玩乐。空荡荡的小屋，没有取暖的炉子。杨犁身后有一只泥巴做的柴炉，四周包裹着柴灰，看上去很久没有生过火，是否有案板之类的灶具，我记不得了，只记得那是间又小又旧又冷的屋子，寒碜得让弟弟们的房子显得更加阔气排场。

杨犁弟媳说："大哥的大学上得没有名堂，还不如到北京去打工，打工早把房子修起了。"

杨犁站起来让座，一只小板凳，只能坐一个人，我们只好站着说话。杨犁无奈地张了张口，用目光示意炕上不久于人世的妻子，那种意味深长的痛楚与绝望，像哽在喉部的一块干馍，噎得他说不出来话来。

杨犁上大学期间，曾给我说过与秋香的婚事。父母为他订这门婚事时，父亲吆着他家的骡子，给秋香家驮去一麻袋200斤重的小麦，他心疼那200斤小麦，心疼父亲种小麦时流下的汗水，心疼父亲抱起200斤小麦使出的力气，心疼父亲从他家到秋香家去，一路走一路对他寄托的希望。当时，他已经有心仪的女孩，农民的自卑让他始终无法对城里长大的女孩去表白。他犹豫再三，为父亲的200斤小麦，下定决心与秋香共度人生。

事不如愿，秋香的病无药能治。

秋香终于在长久的静默里发出声音，她伸出一只浮肿得变形的手，拉住我的手一个一个字地说："我想病好以后，在成县好好卖酸辣粉赚钱，买一套带卫生间的房子，有卧室有客厅，就再也不住这烂房了。"她想抬头看我却始终没有睁开眼睛，眼泪从肿得发亮的脸颊掉到黑乎乎的枕头上面。

这一年的夏收时节，秋香去世。

杨犁一如既往地上班下班，周末到矿山打工赚钱还债。7岁的杨桃独自生活在那间办公室，白天还有上下班的人，晚上就只有她自己，自己做饭，自己起床，自己上学。半夜，四季的热风凉风吹开那扇永远关不住的门，吹开关闭，关闭又吹开，小杨桃的梦里梦外始终是风开门关门的撞击声。

站在砖墙豁裂的市场出口，我常常重复寻找菜市场曾经存在的现实依据，寻找叫小兰的女孩，她卑微的眼神，切切的期盼，仿佛穿过繁杂市场与我对视。还有小杨桃，不管市场有多么零乱，她的家有多么遥远，我总能从杂乱的纷繁世界中找到那间房子，和蹲在地板上手捧《红楼梦》埋头阅读的小姑娘。

每当回忆这些故事的片段，我的心便疼痛起来，记忆的碎片鲜活起来，在回味与泪光交织之际，感觉所有的灯都打开了。是心灵的灯光？是太阳光？还是人的目光？无论是什么光，它们都在同一时间由里及外照亮了菜市场。

碾 麦 场

　　我们住的小楼左侧是一处碾麦场，常年堆码大小不等的麦草垛，草垛空出的地面，生蓬蓬勃勃的野草，开早或迟的花儿，花草们在野蜂的嗡嗡声中开花结果。麦场外围有一条通往河边人家的小路，每天早晚，都有个身材高挑、长发飘飘的女孩，从野草编织的小路走过。女孩一天天长大，有一天突然改骑自行车，从瓦房后面悠悠然骑车出来，傍晚又悠悠然穿过碾麦场回家。

　　夏收季节，碾麦场边的公路上，摊开两溜刚收割的新麦子，过往车辆来回碾，碾出黄灿灿的麦粒，闲置下来的碾麦场再次堆起一个个散发麦草香的新草垛。

　　草垛从堆起来的那天开始，每天早晚就有背着背篓来取麦草的男人女人。这些人的家都在附近，他们用麦草烧炕取暖，喂养牲畜。到了第二年，草垛用完了，又一季麦子成熟，新的麦草垛再次在长满野草的场地堆积起来，这是小楼一侧碾麦场存在的价值所在。

　　冬天的一个下午与树林为一件小事争吵，我还未张口，他就下楼走了，我便拿起炒锅朝他的背影扔去。不料，那炒锅正巧落到小楼下面的麦草垛上面。我发誓绝不取回麦草垛上面的炒锅，晚上不做饭惩罚他，可晚上却有朋友请他吃饭，于是炒锅只有在麦草垛上面过夜。

夜里落下一场大雪，第二天早晨，麦草垛变成雪山，炒锅隐没进雪中。临到中午，我只好带着两岁多的儿子去取炒锅，那只锅是王怀钦送给我们的，真要丢了，对不起朋友，还要买一只新锅。那些年，买一只新锅是多么奢侈的事。

于是，我率领儿子找来一根木棍，折腾半天，终于将盛满白雪的炒锅从麦草垛上接迎下来，儿子高兴地端起炒锅簸雪花玩耍，簸完再挖一锅白雪接着玩。

冬去春尽，夏天很快到来，静静的夜晚，知了声声，河水漠漠。星空下，忽传来"繁音激楚，热耳酸心，使人血气为之动荡"的秦腔，唱的是《游西湖》中李慧娘的唱段："仰面我把苍天望，天哪，天哪，为何人间苦断肠，飘飘荡荡到处闯，不知裴郎在那方？一丝幽魂无依傍。"

这曲秦腔散板，没有清脆细音的板胡伴奏，女性圆润柔和的嗓音，完美地把握着拖腔的柔和清丽，凄哀之情亦如板胡伴奏紧慢相合，让朗朗夏夜为之明亮。几句渺渺秦腔一下子把我带回童年，童年时，家乡一年要唱好几台大戏，大戏即是秦腔，尤其像《李慧娘》这种富有神话色彩的大戏，一旦上演，乡亲们都高兴地相互传告，老少都能将戏中唱词倒背如流，对剧中故事更是熟悉得如数家珍。

充满神秘感的秦腔剧本《李慧娘》，因其讲述爱情故事而备受推崇与传承。

深夜唱秦腔的女子可能来自秦地，不是甘肃便是陕西，如此字正腔圆，地方特色浓郁的秦腔唱调，在夏夜回荡，有种很不真实的虚渺之感。我侧耳倾听多时，没有听到重复唱段。心想，也许是南河对面菜农家的收音机或电视节目。

夏末一个夜阑人静的深夜，夜空犹如清洗过的镜框，框中悬挂群星。南河边，夜虫低低鸣叫，犬吠不时惊起。

静谧的夏夜，又有人唱起秦腔："离城十里张家庄，我的父人称张百赞。我的母高氏人称贤，上无兄来下无妹。"

这次是女声二六调，凄楚凝重的苦音慢板，纵没有板胡伴奏，依然不失古朴凝练。唱的是《花亭相会》选段中张梅英的告白："举家人送他求功名，幸喜得上京得高中，把一张休书捎回奴家中……"

女人的嗓音似被唱词撕破拉伤，与杜鹃哀鸣般回旋夜空。我再也睡不着，起身向碾麦场张望，夜光朦胧如幻境，远远看过去似白天般光亮，实实在在要看到某一样东西仍是一团模糊。唱秦腔的女人是否在夜空下面的麦草垛里，我是没有胆量下去看个究竟。

次日早晨，到碾麦场逐个寻找可容身的麦草垛，似乎每个草垛都有一些可能，但还是没有发现是哪个草垛留下了有人睡觉的痕迹。因为，每个麦草垛都被主人扯得齐刷刷的，没有多余的草铺在地面。也许，她早晨整理好才离开，或者她根本没有来过。

秋天，我们搬到县城内的武家巷子，与那深夜的苦音慢板算是永别了。

女人唱的《花亭相会》《李慧娘》都是与爱情相关的剧目，这两出戏是否与女人的命运相似，她是否遭遇爱情的利刃，是否是那负心的男人让她背井离乡？

一天下午上班的路上，听同事说："南河桥的碾麦场里，有一个唱秦腔的年轻女人，好像神经不太正常，前几天死了，联系不到她的亲属，被县民政局出面埋在南山上。"

我大吃一惊，联想到深夜听到的秦腔。追问同事到底是怎么回事？她说："一个唱着秦腔要饭吃的乞丐，在城边一家高墙红砖人家的大门前，唱着秦腔讨饭时，跑出一只看门狗，将她的脚腕咬伤，使她染上了狂犬病，露宿在南河桥边的碾麦场里，伤口感染恶化，死了。"

我听后受惊不小，当天下班，到南河桥边的碾麦场寻了个遍，碾麦场已清理得跟往常一样，没有任何迹象能证明这里曾住过一个病重的年轻女人。

无意识地上到小楼，站在曾经的家门口，南河淙淙流淌，南山树木茂密，天空云朵散漫，那个唱着秦腔一路乞讨的女人就埋藏在那片晴空下，世界还是那么美丽诱人。

忽然，碾麦场里，一只鸟儿扑棱着翅膀将要飞上麦草垛，发现我站在楼梯口，惊叫着飞向了河边。

太阳下，一切正在成为过去。

老 费

写下这个题目，这个已经离开尘世的人，我听见客厅有人走动，而后又听见阳台有人哼着厚重鼻音。之后，人消失了，房子掉进寂静里。我坐在电脑前，被这突如其来的静吓坏了，想起身关闭书房门，将静寂关到外面，而自己却成为静寂里的一部分。两天后，接着写对老费的追忆，总也想不通，老费去世三个月了，我才知道他离开人世。在此之前，我听说他的病情好转了，还能到户外去摄影，却突然在2007年正月十三日的早晨走了。

老费即成县工商银行职工费昌祥，军人出身，为摄影而生，是一位愿意为摄影花去生命中多半时间的人。第一次见他是在1993年年底，全区文学艺术代表大会上，中等个头，胸脯横阔，麦铜色肤色，浓眉隆鼻，精神饱满，衣着整洁，笑眯眯地跟我打招呼。当时，他是以陇南地区摄影家协会理事的名义参加会议。

比起与文朋师友的交往，跟老费的交往更多一些，因为我们同住在南河桥的深巷子里。几乎每天，树林上班前的中午或晚上，总能遇到从工行家属院走出来的老费，从见面交流到来家串门，自然而然成为常态。

总在夜里9点以后，老费加完班，从巷口绕道回家，在小楼后面喊："毛树林……"小屋里"哎"地应声，他"哟哟"回应，推开铁大门咚咚地上楼，坐在仅能容一人的沙发上，讲他白天听到的笑话，还没张口自己先笑得流眼泪。我们总被他笑的样子逗乐，半天又听不到他要讲的笑话，只看着他笑。而且因他持续坏坏地笑，我们也跟着他傻笑，笑好长时间后，他才讲一个自己不笑，我们笑的故事。

那一晚，老费进门笑得皱紧眉头，双手捂住脸久久不肯放开时，我便知道他肯定有一个非常莘的故事要讲。于是，我让他别讲。他擦拭着笑出的眼泪，歪着头说："偏要讲。"有时我们都被他讲故事时的坏笑打断，故事没听完整，只看他笑；有时故事讲完了，我们笑得直喘气，他却不笑。坐在床边休息一会儿又接着讲，接着笑，每次讲完故事，他都是哈哈笑着下楼，哈哈笑着打开铁大门回家。

一天下午，老费邀请我们一家到他家共进晚餐，去了才知道，老费家的房子属于工行内部福利房，面积大，装修漂亮，晚餐菜品丰富，嫂子做菜的手艺非常精细。我当时感慨地叹息。老费看着我说："叹息什么？你到我这个年龄活得比我好。"这顿饭让我终生难忘，在以后的日子里，每遇到生活困难或失意的年轻人，我都会借用老费的这句话激励他们。

鹰飞长空的9月，成县有了家用电话，装一台座机，机主要写申请，递交身份证，缴2300元钱才给安装。我们刚生了孩子，因工作调动半年未发工资，境遇十分窘迫。老费率先装了一台电话。夜晚，他依旧在小楼后面喊："毛树林……"小屋里紧跟着应声，他咚咚地上楼，说他装上了电话机，让我们买台电话，接在他家的电话线上，这样我们不用付费，就能打电话。如此，夜深人静时，老费悄悄在深巷两头，接通一条隐蔽在墙头和草丛里的电话线，将我们两家人的生活紧密联系在一起。我能想象，老费踮起脚尖，皱紧眉头，两手轮换从墙头缠绕电话线的动作，和他那专注的艺术家的脸膛，浓眉下面富有幽默感的苍鹰般的眼神，是怎样全身心地将电话线缠绕到我们居住的三楼。从此，电话铃声响起，便知是老费家的电话，老费一家每日每夜的生活，在电话铃声的响起与通话结束中，与我们一家三口人的生活产生某种神秘联系。

每当电话铃声响起，我会猜测，老费会跟谁通话？深夜电话铃声响起，我甚至会想，会不会是不好的消息，要从电话另一头告知老费？然而，这些好像都不是，临到白天抑或夜晚，老费从巷口过路，在小楼背后呼喊时索性省去树林的名字，以"哎，哎……"代替对树林的呼唤，树林同样省略："来啊。"以"哎"回应请他到家里来聊天。

1994冬天，成县连日大雪，青泥河两岸的白雪绵延至鸡峰山及更远的化垭村。我们居住的小楼，在雪停后的繁星下面像一只银色小船，河流在船身四周冻结成冰。天很冷，炉火紧靠墙壁呼呼燃烧，红色火苗让小屋充满温暖。

三个多月，谁也不知道我们两家人同用一根电话线，我们自己也忘记了那条电话线的存在。不知哪一天，有人发现墙头上的秘密，电信局拆除电话线，还给老费罚了款。"不多，几十块钱。"老费站在小屋里抖擞衣服上的雪花说道，"就是一根电话线，又没少缴一分钱，为什么非要去告密？"那晚老费没有讲笑话，而是谈起很多年前成县人民悲惨的生活境遇，和自己的成长经历。老费在山西大同服兵役时，当过记者，爱好摄影，写随笔、散文。复员后，回到成县，经常半夜到鸡峰山拍摄日出，到青泥河尽头去拍摄农村生活，步行几十里山路去拍摄上学的孩子。

他说自己是为摄影而生的人，必然要用影像追逐自然与生活的本质才能好好地活下去。

半年后，我们递交申请，缴费安装了一台座机，小屋有电话的当夜，老费提前打电话相约，到小楼下依旧"哎，哎"地喊两声。

1995年初春的一个傍晚，老费早早地在小楼后面喊，小屋里紧跟着我们的应和，他依旧咚咚地上楼来，说要请我们一家到他单位的办公室去看他多年来的摄影作品。

老费搬开办公桌，将装有他的摄影图片、重叠到屋顶的纸箱子挪开，打开其中一只纸箱。这箱子里是他多年来拍摄的摄影作品中的一部分，有500多张彩色照片，大到30英寸，小到八九英寸，记录着用摄影机留住的成县人的生活。《西北汉子》《关中妇女》《北国的香蕉》《农家学童》《横空出世》《鹰击长空》《瑞雪鸡峰》《秋染西狭》《一览众山小》《夜话》《农家》《馋"猫"》《我的家乡在岸边》，一张一张的影像呈现眼前，光影构成的明暗闪动、茫昧深远、圆浑立体，似乎可以触摸的空间感，让初春寒意犹存的长夜温暖起来。

老费翻捡着整箱子的摄影作品，自言自语："这些都是我写给时光的情书啊。"

老费忘情地讲摄影的光线、色彩、结构，讲他从摄影里读到的层层远景里暗含的人格情感与文化精神。如一枝被雪掩盖的红梅，阳光下的几叶绿草，没有任何背景，而那片空间里的风光日影宛然在目，似绕于前后左右，能感觉到大地山川的阴晴变化，色调变化，远近距离，融汇于心。

摄影寄情，是心灵感知"物"的境界，与自然中的"物"的和谐，忘怀物我，驰情入幻，由美入真，这大概是摄影的最高境界。用热情、智慧、执着，另加一分淡泊，拍出充满画外之意的作品，摄影教会他观察世界、识别和选择美，启发他的思想，他也从摄影里找到万物之源，找到构成生命、道路、河流，一则故事的完整线索和因素。摄影帮助他接受自然，理解人生，了解生命的意义，体会世界的深沉。

老费讲他对摄影的痴迷，讲他凌晨从热被窝里钻出来，背上机器徒步三小时到鸡峰山等待日出，讲他躺在草丛里听虫鸣草长，讲他被晨露打湿衣衫全然不知，讲他花光工资买摄影器材，讲他今夜凌晨要到鸡峰山去拍摄春雪染白的成县山川。他回家拿上三脚架、相机就要出发，全然忘记了时间已到凌晨。

室外，春雪悄悄落下，玻璃窗映照的光影，构成一幅超凡脱俗的冬夜图。

我们讨论得忘记了怀里熟睡的儿子。

当晚回家，老费背起相机、三脚架，独自去了鸡峰山，漆黑的寒夜下着雪，北风呼啸，危险随时都会发生，他难道没有想到吗？

2002年，我们调离成县后，听说老费买断工龄，掏空家底买回来一套二手洗相器材。这笔钱支出之后，令他焦虑着急，他不分昼夜地工作，只为加快影像馆的装修进度。装修完毕，他安装好洗相器材，却发现送来的不是他订购的器材，与商家多次交涉，商家答应换一套合格的。在老费千头万绪的期盼里，换回来的器材仍然洗不出自然色彩，这打击像无形的拳头，击中老费毫不设防的命脉。于是他长期熬夜，想在洗相的过程中改变相片的色彩，却因劳累中风。住院，出院，再住院，于2007年正月十三日早晨，突发脑出血去世，享年55岁。

老费从人间走过的最后一次回眸，竟然是用毕生积蓄买来的一套假冒伪劣的摄影洗相器材。

写到这里，我还想对老费再说一句话，然而这句话就像我对他用了"享年"的敬辞一般，瞬息封缄了我的咽喉。

天惠之碑

和许多去看《西狭颂》的人一样，我心存对文化执拗的崇仰。

人们从很远的距离之外，从静卧在峡谷中腐朽脱漏、浸透积水的古栈道遗迹寻觅而来。眼前是一片草木掩映的历史的遗景。一条缓缓流动的山涧，携带着小川镇下峡村樱桃花的馨香，从南北两座陡峭的山间辟出一条清幽幽的水路。峡谷中堆积了无数的怪石，河水潺潺漫石而过。旧时的栈道已不可辨识，人们从新建的栈道之上，缓步走进与远古的心灵相对应的地方。在这条悬空如龙蛇起舞的栈道上，你会听到一种奇妙的声音，轻轻环绕峡谷，不容你去想别的，情感已被陶醉。

《西狭颂》位于成县县城西边12公里处丰泉峡中段的庄子山岗，青龙头北侧的一处峻险如削的崖壁之上。在一块凹凸不平的石壁上，东汉晚期武都郡太守李翕的随从文官，同谷籍人仇靖撰文并镌刻的《汉武都太守汉阳阿阳李翕西狭颂》，也称《惠安西表》，俗称黄龙碑。叙述了建宁四年（公元171年），太守李翕主持修治西峡栈道，便利民众，促进商旅的事迹。碑文共611字，正文385字，画由黄龙图、白鹿图、甘露降、嘉禾图、木连理图组成。其书风雄劲浑穆，疏宕高古；其文畅达典雅；其画风形象率真，神韵朴茂。三风谐和，一脉相承。其卓越的汉隶书法艺术和镌刻艺术，受到海内外艺术家的广泛关注。

无凿无移，粲然如初的《西狭颂》，与产生于同一时代的陕西汉中褒斜道《石门颂》、略阳析里《郙阁颂》，经过1800多年的历史风烟，以它们特有的碑碣之美和山林书风，成为一代代学者仰慕的人文景观与珍贵的文化遗产。

从汉文化发展的历程可以看出，汉时的赋、散文、碑志的发展与统治者的大力提倡有相当的关系。这就奠定了东汉后期文人的共性："人生非金石，岂能长寿考？奄忽随物化，荣名以为宝。"在这样的历史大背景下，出现了"万流仰光"的汉隶书法的空前繁荣。这些冷冰冰闪着银光的巨石，难道是汉代文人寄存思想与精神的天然书库？

一座傲立在幽静山林中的石碑，因为文化的缘故变得熠熠生辉。这条千年栈道便不再寂寥，这条峡谷便有了浓厚的人文特色，人们怀着敬仰的心情围聚在石碑周围，仰望精神的圣殿。访古者虽历代不绝，黄龙碑依然保持着千年的沉默。直到清朝乾隆初年，成川知县黄泳在编修《成州新志》时将部分题记收入《寺观古迹》。黄泳有"命即墨张传至远播"的决策，在成州莅官五载："补建仪学，纂修邑乘，修黑浴河道路，除虑患，两赈饥馑……"可以说，黄泳做着与李翕同样的事业。这样一路下来，康有为、梁启超、李可染等为《西狭颂》做了详尽的研究，为《西狭颂》开辟出一条坦荡的文化传播之路。

"威恩并隆，远人宾服"，不仅仅是对李翕个人事业的赞扬，也是《西狭颂》意态高纵、精神飞动的人文内涵，在历史文化长廊中展现了独特的艺术魅力。这让我想起了发源于我国青藏高原的伊洛瓦地江——是缅甸人民的母亲河，它像母亲一样哺育着两岸人民，缅甸人民世世代代对伊洛瓦地江怀有深深敬意，称它为"天惠之河"。而汉代的黄龙碑，以它生命中蕴含的智慧之美、深邃之美、完整之美，唤起一代代学人不知疲倦的追求，亦是陇原大地的"天惠之碑"。

我想起初到成县时，朋友曾对《黄龙碑》做出这样的描述："峡谷中有一黄龙潭，潭水透出青绿色泽，潭里倒映蓝天白云的影子。两山葛藤扶疏，青松苍柏重绕。南边的山崖上，有一尊幽黑光亮的石壁，刻有一段历史，详细记载了古人挥舞工具、钻孔烧石、破崖立柱、开山修路的过程。石壁上有天然石龛覆盖，凌空高悬，外有碑亭保护，弘丽壮美。看见它时，会感到时间的运行在碑石上停留，一个立体的、活脱脱的生命呈现出来。"

一个雪晨，我与朋友们相约寻访黄龙碑。那时新栈道还未修建，我们从县城出发，沿南河朝西走，绕道上丰泉山。太阳朦朦胧胧，脚印旁边的雪如同受到惊吓一般，发出咯吱的声响，朝两边的草根隐去。在丰泉山的路标处，有一条下山的小路，由于路面太陡太滑，极难行走，我们只好在山头徘徊，高天远山沉睡在铅色的云海里，没有一丝亮光透出它的真面目。山上刮风了，夹带细碎雪渣，侵袭我们的身体。朋友告诉我："我们与黄龙碑同在一座山上，它就居住在山腰里。"我们低头俯视，只见浓雾压底，来自天堂的雪花静卧山崖。侧耳细听，山底汨汨有声，那是谷底响水河流动的声音，它的温柔倾诉，让我看到大地上涌起一张张虔诚的脸庞。面对千年石碑，是不能凭空想象出来的。在这白茫茫的山上，我感到心灵的触动，尽管这触动是寒冷的、茫然和疑惑的，它让我说不清是快乐还是苦涩。然而它隔山隔水向我走来了，尘封已久的历史仿佛可以触摸得到，仿佛我摸到它冰凉的神秘面孔时，感到全身在战栗，尽管这战栗也许与寒冷有关。在无限辽阔的天地间，我看到胸膛起伏的《西狭颂》是怎样成为历经1800多年仍然生机勃勃的文化范本。它点点的历史痕迹，透着古风的情韵，像空气般环绕我的四周。

几天后，阳光灿烂。我和朋友们依旧沿那条山路寻找黄龙碑。天还是原来的天，路还是原来的路，只是积雪融化了。短短的路途，让我感觉走了很久。1800多年的时光裹卷着我纷乱的思绪。我像一个从深山密林中走出来的幻影，刚刚开始对这个世界的认识与探索，怀着强烈的期望走过布满乱石与荒草的羊肠小径，在天井山南岸，我终于看到狭长的黄龙潭。传说，很久以前，潭里曾有黄龙腾空而起，飞入天庭。按照"天人感应"的学说，黄龙飞入天庭，必给此地降下福祉。然而平静如水的1800年里，这块土地渗进历史的深处，再也没有对世人有过任何许诺。乡民们伫立山外凝望这潭清澈泉水，黄龙始终没有回来。绕过黄龙潭，双脚落在千年的巨石上，我看到古老的黄龙碑，遒劲瑰丽，庄严肃穆，挂着千年的微笑，沉静在阳光背后。当我走近它，面对它时，有几行碑文像时光的精灵跳入眼帘："郡西狭中道，危难阻峻，缘崖俾阁。两山壁立，隆崇造云。下有不测之溪，阨芒促迫，财容车骑，进不能济，息不能驻……过者创楚，惴惴其栗。"当我凝视它，融入它时，我感到一股巨大的力量从石碑上流淌，我看到它的诞生，它的等待如一株树苗长成参天大树，而1800多年前的仇靖却依然在为大树培土、施肥、浇水。

　　其实，此时的我正和千年前的老人仇靖在一起，和今天温暖的阳光在一起。

历史在下午

　　我向来醉心于黑与白的概念与对比，白不是单纯的白，白里面有七种颜色，被白包容。黑里面却是纯正的黑，一大片一大片的黑夜，是黑的极致。手中的黑白油画《阿波罗与达弗涅》便是一个例证，整个画面及故事都在黑白对比的空间里完成，可以令人的想象驰骋到画面之外。

　　刚读过的书还在沙发上，书页打开，《阿波罗与达弗涅》的画面斜躺在沙发角落，太阳光照亮达弗涅的半边脸，另半边脸与阿波罗沉静在暗影里。玻璃茶几上面放了束新鲜的康乃馨，几只玻璃杯和苹果草莓，此时，时间是它们的。墙角放19英寸彩电，是搬家时同学送的，两侧是12年前买的钻石牌音箱，与电视机一样，放在客厅显得小了些。左墙角放一盆非洲茉莉，窗户边放了盆平安树。非洲茉莉因为水浇多了，叶片挂满水珠，像青肿的眼睛。平安树刚买回来，放在窗户前就开始叛逆，叶子哗哗地掉，自杀似的。此时，客厅里的这些树与草，几经变化，又被人重新安排在一起。

　　窗户边的单人沙发沉浸在玻璃窗照进来的太阳光里，书页依旧是打开的，《阿波罗与达弗涅》的画面上光线密集，时间与空间融合密切。

光线、色彩、线条反映出约翰·威廉·沃特豪斯艺术创造的天才。更为奇妙的是，刚才我用双手翻开书页，以目光抚摸过画中人物，这就让画中人的生命延续到现代，随我一同走进梦境。整个房间因为生命气息的回荡，由静态画面转变为立体空间，一片平安树叶悄悄掉落地板，旋转几圈便静止不动。

我躺在卧室的床上，在睡眠中回溯，婚嫁、上山砍柴、下地种植、缝衣做饭、孕育儿女，生活得艰难又幸福。这一切都是我在梦中回顾的久远往事，没有人能打扰得到，包括现实中的我自己。

阳光依旧明亮，一系列的概念，一系列不可替代的时间，都被光亮占有。客厅旁的餐厅，光背后的暗影部分，六把红色椅子包围一张红色长方形餐桌，桌上花瓶中的三朵玫瑰，如三束凝固的火焰，燃烧得缓慢持久。一只玻璃杯中盛放淡绿色茶水，另一只玻璃杯盛热气褪尽的白开水，餐厅的吊顶，像整个房间的夜空。夜空边站一扇磨砂玻璃与木板组成的记忆之门，由小木条隔成三个大长方形，六个小长方形，长方形呈垂直状态，下边则是木板，这扇记忆之门，是2004年11月19日下午2点20分，由一位姓何的装修师安装在这里，由两个金色活页螺丝钉固定在右侧墙壁，左边则是能随时关闭的银色拉锁。安装这扇门的那天，上午还是晴空万里，下午2点后，天空突然阴云密布，飘起一阵没有风向的雪花，那扇门当时放在书房，与其他的九扇门放在一起，何师傅抱起门穿过餐厅到阳台，将门平放后，用电锯锯出两道安装活页的活页孔，他挤到门对面，背靠阳台窗户，又钻出安装锁子的圆孔，抱起这扇门到厨房，嘭嘭嘭几下就安装好了，锁住打开，打开锁住，看过几个来回说道："这是第一道门，房子就要安门，有扇门就像人穿上衣裤。"说着离开厨房，到书房去抱另一扇门。那时，室外还在下雪，行人的惊呼隔窗玻璃传到阳台上来，一位收硬纸板的妇女手提一把秤，高呼："收纸壳哩……"声音穿过细密的雪花传到巷子深处。一位妇女头埋进怀里，头发遮住半边脸，使劲地拉装满砖头的架子车往巷子里去，一辆红色夏利"轰"地开出巷子，风一样越过拉架子车的妇女。一个男子骑自行车高喊："卖面皮哩……"一溜烟滑出巷子。工行家属院的人都上班去了，雪花落到半空化成水，空荡荡的院落只有何师傅安装门的嘭嘭声。这扇门大概记得这些。还有何师傅因为自己的过错安不好门，骂门时所说的话："这洋板的门，谁把你咋了？我看你牛还是我牛？"这扇门抑或其他九扇门都是他如此骂着安装好的。那天，房里的暖气热得何师傅的小徒弟流鼻血，小徒弟一边用手捂住鼻子，一边哭咧咧地说："就这样卖命，我三叔一天才给我20元钱，这20元钱还是嘴上说的，啥时兑现才是真的。"何师傅在一旁骂咧咧地念叨："还没开工就要钱，我迟早要被你们几个侄子逼死。"说完到阳台去接电话。

下午6点后，我叫来巷道里大嗓门喊叫收硬纸板的妇女，她站在门口探头往里看，并小声询问："是这家人叫我来的吗？"小师傅说："是。"她进门来，抬头望了一眼正在过道里挂石膏线的小师傅。蹲下来用手将锯末、柴片、铁钉等东西装进袋子里，装满四个又高又胖的袋子后，坐在地板上，脱下一只高勒褐色旧皮鞋，从鞋里掏出一叠褶皱得破烂的零钱，数了几遍后站起来，笑脸笑声地对我说："这10元钱给你吧，我得下去再寻个包来？"看着她粗糙的双手，一叠破烂如树叶的纸币，未曾系好鞋带的破皮鞋。我说："你拿着吧，算是替我打扫房间。"她赶紧坐在地板上将钱放回鞋内，拿起墙角的笤帚扫起来。我说："你下去找包吧。"她丢下笤帚挪动一只比她高大的袋子到门口，返身背起袋子下楼。一会儿上来时，她手里拿着两只袋子，双膝跪地装好柴片，站起来对我说："她姨，我认下你家的门了，你不要钱，明儿我给你背些洋芋来？"我说："好，可是我们暂时还不住这里，谢谢！"她笑着说：

"哎，哎……"这两声像唱歌般动听。妇女走后，她留在地板上的脚印，是雪花状的，脚印以水流的姿态，将2004年11月19日的天空，带进这套100多平方米的房间，这应该是十扇门记住的另一幕往事。妇女下楼时，顺手拿走这扇门里的男孩儿放学后脱下的一双"双星牌"胶鞋，他换上滑冰鞋去电信大楼前去滑冰，回来时发现胶鞋不见了。他穿着旱冰鞋爬到六楼，问妈妈为什么拿走他的胶鞋？我正忙着打扫房子，没听见他说什么。男孩换上拖鞋去写作业。一年过去，没有人知道那双胶鞋的去向，孩子也早已忘记。

这扇门是否记得呢？

室外阳光热烈，核桃树缀满条状的核桃花，两只斑鸠正在对面的楼顶上仰视天空。突然，一只斑鸠飞到核桃树下的花盆架上，将前两天搭建的草窝，用嘴挪动几下，另一只斑鸠紧跟着飞过来，飞进打开的窗户，撞在雪白的墙壁上，掉在阳台米黄色的地板上颤抖起来。窗外的斑鸠不知发生了什么，还在朝阳台咕咕叫，它转头找不到伴侣，又飞到对面楼顶。它好像忽然意识到发生了什么，又飞回来，用嘴啄得玻璃嘭嘭响，歇斯底里地叫，可是没有人知道为什么。睡眠中的人隔着三道门三堵墙，睡得昏天黑地。斑鸠不想活了，从两栋楼之间飞来飞去，褐色的羽毛掉到楼层底部。颤抖的斑鸠在阳台凝固，它的记忆从此凝固，风吹得窗玻璃吱吱作响，时间没有停留。

我醒了，眼睛睁开的一刹那，大半个床都陷入黑白对照的空间里，绣有红玫瑰的姜黄色窗帘只拉开一半，另一半拥于墙壁，阳光懒散地爬过窗台，照亮床角被面，被面浅绿色的蔷薇花开在纯白的底色上，有着胜过田野的清新。窗帘上的一朵酒红绒布制成的小玫瑰不知什么时候掉在地板上，玫瑰花朵面朝地板。记得午睡前拉窗帘时，那朵玫瑰还在窗帘上面，它为什么会掉下来呢？我捡起玫瑰，心想，正好有套裙子的领子可以缝上它，拉开衣柜，将玫瑰放在裙子的小翻领上，忧郁的深酒红被乳白色的裙子衬托出无穷的意味，整个衣柜被这朵窗帘抛弃的玫瑰花激活，生机蔓延衣柜，这种效果是我、玫瑰、裙子和衣柜都没有想到的。

到餐厅拿起盛白开水的玻璃杯，去厨房倒掉，水顺着下水道流走，水流声如另一个世界的歌声，流到最底层还唱着歌。听着水的歌声给杯子里放好茶叶，到客厅接水沏好，放在茶几上，茶香随热气飘向客厅，茶水温热的馨香将客厅的安宁打破，茶香推动阳光，在房间旋转。《阿波罗与达弗涅》还在沙发上，密集的太阳光让画面异常明亮，画中的空间显然被光凝固，人物周围的时间被映现得十分明确。古希腊神话中的两位艺术之神，与茶几上的一杯茶水共度时光的瞬间，我的房间及房里的所有事物都成为艺术本身，这是我始料未及的。

我从来没有想过，这个瞬间的意味有多么耐人寻味，但它已经在我的身体抑或内心经历过无数次。或许，在梦里，这种氛围启示过我；然而醒来后，在现实生活中，这远远不够。

恢 复

　　下午两点，卧室的窗玻璃浸漫乳白色的雾岚。窗面凝结的水雾，在正午的阳光下，显示出金黄的色彩。随手将一张贺卡似的油画，放在窗台上，太阳满满地照亮画面，上面画的是罗马帝国《和平祭坛浮雕》的一个局部写真，有意味的是奥古斯都大帝包着头，俨然一位宗教领袖。更让人惊讶的是艺术家利用空气透视法，画出人、动物、植物、石头与水，在偌大的空白中展示高远的天空和拟人化的风，使整个画面充满神性气息。

　　在这幅精致的画面上，包含人神共有的意识。2点20分的太阳，热量集中，光华四射，充盈生命的能量与活力，毫不含糊地张扬个性。此时太阳本身的意识还未苏醒，潜伏在它表面的激情里，任凭光涛汹涌，也不能将它宁静的表象给打破。我该去上班了，外面还有一段被太阳照亮的路程，这应是一个特殊的时刻，是让人始终感知的一个过程，是无法替代的现实意念。

　　打开门，听着手机里同学G从深圳市中心24层写字楼里传过来的声音，G的声音像春天的尘土，密不透风，有种柳树抽芽的感觉。我从六楼走到一楼，看到地下室的钢筋门上挂黄铜大锁。回身，楼道被小院涌来的阳光，对照得幽深、隐秘，光亮如皮筋似的伸进楼檐，拐角处陷进白昼的昏暗，往上昏暗凝结，仿佛产生传说的地方。

朝右的地下室里，住着一位姓黄的书法家，他也是工行家属院的门卫，年轻单薄，像个女孩儿，大家叫他小黄。除夕夜，小黄写了副春联贴在我家门楣两边，大年初三被树林看到，问我哪儿来的春联？字写得那么好。我摇头说不知。春联上的字是两当县写小说的苏先生来家里时认出来的，他说小黄的字写得越来越好了。饭后他介绍自己和小黄给两当县工行看大门的事，说完后独自哈哈大笑道："两当县的两个才子都是看大门的。"他笑得泪花汹涌，用纸巾擦拭好几遍才安静下来。苏先生是退职的工行职工，因待遇问题没有落实到位，心情一直不好。我知道小黄的经历后，便格外注意他，偶尔请他到家里来吃顿饭，他说话不多，每隔一两个月上楼抄回水表。此时，我就在小黄房间的隔壁，闻得见他中午炒土豆片的香味，地下室的小窗户开了一个小口，看得见出出进进的人，他写会儿字便抬头看一眼大门。太阳是火热的，他几乎与我同时走出昏暗楼道，揭开圆形的水管盖子，连接塑料管，打开水龙头，提着水管朝院子里洒水。雾化的水花浇湿阳光中的线条与光亮，尘土落地时光芒升起来，一道道细小彩虹跟着小黄的背影移动，安静偌大的院子里，小黄手中的水管滑过空气，声音异常洪亮。楼道里陆续走出上班的人，与小黄打声招呼之后便朝大门去了。

走出楼道，阳光的温暖迅速让身体超脱轻盈，变得充满活力。被小黄浇湿的灰尘在脚下起起落落，隔着光线可以看见，灰尘弹起后又落下的姿态。一些阳光在地面睡着了，睡着后都变成小小的、亮晃晃的精灵，一些被小黄用水浇湿的光芒，打着激灵醒过来，发出晶莹剔透的光芒。

　　到门口，站在明与暗的边界，再回首，发现小院的太阳一出现就形成自己的范畴，一个带有哲学性的艺术范畴，生疏得让人无法想象。一边的墙角，站着一棵石榴树，树枝正在举行另一种仪式，小黄喷洒在树枝上的水珠，迅疾卜落，我明白掉落到地面的水珠，没有一颗能够生还。对水来说，那棵小小的石榴树实在太高。然而，还是有一些水留在树叶间的小溪流里，石榴树上的水不再是悬挂的，而是流动的。显然，石榴树与水的邂逅，经由小黄的双手完成。在我经过的时间里，我的眼睛看得清清楚楚，但我说不清楚，是水邀请过石榴树，还是石榴树邀请过小黄，谁又通知我看见它们？同一时间，石榴树对面的小花坛里，绿色植物的叶子表面，光却呈现出另一种魅力，诸多明暗线条，在形状各异的叶片上，跳着属于自己的小小舞蹈。

　　更让人困惑的是，小花坛里的光，与石榴树和小院的光全然不同，那是脱离光的形式之后形成的另一种光芒，它温暖袭人，是纯粹的光明。它表现得闪烁不定，斑斓绚丽，却宁静如水，映照出一片片绿叶的内心世界。

　　小黄将院里的阳光浇湿，我能感觉到水的清凉，然而这散开的凉意又迅速地被太阳的热力重新覆盖。小黄仅能让洒在工行家属院的阳光暂时凉一凉，对他来说，再也不能做得更多了。

江　边

　　很多次，一个人来到江边，静静地站一会儿，听江水的流动声。或者坐一会儿，想一些头绪繁乱的事。或沿着水泥铺过的小路，慢慢走，慢慢想，梳理内心的困惑。这让我感到不是走在江边，而是走在一条精神的路上，翻阅内心的书页。走着走着，心生温暖，这温暖好似来自僧人手掌上的酥油灯，灯光从身边经过，散发光芒，散发暖意。

　　这是一条笔直的、很短的小路。路的尽头是一幢高楼，高楼后面是滚滚流逝的白龙江，江边修建一条公路，与白龙江一样的逶迤舒缓，很像一条江，只是一条在动中，一条在静中。车辆在静的河流上飞驰跑动，发出与江水完全不同的声音。

　　站在公路下方的低凹处，一片茂密的空地前面，听得见江水流动的声音，和另一条河流上飞跑的车辆发出的轰轰声。四周被有形的物体包围起来，与尘世远远隔开，显得很幽静。一侧是闲适的家园，一边是学校。学校被砖墙包围，听不见孩子们的诵读声。我看着眼前一块不大的地方，这块地很像旧时的挂画，横横竖竖地平铺开去，其间分布两个水塘，六块菜地，一块棉花地。

就着阳光，拨通母亲电话，电话接通的声音也像河流，很长时间过后，母亲接起电话，说她躺在炕沿，腿疼病犯了，不能走路，不能种菜了。我顿时感到周身弥漫起疼痛。母亲不能走路了，巨大的空洞向我袭来。我站着，泪水流下来，在心里聚成河。

我怔在那儿，忘了挂掉手机，我不知道找是谁，来这儿做什么，来找谁。菜地里的妇女忙着干活，身边行走的酥油灯依旧散发暖意。而那些手掌酥油灯的僧人，一个个从小路跳到下面的菜地里，像一群天真烂漫的孩子，唱起了歌。

> 长满紫苜蓿的山坡上
>
> 有一个长着猫耳朵的男孩
>
> 一天，他听见说话声
>
> 讲的是一个男人解甲归田的故事
>
> 他听见这个故事之后
>
> 天空飘来一件紫色绸衣
>
> 落在他的黑发上
>
> 从此，他就再也不会说话了

一旁的水塘边蹲三个钓鱼的男人，一个钓上来一条鲜红的鱼，鱼的身体在鱼钩上摆动，被钓鱼人从钓竿上取下来，放进尼龙袋里，尼龙袋摆动了一会儿，就不动了。

钓鱼人身后走来几个妇女，她们手提菜篓，说说笑笑，走进菜地砍莴笋、牛心菜，摘辣椒、西红柿、茄子。一棵茄子秧上长着几个小茄子，间隙开几朵紫色的茄子花，渡着秋天的忧郁。这里面暗藏了多少玄机谁也不知晓。茄子花一旦开放就是一朵完整的花朵，之后便会长出预期的果实。这个预期而来的果实是喜忧参半的，长在树上会老去，被人摘下会吃掉，惆怅的情绪都难免。此时，身后走来一位老者，腿有点瘸，扛着一把锄头，向一块菜地走去，他手抓住草茎慢慢下坡，走进菜地，放下锄头，站在地边望脚下的土地，慢慢蹲下来，用锄头挖菜苗旁边拥挤的野草，一垅一垅地挖。末了，又扶正一株一株的甜菜苗。他蹲在地头，重复同样的活计，有风从他身上吹过。

阳光密不透风的空间，一些风插上翅膀飞走了，一些在土地的表层轻轻跳跃，更有一些在梦里生着是非，做不同寻常的梦想。太阳下，没有什么是阴暗的，草努力生长，虫子们也在忙着为自己扩大地盘。青菜与野草之间，虫子与虫子之间，土地与土地之间，战争连绵不休。作为生物，它们的使命是延续与繁衍。

在温暖的酥油灯下，僧人们的歌声，从遥远的河流缺口传到水塘上空。僧人们的黄色僧衣迎风飞动，画眉鸟似的嘴巴里还在唱着歌，只是改了唱词。

女孩站在菩提树下

用树叶包着菩提花吃

还未吃完

女孩的发上

开满雪白的菩提花

在僧人唱第一句时，几棵白菜深深地低下头，又弯下腰，被摘菜的妇女砍下来，放进背篓。空出来的土地又被她们撒上菠菜籽。

妇女们说笑着摘菜，种菜，声音盖过马路边的河流声。

阳光弱下来，僧人的歌声高起来，高过水塘，浮上半空。酥油灯仍在不停地走。太阳的温度开始下降，降到土地的表层，又深入到土地的内部；后又上升，一缕一缕，跟随僧人的歌声向高处、更高处飞翔。此时，我眼前的杨槐树叶，微微泛黄，藏进绿叶之间。我的脚下，覆盖一层树叶，颜色各异，一些带着花纹和图案，瑟瑟作响。树枝间，昆虫飞来飞去，湿土层中，蚯蚓爬行，我的脚印跟它们的踪迹重叠，一层又一层。噢，前面过来一只青蛙，背着一只小青蛙，很可怕但又有几分可爱，是它的孩子呢？还是它娇弱的女友？它们都是谁的孩子？在太阳快要落下去的时候，一起来到我身边。

花椒树下，水露出地面，在树的根部聚成井。它们结构巧妙，相互如此不同，却又相互依存，相伴生长。

蚂蚁、蝴蝶、蜜蜂、七星瓢虫，浩浩荡荡地来了。我听见僧人含糊不清的歌声，像纷纷扬扬的雪花，从高处下落。

> 路边丢弃的鞋子
>
> 是谁疲惫的脚步
>
> 一个养蜂人来到鞋子跟前
>
> 两只脚伸进两只鞋子
>
> 养蜂人走进菜地
>
> 菜花黄了

瘸腿老人跪在地头，用锄头铲除甜菜边的野草，也快要铲完了，他正用力一根一根拔出长在地里的草根。可最后的几棵野草好像很牢固，老人用锄头深挖了几次，才把它们挖出来。老人站起来，伸伸背，咳嗽一声，又蹲了下去，从衣兜里掏出一只烟袋，擦亮一根火柴，点燃烟锅里的烟叶，深吸起来。我身边走动的酥油灯，在老人吸亮烟锅时，全部熄灭。抬头看天，天边涌动橙色晚霞，一盏巨大的酥油灯，正在向一座座山峰攀缘。

瘸腿老人抱着他的锄头，从地头一步步挪到水泥小路，问我："回吧？"我说："回。"妇女们背起满背篓的蔬菜，走上水泥小路，问我："回吧？"我说："回。"三个钓鱼人收起钓竿，从水塘边走过来，问我："回吧？"我说："回。"

我面向北方，抬起头喊："妈妈，我们回家吧！"

田野的灶台

从水塘边走过去，攀上公路穿过河堤来到白龙江边，我想看看夏天被暴雨淹过的土地，是否苏醒过来？还有白龙江对面的村里，还有没有人在山崖边烧石灰，有的话，就有浓烈的黑烟翻腾。

暗影浮动的阳光有些虚幻，天上的云彩像一群绵羊。

江边黝黑的田野里，有一位挖地老人，老人身后铺开一片不规则的黑土地，土地表面积有一层白龙江带来的淤泥，淤泥发出秋霜似的亮光，像一张张板结的地膜，将土地紧紧束缚。老人站在淤泥表层，将铁锹插进土层，用一只脚使劲踩一下铁锹，铲出一锹淤泥下面的土，老人不停地使劲踩，一锹一锹的土被翻出来，淤泥被埋进黑土下面。

天空乌云密布，就要下雨了。远处的公路上，车辆穿梭，人流如织。而黑土地安静如梦，土地下面的草根，江水深处的鱼群，在地下、水下贸易、联姻，友好往来。而此时，黑土地是哀怨愤怒的，江水是抑郁沉默的。老人半个月前挖过的土地，已经长出菜苗，浅浅的绿意从土地的另一头漫过来。

从冒热汗的土地里，从清浅的绿色里，我走到老人面前，刚要开口问他，他却气呼呼地先开口说话："我的地被洪水淹了，我没有地，没有庄稼，没有菜，我成了一个没事干的闲人。"他一口气说完，继续挖地，一锹一锹的土在他的手下轻如棉花，一小堆一小堆的黑棉花，在他面前涌动，前呼后拥，变厚变重。见此情景我刚要离开，老人提高嗓门喊："到地埂上走走啊？地里种上了油菜！"我站住，回头看老人，老人正在看我。我从包里掏出一颗橘子，回走两步，将橘子讨好似的递给他，老人接住橘子，生硬地笑笑道："走好啊！"

走向地埂，几滴冰凉的雨水滴在脸上。地面一簇嫩绿的草叶，挡住脚步，我弯腰想将它拿起，方知是一个苞谷棒子，苞谷棒子全身冒出湿润新芽，朝下的芽儿已经牢牢扎根土地。

站在雨中，我看见挖地老人肩扛铁锹，走到一堆白色灰烬旁，丢掉铁锹，从衣兜里掏出烟袋，划亮火柴，点燃吸起来。一会儿，他又从地埂边的衣服下面取出一把小铝壶，用几片红砖和一块石头垒起一方灶台，用石头堵住河边的风，把干柴点燃，放进炉膛，上面压几根苞谷秆，将铝壶架在浓烟四起的火上烧水。简陋的灶膛冒出浓密黑烟，淹没了红砖灶台和蹲在一旁的老人。黑烟爬出灶膛，拖过地面散成一把把暗蓝色的扫帚。黑烟冒过之后，飘飘的浅蓝色从灶膛升腾。火焰跳起来，热气漫向四周，小铝壶里的水煮沸了。老人从衣服下面取出一只铁杯子，将水倒进杯里，放在一边，躺在铺平在地埂间的衣服上抽烟、喝水、看天，时不时地给灶膛里添把苞谷秆，引得黑烟往上蹿，旷野一片朦胧。

躺在灶台旁的老人仿佛睡着了。灶膛里的火焰渐熄，苞谷秆燃后的灰烬轻如薄羽，它在火焰中脱下一件件白的衣衫，烧红的骨头越来越细，越来越薄，白的衣衫越脱越多，围住越来越小的骨头，火的骨头松软地坐在火炉里，一火炉的白衣衫，层层翻卷，安详圆满。我站立的地埂边，采不到花粉的小蜜蜂，飞来飞去，在菊花四周焦急起落，小蜜蜂飞翔的振翅声犹如来自天空的轰鸣，一声比一声显得虚无缥缈。

老人仿佛还在沉睡或者沉思。

我站着，身后500米的地方，是一座拥有10多万常住人口的城市。滚滚红尘，喧嚣不已，欲望的河流一刻不停地涌动在城市的每个角落。距我仅有20米远的白龙江，波涛汹涌，带着自然的力量，一路向前。我站在这两条河流的中间，处于两种欲望的夹缝。其实，我就是红尘一员，江水里的一滴。此刻，一个散步者的心魂已安放进田野，融进火炉小小的温暖之中。

大雨从天空扑向地面，挖地老人的身影隐进雨里。

大雨中，想必我的身影也是模糊不清。

和夜一起倾听

凌晨3点20分，我醒了，听见窗外掠过几声鸟的惊叫，而后是抽水泵发出的隆隆声，和另一边黑色塑料管里喷水的哗哗声。起身来到书房，扭开台灯，昨晚无心写就的短文《恢复》放在桌上，纸页上的文字如银色的鱼在动，让我莫名地感动。

其实，我对纯文学的东西没有兴趣，我喜欢了解文字营造的氛围，寻找一个切入点，将自己放进去，感受写作者的情绪。我一向对"情绪"一词感兴趣，比如说"崇高的情绪""坏情绪"等。借助情绪的力量能让我找到很多落脚点，如大海、草原、沙漠、白天、黑夜等，全是由情绪迸散的火花编织的另一种情绪的引领，这就是我读书的理由。

书房的百叶窗只拉了一半，窗帘是淡绿色的，春天的色彩，有着鼓荡的动感与深入内心的激情。窗朝向东方，太阳整日映照，夏天出差几日回来，淡绿的颜色不知什么时候变成了淡蓝。曾在门口站立良久，想不明白，是什么改变了窗帘的颜色？难道从淡绿中走来的淡蓝，就是凡人肉眼看不到的时间吗？

哦，只能是时间带来的改变抑或时间本身。

窗帘的下面，是暴露的玻璃，能看穿一切的透明。低头朝玻璃外面看，强大的黑暗，将我的目光堵了回来，我看见自己映在玻璃上的身影，虚幻得像天上的云朵。窗外的黑暗沉重地倾斜在半空，看来就要落到地面，沉到地底下去。夜空似乎从一开始就是含着泪的，像是白昼的葬礼。朝楼下看，空落落的一块不大的建筑工地，门口冷清清地挂一盏灯，彻夜亮着。抽水机不知疲倦地轰隆作响，塑料水管河床一样带领水向另一个地方跑。夜里看水，有种怜惜之情，水跑的样子像小孩，脚下生风似的跑得飞快。抽水泵旁一堆沙石，灯下的沙石是淡蓝色的，像断翅的小鸟。白天看见时，总觉得沙石的前世是某种鸟类。夜里观看更多了些鸟的特质，一颗一颗隆起，饱满如夏天的苹果。沙子一侧放一排钢筋条，半年多时间，一直未动，铁锈爬满钢条。几只背篓丢在钢条上，蓝的黄的工作服抛在上面，扑展着翅膀，空空地寂寥。

钢条旁堆起轮胎样钢筋和黑色的圆柱。前面是被夜晚染黑的猫儿草的小径，后面是停放汽车轮胎的垃圾场，更远处是高楼耸立的城市，山峰一样，叠进夜晚的黑暗之中。钢筋旁边站着红砖房，是建筑工地看门人的临时住所。看工地的是一女子。据说是老板的远亲，多少有点鲁迅笔下的"黄伞格"的攀附意味，是隔山隔水来的。白天，她坐在钢筋上做针线活，头埋得很深，水桃红的短衫，腰部充满力量。隔着窗玻璃，只看到这些。

朦胧月夜，红砖房里飘出民歌无拘无束的唱腔。很多次，那唱腔穿过玻璃，进入卧室，让我不能入睡或者将我从梦中惊醒。曾附耳玻璃或干脆拉开玻璃窗，倾听那唱腔，夜空中轻渺的歌声，在楼群之上，星辰之下，划开一条夜的道路。女孩的歌声邈远如天籁，飘荡在比夜空更远的夜空。我听着，夜越来越深，睡意阵阵袭来，细雨沙沙而下，顺着光滑的玻璃流淌，眼泪一般。多少次，我宁神静听，只听见那女孩高昂而鼓荡的声音，如风般扫过城市的夜空，而后就有雨打树叶哗哗落地的感觉，毫无遮拦的粗犷与性感。曾站立窗前，想象女孩的容颜，到底是怎样的女子，才能与她的歌声合拍呢？白天看见过的那个身穿水桃红的妖娆女子，有着花一般的年纪，和一双会做针线活的灵巧小手，想必她的嗓音也像百灵鸟似的，绝非如此大胆裸露。白天看见她时，就是弱风扶柳的模样，想必她表达感情时亦是害羞的。过去的夜晚，她的歌声我已熟谙在心，但至今未能听清一句完整的唱词。

一个被雨浸湿，睡眠被占据得没有缝隙的夜里，女孩野性的歌声，如竹林中的鸟鸣，连绵不断。突然，从楼群深处传来一男子的歌声，神灵般穿过夜空，与她毫无遮拦的歌声会合，唱和一直进行到黎明，方才结束。随后的夜晚，男子深沉的歌声先响起，唱过四五句后，红砖房里飘出女子的应和，依然无遮无拦，野性十足。如果将男子的歌声比作河流，女子的歌声就是河流上的浪花，苏东坡的雪花一样雪白的浪，是翻滚着的，绝非尘世呻吟矫饰的缠绵之音。以后，他们每晚唱至后半夜，经常轮唱四五句不等，如此有一月时间，再也听不见女子的歌声。我曾寻思，她也许嫁给了与她唱歌的男子，或者是建筑工地不需要人看门，她回家去了。

一晚，红砖房里异常安静，我因为感冒早早睡了。不知什么时候，一声如冰化水的歌声，将我从梦中惊醒。我的第一感觉是唱歌的人就在餐厅旁边的小卧室里，歌声从小卧室飘出来，漫过餐厅的桌椅，淌过客厅，穿过回廊，在书房门前停留。我醒了，不敢拉一下被角，拢一下额前的发丝，生怕这尘世的声音惊扰了她。出于好奇，我轻手轻脚下床，来到客厅，客厅沉漫军分区的路灯照过来的光亮，银粉般洒满白色窗帘遮住的空间，迷离得近乎梦幻，沙发沉沉地睡着，玻璃茶几上几朵康乃馨，散发着与白天截然不同的墨红，披挂着夜的无眠，独自唱心灵的歌。我转身推开小卧室的门，里面一片昏暗，掺杂从外面透进来的光亮，一个小小的空无一人的世界，沉静在自己的梦境。返回卧室，掀开厚厚的窗帘，楼下的工地仍旧亮一盏灯，红砖房停在暗处，四周堆码着砖头，远处偶尔滑过夜行的车辆，隆隆的巨响过后，夜重归安静。忽又听到虫鸣般的歌声，如水深处鱼的摆尾声，透过水面的露珠传递而来。我隔着一个深深的夜的世界，循着夜的空茫博大，极力辨别唱歌人的方位，向夜的深处探寻，而女子的歌声始终在夜空飘飘荡荡。

我深信：在深夜，上帝一定给歌者留了一条通向幸福的路。

池塘与乞丐

白龙江边，二号公路朝东延伸处，几间环土墙修建的瓦房前面，有片水塘。晴天的午后，不规则的田地里，摇曳还未成熟的棉花骨朵，风将棉花骨朵扯成丝线，挂在褐色树木的刺尖上。水塘里倒映的北山赤红橙黄，本来灰秃秃的丑陋山崖，被摇曳的池塘美化得如同丹霞，小风吹来，塘里的太阳散开回拢，塘里便闪亮各种形状的小灯。塘与塘之间有野草地埂，埂边蹲三三两两钓鱼人。

下午，遛鸟的王大爷，带着小孙女，提着鸣啾啾的画眉鸟。说这鸟比他4岁的孙女小两岁，鸟笼围块黑布，挂在榆树枝的荫凉里。大爷与小孙女垫张过时的报纸，坐在树底下乘凉。小孙女仰头教鸟说话，王大爷宁神静听，听不见鸟的回音，王大爷便骂鸟不是东西。遛鸟的时间一到，大爷手提鸟笼，一手牵小孙女，从倾斜的坡道上去，走向回家的路。

水塘的水是青黑色的，水面浮动绿色水藻，散发浓浓的腥腻味。这片小小的湿地，树种稀少，几棵细长的榆树长在公路边的斜坡上，坡面沙石干燥，寸草不生。公路跑动的车辆扬起灰尘，小而扁的榆树叶，灰尘厚重，成天摇头晃脑，大多早早夭折。而斜坡以下的水塘四周，深秋的阳光有着春天的明媚，两块不大的水塘边散落七块不同形状的菜地，水塘滋养着菜地，蔬菜不分季节地生长。几万片榆树叶却极端地表现出季节的周期性，黄黄红红地飘落，让这片藏于街角的一隅之地，悄悄拥有了四季之美。

太阳西沉，小路尽头走来两个乞丐，脚步拖沓，头发散乱，形容疲惫。身背破旧棉袄，棉袄的缝隙间挂只豁口的花瓷缸，他们一前一后走得跟跟跄跄。一个怀抱黄纸，边走边唱，唱腔如嗡嗡蜂鸣；一个身擦土墙，摇摆身体，瞻前顾后，若有所思。两人走到墙角，将棉袄丢弃在地面，顺墙倒地，靠墙伸展手脚。

突然，唱歌的乞丐站起来，朝身边躺着的同伴猛踢一脚。同伴翻过身体，抱紧手臂，将头埋进怀里。唱歌的乞丐又狠狠抬起一脚踢向同伴背部，他再次抱紧身体，两腿收拢，像头倦牛，动也没动。

站着的乞丐发出一声奇怪的吼叫，将钓鱼人吓得惊慌失措，朝他们喊道："你们找死啊？"惹得种菜妇女一阵哄笑。水塘一侧，蔓生的野草伸上小路台阶，两个乞丐一站一躺，无声无息。

墙后的校园里传来放学的铃声，喇叭播放起韩红唱的《天路》，高音量的流行音乐穿过池塘。

站着的乞丐席地而坐，躺着的乞丐突然站起，抓起豁口的花瓷缸，甩进水塘，水塘激起黑色旋涡，瓷缸沉进泥泞。钓鱼人一时沉默。他靠墙蹲下去，扯开黄纸，掏出兜里积攒的烟蒂，放在脚边。好多的烟蒂，如一堆粮食的种子，坐着的乞丐伸手剥开烟蒂，将烟丝抖到同伴撕开的黄纸上面。

水塘四周光影散尽，巨大的寂静在两个乞丐点燃的烟卷上闪烁。

你的眼神

一

巷道口卖菜的农妇，在路边铺开一张塑料布，将嫩绿的笋瓜摆成尖塔状，垂手站立等人来买。

走来一位穿裙子的女人，问妇女："一斤瓜多少钱？"农妇笑着回答："一块五毛钱一斤。"女人反问农妇："能不能便宜些？"农妇说："一块四毛吧？"女人伸手选出三只小瓜，农妇称过说："两块二毛钱，你拿好。"女人说："那就两块钱吧？"农妇说："那可不行，两块二毛钱，称得高高的，我不能赔本。"女人说："赔啥本啊？你自家地里长的，那就换个大的，我给你两块二毛钱。"说着从袋里取出一只小瓜，拿起瓜堆里最大一只放进袋里。农妇赶忙劝说："那不行，你的钱我不要，瓜你放下。"女人将塑料袋甩在地上，转身走了。

农妇捡起塑料袋，取出三只瓜，一只磕破一块皮。农妇朝满是尘土的地面看了又看，也没有找到那一小块儿瓜皮。农妇把缺了一小块皮的瓜，伤口朝下放在瓜堆上，又把女人甩在地上的塑料袋捡起，放在自己的膝盖上面，拉直、抹平、叠好，装进红布包里。

农妇抬起头，平静无澜的眼睛朝四处搜寻，仿佛怕被人窥见她内心波动处，那一缕幽邃的闪烁。她装作若无其事地高声喊叫："卖瓜咪，卖瓜咪……"

二

村里的小街叫石门街，四周尽是石头叠加起来的山峰，距离市区武都仅10多公里，几千年来一直趴在白龙江边陡峭的山岩下，像蛰伏于沙漠中的蜗牛，头都不能轻易动一下，因为那些覆盖于头部与身体各部位的石头，一定会随身体的轻微转动溃散崩裂而导致一场灾难。

这种环境对生命的褒赏，不是自然的善意奉献，而是生存在石门街的人，用尽力气从峭拔干旱的石头缝里，拼命夺取的养家糊口的粮食。

可在这里遇到的人都在微笑，村民老李快乐地对我说："村里的柿子一颗能卖一块钱，都被从兰州下来坐小车的人买走了。村里的西红柿送给城里的亲戚，他们都说好吃，大白菜更好，一斤能卖一块两毛钱。"

村口，一个黑影正往村里挪动。走近了才看见是一个天生直不起腰的年老侏儒症患者，她背着柴草，每走四步就放下背上的柴草歇息，腰弯曲得近乎直角，头更是抬不起来的。旁边的年轻媳妇告诉我："老人家年轻时结过婚，因为长得太小，不生育，男人另娶妻，说好要养她到老。坚持了几年，人家自己管自己，再也不养她了。她一不哭，二不闹，自己到山上捡柴，爬到坡上找吃的，多少年过去了，就那么大点儿的身躯，一不向政府要，二不向村民讨，还过得好好的。"

老人看着议论她的人，目光毫无意识，就像一棵树看到另一棵树。她刚从石头坡上捡回来一捆少得像小女孩的马尾辫般粗细的干柴草，放在她小得格外精巧的脚边。一只婴儿般的小手，拿着一只伊利酸奶的空盒子，另一只小手挂着比她的身体还长的锄头定睛看我。我问她，她不开口，始终用老羊般布满血丝的眼神看着我。

三

南桥段的桥墩下面，白龙江被一道沙滩分为两条，江水分别绕到桥北桥南，中间突出的沙岛上，住着捡破烂的夫妻和他们唯一的女儿。

女人蹲在沙上，穿一身红色塑料雨衣，收拾啤酒瓶和长长短短的木棍，男人穿长筒雨鞋，从江边一趟一趟地往沙岛背塑料瓶子，女儿赤脚踩水抱着纸板跟在父亲身后。

太阳西斜，父女俩把家当全部从江岸搬到沙岛。

女人脱下雨衣，穿起男人脱下的长筒雨鞋，将蜂窝煤炉子提进桥洞，双膝跪地，用麦秸秆制成的扇子扇火，扇着扇着，女人被呛得一声声咳嗽，一股股浓烟从桥洞窜出。

女人钻出桥洞，双手揉搓眼窝，到沙岛去取挂面，叫女儿不要再折腾堆在沙岛上的泡沫纸板，自己到桥洞里捞面吃。女人煮好挂面，又到沙岛上去取饭碗，来回四趟，把一碗漂浮着菜叶的面条递到男人手里，男人端过饭碗朝女人吼叫："盐呢？"

女人被男人吓了一跳，惊呼着反问自己："盐呢？"

女人问自己时，眼睛仿佛两颗煤球，发出一道灼热的光。

四

白龙江流到东江，在一片菜地边拐了一个弯，弯里站立一排白杨树，树与树之间挂一些江水从上游带来的杂物。跛腿的老婆婆手拿铁耙，弓腰站在树下，用铁耙勾挂在树间的柴草。老婆婆一遍遍钩拉，还是没有钩下来多少，一次次地扑空，又一次一次的成功，她终于钩过来一堆干柴草。

老婆婆拄着铁耙坐在江水退潮的地面歇息，风吹她苍老的面颊，吹她弯曲如弓的脊背，吹她稀少的白发。

老婆婆坐着打起盹来，树上几只喜鹊，鸟瞰老婆婆坐着睡觉。喜鹊觉得老婆婆真睡着了，跳下树飞到老婆婆的背篓上，朝老婆婆喳喳叫，老婆婆睁开眼睛，喜鹊哗啦飞上树。老婆婆拉起铁耙，颤巍巍站起来，将乱糟糟的柴草装进背篓，几根飘散额前的白发，总是不听话地遮掩那双曾经清澈如一汪水井的眼睛。老婆婆揉搓迎风流泪的昏花眼睛，靠白杨树蹲下来，使足力气，背起背篓，身体趔趄、站稳、挪脚，一瘸一拐地走上堤路。

老婆婆再回头时，江水和喜鹊，突然鸦雀无声。

五

老婆婆83岁了，用一条板凳做成架子，将盛满烧饼的竹笼放在上面，自己坐条矮板凳，从早到晚卖烧饼，老婆婆的烧饼养活着一大家子人。板凳一侧，老婆婆给天生智力残缺的小孙子，用一张塑料布做成放置鞋油、鞋刷、鞋垫的台子，让他给路人擦鞋。她之所以将小孙子的擦鞋摊放到眼皮底下，是因为小孙子只知道给人擦鞋不知道向人收钱。

老婆婆与小孙子的对面，有个年轻男人，用泥巴和草根做成粗糙灶台，灶台上面架着大铁锅，灶边放一麻袋板栗，男人握紧小铁锨用力翻炒着锅里的板栗。

老婆婆闻香起身去买板栗，称好二斤板栗后，男人身旁的孩子突然摔倒。男人转身抱孩子，老婆婆迅速从锅里掬起一捧板栗，放进给她称好的塑料袋里。男人抱起孩子转过身，接住老婆婆递过来的钱。这时，小孙子来到炒锅前，像奶奶一样将手伸到锅里抓板栗。老婆婆伸手将孙子的手打出铁锅，圆睁怒目，振振有词地说道："人活着绝不能拿别人的东西，要自己出力气去挣。"

男人听得动心，从锅里捧起一把板栗，送给老婆婆的小孙子。

六

看见女孩时，她正拿着一把被人丢弃的扫帚，从北街扫到南街，扫得灰尘飞扬，行人躲避，她不知疲倦地挥舞扫帚，快乐得大喊大叫。

女孩是个傻子，实际年龄不到18岁。

整个夏天，满脸污泥的女孩都在挥洒自如地扫大街，无拘无束地唱歌，随意奔跑，没有人知道她从哪里来，她叫什么名字，她夜里睡在哪里。

女孩见谁都笑，仿佛从天上掉下来的精灵，脏污的脸蛋闪烁明亮的光。

一天，女孩扫大街时，看到一个大男孩脚踩扫帚走过，女孩追上去，看着英俊的大男孩傻傻地笑，男孩被突然追上来的傻女孩笑得不知所措，赶紧拐进巷子，走进工作单位的大门。

从此，傻女孩边扫着街道，边盯着蒸包子的妇女，等她转过身就快步跑过去抢一个包子，跑到男孩的工作单位，将包子放在大楼传达室的窗台上，然后飞跑出大楼，蹲在房檐角落蜷缩成一团，眼睛像被黑泥包裹的两颗祖母绿，盯住大楼独自嘿嘿傻笑。

起初，女孩边扫大街，边趁机抢包子，后来干脆扔掉扫帚，躲藏在角落盯着蒸包子的蒸笼揭开，空中飞人般降落，抓起滚烫的包子跑进男孩的工作单位，放在大楼传达室的窗台上，再跑回去抢苹果、抢香蕉，抢地摊上的水果糖，将抢到的食物全部送到传达室的窗台上。

国庆放假，男孩的工作单位上班的人大多外出旅游去了，就连平时坚守大门的门卫白天也不在。女孩一如既往地往大楼传达室的窗台上送抢来的包子、苹果。空荡荡的大楼里，传达室窗台上的包子、苹果，整齐有序地放一排。一个干得裂了口的包子上面，有女孩抢包子时被包子的主人用包子夹打破手指，滴在上面的血迹，从树上飘下的银杏树叶落在血迹旁，生动又凄美，却没有人明白包子上面的血迹意味着什么。

冬天的下午，缩在大楼门口冻得发抖的傻女孩，看到男孩从大楼出来，突然跑上去抱住他不放。男孩甩开她，将她推倒在地，扬长而去。

不知是哪一天，傻女孩突然腆着大肚子，脸蛋糊满黑泥，眼睛溜溜转，笨笨的身体，在人群中走来走去，依然天马行空，一副得意扬扬的样子。

又是什么时候，她背着女儿，站在小吃街，眼睛转来转去，看见蒸包子的妇女一转身，上前抓起滚烫包子，跑到墙角的阳光下，哈哈笑着喂给女儿吃。

在小城，满脸污黑的傻女孩背着同样面庞污黑的小女儿，总被人追得满大街跑，跑过的地方总是留下一串串欢快的笑声。

想不起是哪一天，小城再也看不到她肆无忌惮的眼神，再也听不到她银铃般的笑声了。

<h1 style="text-align:center">七</h1>

过外纳乡，车速就像是爬行，车轮下的泥泞坎坷，仿佛一双双拽住车轮不放的魔爪。这条白龙江边上的乡村公路，头悬万重山，脚抵白龙江，本地人叫抽筋路。地震后，更加扭曲的抽筋路来了一群穿橘红衣服的修路大军，修路工仿佛是隐居在这条绝壁江水夹峙的岩石缝隙中，被地震震出来的精灵，给这条路上喘息的人们带来了希望。

雨雪中，每过几里路，悬在江水岸边的修路大军中，就有一个女人摇旗指挥车辆。接近临江时，一辆来自宁夏的白色三菱突然陷进泥坑，对面右侧斜插进来一辆拉运砖头的重卡车，头包红色头巾的妇女，手摇小绿旗，从泥泞处跑到三菱与卡车的间隙，使劲摇晃手中的小绿旗让卡车后退，从蒙住嘴、鼻子的红头巾后面发出嗡嗡的声音。风夹杂雪渣横扫河谷，真是冷啊。妇女半睁眼睛吼了半天，卡车与三菱车的司机无一理会，她敲三菱车门，司机岿然不动，用小绿旗在卡车高高的驾驶座前摇晃，司机当作没有看见。

她急得原地转圈，找不到一个帮手，将小绿旗插到上衣扣子缝隙，跑到路边抱来一块泥泞石头，垫进三菱车的前轮下面，又跑到路边去找石头，风吹掉衣扣间的小绿旗，她抱起一块石头弯腰跑至车前，司机打开门，朝她一声吼叫，她抱着石头，吓得趔趄后退，司机回到车上，轰一声加大油门，将车开出泥坑，车轮飞溅泥水，挤过大卡车，碾过妇女胸前掉落的小绿旗，飞驰而去。

妇女抱着石头，眼睁睁看着飞驰而去的三菱车，担忧让她忘记放下石头，再一次跑到卡车前面，试图用怀里的石头为卡车开道，然而，卡车在她跑过来前，轰然开走。

妇女放下石头，回头望着通行的车辆笑了，原本在她手里的小绿旗，此时就在车轮下面，要捡起那面旗子，她只有站在风雪中，等待车流停下，才有机会。

快速通行的车辆里几乎没有几个人能回头看看她，妇女用红色头巾包得严实的脸上只露出一双眼睛，像深夜的星辰，发出了欣慰的光。

八

从文县返回武都半途，江边的悬石上，站一位男孩儿，前几天，我去文县时，从车窗玻璃后面拍过他，脸上挂着一个大男孩儿天真的笑。这一次，他没有笑，他神情严肃地朝我们的车子挥动通行的旗子，乘这个机会，我打开车窗，问他多大了。他埋下被灰尘糊得只见乌黑瞳仁的眼睛，低声说："16岁。"车子擦着他橘黄色的衣襟缓慢前行，他把腰身向后躬了又躬，身体弯曲成弓，手里的旗子使劲向前摇晃，几乎晃到了车窗玻璃，他的双脚还要再往后退两步，才能让出灰尘中的车道，然而他要再后退两步的话，就有掉进白龙江的危险。他努力站稳脚跟，让弯曲的身体保持平衡，灰尘中，他手里的旗子树叶般轻微地摇晃，一辆卡车驶入狭窄路段，跟在我们后面，车身颠簸，男孩儿退至路的边沿，一只脚踩在路边的铁框架边，铁框架下面是滚动的白龙江。另一只脚站在石头上面，石头都是身心分离的乌合之众，踏不稳立马就会崩散。灰尘升腾，仿佛大雾，车辆跟着车辆，没有让男孩儿喘息的时间，男孩努力让自己保持身体的平衡。灰尘挡住了男孩儿的眼睛，那一刻，世间所有的眼睛都被灰尘蒙蔽了。男孩儿晃动身体，两只手各拿一红一绿小旗子，朝过往车辆挥动通行或暂停的手势，即使灰尘飞进他的眼睛，他也根本没有机会停下来，挤出眼睛里的灰尘。于是他只有半睁半闭着眼睛，在指挥车辆通行、暂停的过程中，使劲用眨眼睛的办法赶出眼睛里的灰尘，以至于他的眉头总是皱成一团。

车子通过，我只能凭借想象看着男孩儿，从悬空的铁框架挪动一只脚站到石头上，从上面的石头跳到下面的石头上，再一步一步回到路面。

男孩儿在灰尘中站一整天，在风雨中挥一天小旗子，才能赚到70元钱。这份工作不是每一个男孩儿都能做到，是要通过坚强的意志力才能得到。

我相信男孩儿，在不久的将来，一定会站在自己的路上。

九

2011年中秋节，我带着全国造林劳模刘尚文送给米仓山护林员中秋节的礼物——月饼和点心，在一片突然降临的大雨中，来到米仓山雷达站。雷达站周围草木深深，一片荒凉的山坡上，野兔子、野鸡成群结队，山顶只有一家人，住在雷达站的老房子里。大雨中，我从齐腰深的野草中下坡，走进雷达站的院子里，看到站在两尺多深的泥泞中的女人，正背对我，面向群山高声喊叫男人回家。女人身材娇小，身穿红衣，耳聋到我走到她身边都没有觉察。院落泥泞深厚，无法让我走进护林员的家里。我只好将刘叔送给他们的月饼和点心，隔着大雨和泥泞递给耳聋的女人。

女人掩住一双好看的眼睛，接住刘叔送给他们的月饼和点心，埋下头盯住自己陷进泥泞的双脚，仿佛受了委屈，不再抬头看我一眼。

雨大起来，雷达站笼罩了一层昏黄的浓雾，天地合在一起，一阵大雨倾盆，一个金黄色的闪电从天边滚落，突然间，大雨停了下来，天边涌出一道彩虹，悬挂于雷达站上空。

彩虹下面的群山中传来女人的男人，一声接一声的喊叫："等等我，等等我，给刘爷捎一背篼洋芋！"男人的声音像雨后的彩虹，从山脚向山顶攀爬上升，钻进我的耳朵里。

我站在深草中等待，男人的声音在群山中重复响起，像远古的崖娃娃的回声在山中跃荡。

等待多时，大雨再次降落，雨声隔离了山中男人的喊叫，我的衣服完全湿透了，整个人像一片浓雾，滴落着雨水。雨越来越大，男人的声音也听不见了。我只好上车准备下山，山陡路滑，车开得很慢，摇下窗玻璃边走边朝后看，只听见山风和大雨，却始终看不到人。

快要下山时，车子前面冒出一个湿淋淋的黑点，车刚停稳，背着洋芋的男人，走到车前，掀起后备厢，把背篓里已经被雨水洗干净的洋芋，倒进后备厢，挥手让我们走。

我下车与男人道别，看到他满脸的汗水夹杂雨水，眼睑处的睫毛与下巴处的胡须，被汗水和雨水冲刷得像一片飘游的野草。

男人睁大湿漉漉的眼睛，透过哗哗下落的雨帘看着我，用被雨水淋得沙哑的嗓音说道："把洋芋给刘爷捎上就好了。"

中国乞巧

中国乞巧风俗由来已久，不管是秦风汉赋，还是唐音宋律，都不难觅其踪迹。但甘肃省陇南市礼县、西和县一带的乞巧，融崇拜信仰、诗词歌赋、音乐舞蹈、工艺美术、劳动技能为一体，一年一度，历时七天八夜，时间之长，程式繁杂、规模宏大、原始古朴、气氛神秘，世界独一无二。整个活动分为坐巧、迎巧、祭巧、娱巧、祈神迎水、相互拜巧、巧饭会餐、跳麻姐姐、转饭、照瓣卜巧、送巧等十余个环节，被誉为"中国女儿节"，寄托着女儿们心灵手巧，自立自强，对美好生活的热切向往，是"女儿梦·中国梦"的生动体现。

——题记

一、千年乞巧千年唱

每年盛夏，农历七月初一至初七，在礼县的盐官、祁山、永兴，西和县的十里、姜席、长道等20余乡镇，绵延100多公里的西汉水上游一带，几十万妇女儿童自发欢度乞巧节。我的家乡礼县固城乡，与乞巧地相隔40公里，对于地处偏远的固城女子，乞巧节只是一个遥远又温暖的想象。后来我参与了家乡文史民俗的调查研究，接触到大量关于乞巧节的资料，有几个问题一直让我困扰：乞巧风俗从哪里传来？是自外舶来还是本土民俗？其文化根源是什么？让人意想不到的是，20世纪90年代初，在礼县大堡子山发生了一起震惊中外的盗墓事件，才揭开了一个困惑学术界多年的历史难题。

法国收藏家克里斯蒂安·戴迪啧啧赞叹从中国礼县大堡子山运去的文物的精美绝伦时，令人更为震惊的是，大堡子山出土的国宝级文物在短时间内还出现在美国、英国、德国、日本和我国的台湾、香港等地，其品位之高，数量之多，外流速度之快，均令国人瞠目。

古墓被盗的消息不胫而走，学者专家闻讯赶来时，大堡子山上千座古墓早已盗劫一空。专家们从扼腕长叹、撕心裂肺、追悔莫及的痛苦中镇定下来，经过对古墓实地考察，从墓葬结构和带有"秦公"铭文的青铜器物断定，大堡子山古墓群为学术界"梦里寻它千百度"的秦人第一陵园，即秦始皇先祖之墓。礼县，这个在全国数一数二的贫困县，一时在中国乃至世界范围内声名鹊起，这场"古墓浩劫"堪称中华民族的千古遗恨，震惊了世界。光彩夺目的秦早期文明在被时光埋藏了2700多年后，竟以如此尴尬的方式呈现在世人面前。大堡子山墓葬群的发现，不仅解开了"秦西垂陵园"和"秦人发祥地"两大千古谜团，也填补了学术领域华夏文明史的部分空白。

随着千古之谜的渐次解开，越来越多的文物、文化研究工作者参与到这场"考古悲剧"的后续整理工作中来，学者发现流传于大堡子山下、西汉水流域的乞巧民俗为秦早期文化遗存。

《史记·秦本纪》中有记载："秦之先，帝颛顼之苗裔孙曰女修。女修织，玄鸟陨卵，女修吞之，生子大业。"女修是嬴姓族人的始祖母，大业是秦嬴政的先祖，玄鸟就成了秦人图腾。

在"女修"这颗智慧之星的照耀下，秦人自遥远的东夷海边开始迁徙，踏上西迁的漫漫征程，嬴姓族人经历25代不屈不挠的艰苦斗争，最终在甘肃礼县西汉水上游的"西犬丘"封侯建国。在此宝地经过400多年的东征西讨，继而扩张疆域到陕西雍城发展，在咸阳壮大，于公元前221年，秦王嬴政统一齐、楚、燕、韩、赵、魏六国，建立了中国历史上第一个统一的中央集权封建王朝。

女修以聪慧闻名，为了永远纪念给嬴秦族人以强大精神动力，以"织"彪炳史册的伟大祖母，秦人供奉女修为神，谓"织女"，将天汉西侧最亮的一颗星命名为"织女星"。织女在天河边日日纺彩织云，让苍白天空变得云朵锦绣，给征战子弟儿孙以精神抚慰，给人间的女儿以无限遐想和希望。于是，秦人对始祖母的崇尚和祭祀代代传承，民间尊称女修为"巧娘娘"。演绎为秦人女子每年一度的乞巧节。

秦始皇统一天下后，废分封，置郡县，统一度量制度，车同轨、书同文，树立了大一统的国家意识，御外敌修长城，兴修水利工程，为人类发展做出了巨大贡献。可在另一面，不恤民力，滥杀无辜，焚书坑儒的政治暴行也达到了极致。秦的祖先"女修"，"巧"的精髓是善良与智慧，是对有情无情之物的体恤。秦始皇打下江山之后，没有传承"女修"的一腔慈悲情怀，而是一味地过度消耗，使用强权和武力征服，置人民生活于水深火热，将女修内在精神力量消耗殆尽，导致国家快速灭亡。他们生前无法预料的是，在地下沉睡2700多年以后，盗墓贼疯狂的铁锹捣毁了先祖的葬身之所，但让他们也没有想到的是，千年乞巧的演唱成为他们永远的守望。

随着秦人的东扩，乞巧民俗随秦人东征的马蹄声，蔓延至沿海地区甚至日本、韩国等汉文化圈内，逐渐成为东方女性的浪漫节日。随着历史演变，大多地方的民俗传承已消失，或简化为农历七月七日一天时间，与"七夕"节融合为一个节日，唯独甘肃省陇南市的西汉水一带，仍保留七天八夜的祭祀仪式，为人类完整地、原汁原味地保存了一个秦早期文化的标本，一个农耕文明的载体，一个以"巧娘娘"的故事为契机的乞巧民俗。千年乞巧唱的是现代人的乡愁，是不断重建的中华民族的精神家园。

乞巧节在特殊历史时期曾中断十多年，在那个年代里，妇女在墙台、粮食柜、年画后面，更多的是在自己心里，给巧娘娘留下了隐蔽的"神龛"。每年农历七月一日至七日，夜静更深之时，妇女们偷偷到西汉水边朝觐天上的巧娘娘，请巧娘娘下凡赐予她们灵巧和善良。出于这份至真的期盼，20世纪80年代，即将消失的乞巧节再次复活，近十年来又一次得到复兴，轰轰烈烈地开展起来。

我一直想全程参与浪漫的乞巧节，给少年的自己一次补偿，于是我做了一些准备工作，提前四天，即在阳历8月8号，到礼县祁山镇西汉村，去实地感受乞巧节的氛围，当一回真正的乞巧女。

到西汉村的时候，菊爱娣家的五间瓦房已拆除，正在原地基修建两层楼，砖墙已砌到一层楼的高度，钢筋架子如蛛网盘桓。主房拆除后，菊爱娣的家庭幼儿园暂时放假，三间曾用于开办幼儿园的旧瓦房里，存放家里所有的生活用品，家具挤在一张一米五的大床四周。昨天她接到我的电话后，给为我准备的床换了干净的被单。我问她："你们住哪儿？"她指着幼儿园边上的一扇门说："那间屋里还有张床。"她在电话里没有说拆房修房的事，而我一直要求住她家，因为之前我们已有过两次交流。重要的是她是西汉村的巧头，对乞巧活动的流程及乞巧民俗承载的内涵了如指掌。

挤就挤吧，菊爱娣让儿子住她娘家，丈夫住偏房，她与我睡在一米五的大床上，正好可以好好聊聊乞巧。

西汉村今年的巧头仍为菊爱娣、孟玉玲、杨彦巧、马瑞女。菊爱娣生于1968年，其他三位都是70后，她们当了多年的巧头，只要她们拧成一股绳，西汉村的乞巧节必然是一次盛会。

孟玉玲与菊爱娣的家住在对门，过往不过百来步，两家共享大槐树春华秋实的生命萌动，和片片绿叶飘进庭院的深情厚谊。孟玉玲一大早过来与菊爱娣商量今晚迎巧之事。今年坐巧点安排到她家有两个原因，一个是为她儿子童儿，因她怀孕时不小心服下的感冒药伤及大脑，虽是轻微智力障碍，她的心绪还是彻底乱了，之后，她又生下一个冰雪聪明的女儿，但这仍没有让她受伤的心恢复如初。她希望一半年内给童儿找一个一天能做三顿饭的女人，她就可以放心地到另一个世界去了。她想在今年乞巧时借巧娘娘的能量给童儿鼓把劲，促成儿子的婚事。其二是明年大学毕业的二女儿要参加上岗考试，她期盼女儿考试顺利过关。

杨彦巧的工作是为乞巧节集资，今年村里的五个组里，只有一组、二组共计33人参与乞巧。33位巧女每人收10元钱，共收到330元钱，这笔钱用于购买敬神的礼炮、香、蜡、纸、茶叶、一次性水杯等，巧女的服装、绸扇列入自费项目，统一网购买到，早在三天前试穿合适后，发放到个人手里。

往年和儿媳罗婷婷一起唱乞巧顾不上吃饭的马瑞女，婆媳两人因为热爱乞巧，亲得如同母女。今年她要带一岁半的小孙女，还要分担菊爱娣因修房子不能顾及的排练演唱乞巧歌的工作，比往年婆媳同唱乞巧还要忙碌。

菊爱娣今天下午的工作是糊巧娘娘像。

"只要掌握糊巧的原则就可以了。"她双手托起桌上的土模具说。我让她讲讲糊巧的原则，她笑得弯下腰说："原则两个字太严肃了，但还真有一定要遵守的硬原则。"菊爱娣是个美人，大眼睛，鼻梁挺拔，肤色白净。她转而语气轻盈地说："一是糊巧娘娘像必须自己动手，这样才灵验；二是材料为纯棉、真丝绸、新麦面糨糊，天然木条、竹棍、彩色纸、新麦草、新棉花、新棉线、新剪刀，这样才对巧娘娘虔诚；三是贡果为水果和纯菜油炸制的花卉，不能有动物油脂和造型，做到这几样才是真正的敬畏。"

她心无旁骛地在土模具上面糊纸烘吹，画眉描眼，隆鼻剪嘴，剪发做髻。三小时后，一位云髻雾鬟、慈眉善眼、嫣然微笑的巧娘娘像就做好了。

这是她每年的七月里要完成的作业，几乎赋予了她内心所有对女性美的阐释。

此时，对门孟玉玲家的院子里，太阳像一团燃烧的火。赵金梅、安永红、王瑞女、独淑珍、梁蕊儿、荞桂花等，在一片欢声笑语里给巧娘娘糊花轿，做莲花台，缝衣裁裤，剪红花绿叶。这些日日种地放羊的女人，花了两天时间，用粗糙的双手剪出一院子花团锦簇的"巧"。这些农耕文明的诗性呈现，一会儿都要穿戴在巧娘娘身上。

夕阳西下，我跟菊爱娣来到孟玉玲家的四合院，经过香火熏染的家居庭院，于灯光辉映处，疑似旧时代的房屋建筑。木工精细，材料结实，正房与侧房形成丁字直角，留出宽敞的四方大院，正门院墙贴瓷砖制成的迎客松拼画，与前面一院同样结构的房屋并排伸进土巷深处。走在我前面的老人家眼明耳聪，面色红润，介绍自己是孟玉玲的婆婆。说她16岁那年嫁到独家时，独家给她一把苜蓿根作为家业。寒冬过后，她从冰冷的炕头一路念着巧娘娘走进融雪的土地，把那把干瘪的苜蓿根栽进泥土，苜蓿一年年生长，一年年开花，她接连生下两个儿子，逐渐修起两院房子。

她含蓄地微笑，指给我看她的家。顺着她的手指，我看到砖墙前一排硕大垂首的向日葵，更远处，是西汉村人的土墙瓦房、槐树和夕阳闪烁的浩渺天际。

老人家谦逊地走上水泥台阶，站在不再唱乞巧的女人的行列里，现在她们都是上了年龄的观众。

菊爱娣数着跪了一院子的巧女，说算上她一共33人，最小的5岁，叫婉婷；最大的46岁，是她。还有比她大的，今年没唱，但她们都在边上站着，和她们一起乞巧。她展开笑脸看站在房檐下的女人们，有100多人。

巧头们把西汉村最好的苹果、葡萄、梨、油桃、李子、核桃、西红柿、花朵，和姑娘们亲手生的绿豆巧芽一盘盘端齐，跪地燃香点烛，桌上的水果晶莹剔透，香火袅袅，烛光摇曳，巧娘娘似乎已经来到人间。

菊爱娣三跪三拜后，轻轻揭开巧娘娘头上的红纱，四目相对，巧娘娘慈祥湿润的目光，似乎在探视莲花台上的自己。

全体巧女手执信香，面向巧娘娘双手高揖至额，躬身行礼，一齐下跪，焚香焚裱，三跪三拜，通知天上的巧娘娘梳洗换衣，准备下凡。

上香请神之后，桌为神桌，需有专人负责早晨、中午、晚间的供奉。白天香火不绝，夜晚明烛高照，直到初七晚送巧结束。

门外鞭炮一阵毕剥，巧女一起跪地齐唱《迎巧歌》。

"枣儿树上结枣哩，向阳人家坐巧哩。八仙桌子正中摆，四个板凳两面排。大花瓶里菊花黄，桌上的贡品满屋里香。文县的柿饼大又软，兰州的枣儿味道甜。上庄里拿的八盘梨，下庄里拿的化心梨。各样贡品摆全了，把巧娘娘等了一年了。去年去了今年来，头顶香盘接你来。巧娘娘，下云端，我把巧娘娘请下凡。"

唱词用方言来唱，热情质朴又沉吟神秘，带着欢喜期盼，也充满庄严敬畏。

"六月三十天门开，我请巧娘娘下凡来。巧娘娘，下凡来，给我教针教线来。巧娘娘教我绣一针，一绣桃花满树红。巧娘娘教我绣两针，二绣麦子黄成金。巧娘娘教我绣三针，三绣中秋月亮明。巧娘娘教我绣四针，四绣过年挂红灯。巧娘娘，驾云来，我把巧娘娘请下凡。"

唱完请神歌，全体巧女手执信香，躬身退出庭院，到大路转身面向西汉水垂首，等待端香盘与端花盘的巧头前行带路到河边。

篱笆院墙，瓦屋门前，站立着一排排轻松愉快的男性观众。

这支长长的迎巧队伍由老中青少组成，老的有奶奶，中的是妈妈，小的是姑娘，更小的是孙女、重孙女，这支四代人组成的乞巧队伍，在她们的爷爷、爸爸、丈夫、哥哥、弟弟、儿子的注视下，怀着一年的期待，穿过曲折的巷道，穿过长长的苹果林，到西汉水边去迎接巧娘娘。

这样的仪式已经在西汉水边上演了几千年，眼前的情景只是年年重复的场景。

到河边，姑娘们将端午节戴在手腕上的手襻取下来，接续起一座长长的红线天桥，最小的婉婷和依婷两姐妹各拉一头，分站河水两岸。菊爱娣和孟玉玲跪在河岸点蜡、燃香、焚裱、鸣炮，巧女三跪三拜后列队摆扇，齐唱《搭桥歌》。

同一时间，西汉水两岸20多万女性，400多支乞巧队以同样的方式举行迎巧祭祀。

"三张黄裱一刀纸，我给巧娘娘搭桥子。三刀黄裱一对蜡，手襻的红绳把桥搭。巧娘娘穿的绣花鞋，天桥那边走着来。巧娘娘穿的云子鞋，登云驾雾虚空里来。巧娘娘，驾云来，我把巧娘娘请下凡。"

歌声穿过茫茫夜空，在夜幕拉开的天地回荡。

接到巧娘娘回村后，先敬家神，迷离夜色下，柏树绕过家神庙的房檐投映到地面的斑驳影像，疑似历史鲜活的烙印。

香烛点燃，巧女长跪，开始颂唱《十支信香》："一支信香一次拜呀，一朵莲花照（在）瓶里开。"从一朵莲花唱到十朵莲花，三跪三拜后。再到马王爷庙、地祇爷庙做同样的跪拜。

这一轮敬神，是巧女们带刚下凡的巧娘娘拜见神灵的祭祀仪式，巧娘娘与诸神见过面之后，回到坐巧人家。此时，巧娘娘的魂魄才真正回到自己身体。姑娘们的歌声似唱似说，夹杂着人神相逢的欢喜，歌声舞步始终保持对女神来到村庄的感恩，以及对自己笨拙的惭愧。

不觉间巧女们已经唱到凌晨，一年一度的乞巧节正式拉开帷幕。

凌晨一点半，唱哑了嗓子的菊爱娣站在烛光映红的台阶前，向大家宣布："明天凌晨五点准时到庙水泉迎水神。记住，一不能闪神，二不能闪人。"

二、神灵覆盖的地方

独申斌是位沉默寡言的男人，从我到他家，他一直在埋头拾掇院里的砖头、沙石、水泥，为修新房竭尽全力。这位对越自卫反击战中荣获三等功的好汉，转业后到邻村何台小学当老师，内心却因一些战友没有安排工作深感愧疚。他撩起衣襟擦掉脸上的热汗，进屋喝水休息，话题聊到修房，说他家今年修东房不利，是偷修。一个是房子确实陈旧，另一个是儿子海涛准备结婚，这两个原因促使他们要偷着修房。

菊爱娣听着便笑，这对夫妻是村里少有的自由恋爱。她的三位搭档里，杨彦巧夫妇是包办婚姻，孟玉玲和马瑞女都是娃娃亲。她们一致认为，婚姻跟家庭事关重大，三位70后都是因家庭困难牺牲爱情，这样的婚姻似乎缺乏激情，但又形成她们对生活的另一种知足，即播种时土地墒情饱满，收获时天色放晴就是幸福。给儿子修一院房娶妻生子，这辈子就满足了。长年累月的劳作让她们性格内向，对万事万物心存敬畏，日常生活里各种各样的禁忌，又让她们行事谨慎，这也是西汉水流域农村妇女共同的生活方式和性格。

菊爱娣读过书，聪明、慷慨。改革开放初期，村里有妇女丢下幼子到城市去打工，她便把那些雨天淋、晴天晒的孩子，领到自己家里看护照顾，教娃娃们唱歌跳舞，背书习字，这一看护就是20年。她为今年高考，从她的幼儿班里出去的独航，得了全县理科第二名而高兴得唱出唱进。20年带孩子的生涯，也将她变成了一位乡村女诗人，还不时地在报刊发表诗歌散文。

她说偷修也是无奈之举，儿子大了要成家。偷修就是乘土地神"面壁"的三天时间，请来风水先生看好吉利日子，杀一只大公鸡祭祀四方土神，念"退方"（管理一方土地的神）经，将五色粮、朱羊神煞、桃木弓、柳木箭、桑木楔、萝儿圈圈、木桶底底、犁铧角角等，十二药精各一份，用红绸布包裹，埋在院中朝南方向，意为动土时，将家中蕴藏多年的元气流失掉的那一部分，用这些东西补回来。

在神秘氛围里，风水先生全身心诵念退方经，暂时退去管理这一方土地的神明的权力，在神灵被人为地解除管理权限的时间里，可安心拆房造屋，待房子修起来，院内建设全部完成，三年以后的狗年，她家的东房才是大利之年。那时，鸣炮挂红，跪拜天地，再请风水先生念"归方"经，先生面向深埋十二药精的南方跪拜，呼唤神灵回到独家庭院，重新委以重任，接管独氏家族所有大小事宜。经验丰富的男性在风水先生定好的时间点，听到先生喊"立房"的声音从口中脱出，便凝聚全身正气，将一块小木片，在先生"立房"声音还未落地前，慎重地放入正房梁留下的小空隙内，补盖一片瓦当，意为正式立房。此时，门前庭院鞭炮齐鸣，街坊邻居送红挂彩。这块小木头片将是整个房屋的顶梁柱，虽小却是福泽深厚、显达富贵的象征。

家神亘古沉默，又一直为他们的生活领航。

西汉村原名独家川，面河临山坐落。村有5个组共计360户村民，村容村貌和基础设施还停留在独家川时代，苹果栽植占去三分之二的土地，人们在终年散发苹果香的土地上，种植小麦、大蒜、辣椒、高粱，编织笤帚，生活自给自足。村有村神，有管理牲畜的马王爷，借住在马王爷庙里的土地神、山神，有管理山岳、河海及百物万事的地祇神。历年都有一位专职会长负责对众神灵的供奉。每年农历的固定时间，全村人敲锣打鼓，举村欢舞，唱娱神大戏以及秦腔、本子戏，表演皮影戏、木偶戏，耍社火、羊皮扇鼓舞为神灵过会。会期，会长到村民家中收"会"钱，用收来的百家钱买一头猪或羊杀了，清理干净或煮熟献在神灵面前。过会的目的在于给神灵清理路障，搭起过河的桥梁，让神灵前途一片光明。敬神结束以后，会长将肉或肉汤分为360份，这是惯例，肉或者汤要分匀。360份肉或者汤摆在神面前，老百姓许了愿的，都来还愿。孩子要参加高考的、生娃的，都来许愿。跪拜结束拿走自己的"会"（二两肉或一碗肉汤），为的是一年中家神对儿孙全方位的眷顾，只要拿到二两肉或者一碗肉汤，就可以安心过日子了。

西汉水一带人，正月开头给家神唱戏；二月十六给永兴泰山庙盘龙山上的泰山爷唱戏；三月二十八给众神唱戏；四月初一给祁山堡的孔明爷唱戏，给关羽、张飞、赵云、姜维、马岱烧香祭拜；四月十三给盐官镇的盐婆婆唱戏；五月十三给盐官南河坝的财神爷唱戏；七月初一迎巧娘娘、唱乞巧。八月中秋一过，给神唱戏成为常态，仅凤凰山上就有17尊神，过了长道镇，仇池山上的人文师祖伏羲爷，围绕伏羲成长起来的众多神仙，都要朝觐。这一系列的祈神活动和周边庙宇之多，反映了此处神灵集中，自古被人们称为"神方"地，生活在这里的人也就是"神方"上的人，多多少少都有些神气。

整个西汉水上游是一个大"神方"地，这一带受中原文化、羌氐文化的影响，又有巴蜀文化和荆楚文化的基因，历经数千年的融合、积淀，形成风气兼南北、语言杂秦楚的文化特征，人们在它的基础上不断建立新的文化结构形态，但原生文化的理路一直在时间深处纵横交错。生活在秦风秦韵里的秦人后裔，一年四季在直抵人心的山歌、秦腔里谋生活，与住在山野的神灵交流信息，彼此相敬。人离开神便无法生活下去，神离开人便没有了尚可寄托的去处。

在这处神秘的地方，神灵游历，神歌飘荡，人们各据一方守护"神方"地的传统与农事，生命与爱恨情仇，唯独乞巧节中的巧娘娘承担着对女性生命意识、人格、尊严的塑造重任。

菊爱娣家门前有棵大槐树，树干挺拔，临风而立，彰显着树的俊雅和风流倜傥。夜晚来临，忙碌了一天的村民们，老老少少来到树下，众口齐开，故事是讲不完的，大人的笑声、唏嘘声，孩子们的玩乐声、追逐声，伴同夜色浓重起来。老队长独顺宝神情严肃地给我讲巧娘娘传说。"从前有个人，到娘娘庙咀种地，庙里只有神龛，没有神像，他常年将农具放在娘娘庙里。有一天去得早，看到庙里灯火通明，进去见有女人在梳头。女人回头发现有人看到她，慌乱中没有来得及离开凡界，便让他到李集沟里去，把沟里最大的石头凿成碌碡去碾麦，今天所见永远不要对世人提起。此人按女人所说将石头凿成碌碡用来碾麦，不管麦子多与少，每碾一次，都是满满一场。几年过去，村人觉得奇怪，向他打探因何麦子再少也能碾出一满场？他摇头不语。后来，他碾麦子时，村人站在一边看，发现碌碡套绳处咕噜咕噜冒麦粒，他只好如实相告。

从此，碌碡失灵，巧娘娘自知泄露天机，要搬到凤凰山去住。凌晨搬运柏树途中，被李集村巡夜的土神发现，土神学一声鸡鸣，一棵柏树遗落在李集沟里，一棵遗落在官儿寨。两棵柏树慌乱中将根扎进石头缝，长得奇形怪状。这两棵柏树就是巧娘娘的根，还在那儿长着呢。娘娘庙里还有一块石碑，上一代人乞巧都到娘娘庙接巧，乞巧结束再送回庙里。"

我问老队长："这能说明什么？"他自信地说："说明巧娘娘的老家在我们村的娘娘庙里。"他指着夜色下的西汉水说："至今，河对面的文家村人，一直到我们村的娘娘庙里迎巧。"

老队长接着说："过去，七月七给巧娘娘过会，只去三位会长，去的时候捉一只公鸡杀了，在罐儿千井地里煮熟，罐儿千井就是像水罐一样的地洞，从西汉村这一头进去，出去就到了四川省。吃鸡肉时，三位会长背对背，不能说话，互相不看，鸡骨头要乱扔到罐儿千井，扔得越乱越好，吃完各自离开，永不回头。"

夜里，躺在床上，我问菊爱娣老队长故事里的娘娘是谁，她说："就是巧儿，一个穷人家的姑娘，因为长得漂亮，乞巧时，被恶少盯上，为保清白之身，独自离开父母，躲进深山，冥冥之中，山中突现土庙，庙中尼姑帮她渡过危难后神秘消失，巧儿在深山受尽磨难，对着空茫天空唱自己的遭遇，唱出一部口头流传的乞巧歌。第二年春暖花开，为了见到心上人黄三，以西汉水为镜亲手毁容（这是迎水的起源），变成一张麻脸，满以为回到村庄可以与黄三结婚生子，可黄三为寻找她却越走越远，再也没有回来。

"巧儿变成麻脸，丑不忍睹，恶少仍要强行霸占，巧儿不从，撞死在花蜡前。因为巧儿的忠贞善良，活着的人每年要为她过期，就是模拟一遍她生前的生活，模拟一遍送她的葬礼，于是她渐渐修成了西汉村的巧娘娘。

"流传下来的乞巧传说中，迎水神是巧儿毁容时看过的镜子，拜巧即在她生前走过的地方去看一看，照花瓣是人去世三天后的参灶，看她回来没有，根据留下的印迹可推断她托生为动物还是植物，跳麻姐姐是看一看她在另一个世界的生活，转饭是给她的送葬仪式。自从电影《天仙配》上演以后，人们将巧儿无意识地转化为七仙女，寄予她更美好的祝福。"

菊爱娣说完睡着了，我头抵紧靠床头的电冰箱，冰箱发出的电流声，如千万年前的传说般从乡村静谧夜晚嗡嗡响到天亮。

喝早茶时，我问菊爱娣"乞巧"的"乞"与七夕里的"七"是否有内在联系？菊爱娣说："'七夕'和'乞巧'不是同一回事，只是把这两个不同的故事放在同一天，借牛郎织女相会佳期，祝福那个名叫巧儿的姑娘，在这一天也能见到自己的心上人。"

早餐后，我翻看乞巧歌词时发现，原始歌词中记录着两个巧娘娘，给织女的是一种唱法，给巧儿的是一种唱法。原始歌词在敬神时唱，新歌词在娱巧时唱，唱的是不同的年代，不同的社会，不同的心情。现代新生活元素，即编即唱，国际形势、民生问题、文化教育、精准扶贫都有涉及，这些歌词的主要创作者就是巧头。乞巧的重点是唱不是跳，要唱出对神明的崇拜，对社会的赞美，对真善美的歌颂。

如此说来，西汉村人为了怀念巧儿，把她视为织女的化身，把天神本土化、民间化、世俗化，变成一个可亲可敬、不再遥远的巧娘娘，这也体现了乞巧民俗的多样性。

凌晨五点，菊爱娣、孟玉玲、杨彦巧和马瑞女，冒雨走五华里山路的庙水泉去迎神水。因为下雨，她们没有叫其他巧女一同前往。

迎水的另一层含义是祈神敬水神。

黎明前，四位农家女人长跪在泥泞的地上，给水神上香、点蜡、焚纸，在鞭炮声里，唱迎水歌："点黄蜡来烧长香，姊妹专来拜龙王。我给龙王爷来下跪，龙王爷让我取神水。神水清，神水神，神水越照眼越明。巧娘娘，驾云来，我把巧娘娘请下凡。"

下山时，雨大起来。

四位全身湿透的女人手捧神水，与雨中等待她们的巧女一起，齐跪在巧娘娘面前，同唱《迎水歌》。"迎水神，迎水神，我把水神迎进门。今天本是七月一，放炮插香迎水神。女儿跪下把头磕，石头边子水涟涟。把水提上两罐罐，提在我家照花瓣。"

凉风细雨中，水神朝觐巧娘娘的鞭炮声惊醒了沉睡的山庄。

早晨不到七点，独申斌父子就到盐官镇拉钢筋去了，我和菊爱娣在屋内煮罐罐茶吃烙饼。父子俩回来，海涛到小偏房去休息，还未进门就看到一条蛇蜷伏在床铺下，他迅速提起蛇丢进院中水潭。问父亲要怎么办？独申斌说："这条蛇是嗅着房檐下刚孵出的麻雀的气息爬上房墙，要吃小麻雀，不料被你们惊吓，掉落院中又爬进偏房躲藏。不处死的话，它还会来。"

菊爱娣也坚持处死，不然三番五次地来，来了还赶不走。

我强烈要求放生。

独申斌听了说："我们学校有位老师给闯进校园的蛇脖子上扎了条红线，一年后，它戴着红线又回来了，像走亲戚一样。"

由于我的坚持，海涛用塑料袋装起这位不速之客，骑上摩托车送它回到自己的地盘去。

海涛走后，独申斌爬上木梯，准备把小麻雀掏出来，放在之前养过小燕子的竹笼里喂养。可是，麻雀窝太深太狭窄，他的手伸及不到，便用泥巴封了麻雀窝，两只幼鸟在里面唧唧欢叫，一点也不知道外面发生了什么。

几分钟后，在房子四周觅食的麻雀妈妈发现它的孩子被封在窝里，一阵愤怒漫骂，飞向被泥巴封锁的家门，像是疯癫的赌徒，朝院子狂吼惨叫。这时，到邻家去觅食的麻雀爸爸回来，嘴里衔一颗馒头屑，温和地飞向屋檐，却被一团小小的泥巴堵住，它嘴衔馒头屑两腿乱蹬，转头张望，见麻雀妈妈毛发竖立，突然用头撞击泥巴，羽毛像要说话似的竖立起来。

对两只麻雀来说，糊在家门口的一小团泥巴就是一道铜墙铁壁。

独申斌蹲在水泥堆里，无奈地望着屋檐下喳喳叫的麻雀说："它们在骂我呢。"

我说独老师："把泥巴取了吧？"他说："我们害怕蛇啊！""那就这样了？""就这样了，老麻雀骂我骂到满嘴流血就急死了。"

细雨纷飞，山野朦胧，一切都像幻影。

迎水神之后，第一场敬神娱神的对象为祁山上的诸葛亮等三国众神将，今年因在凤凰山为巧娘娘举行盛大开光庆典，山下乞巧队都要上山朝觐巧娘娘。

为这一天，刘命旦、张葡萄、陈李莲、禄忠奇、张兴邦、邵生明、文延彦、文选红等人捐款，筑路修殿，用去30年时间，奔走联络，修建巧娘娘殿，这是一件西汉水流域的大喜事。

菊爱娣带大伙出发前，忘记拿上请柬，又冒雨踩着泥泞回家去取。说神的请柬，要在敬神时与香烛一起烧掉还给神，放在凡人手里为不敬。

途中，菊爱娣清点了一遍挨家挨户为巧娘娘筹集到的香钱。一组600元，二组900元，四组800元。三个组到凤凰山的三辆车费为600元。二组的车费从巧娘娘的香钱里付，不再另收。菊爱娣本想让一组的车费也从给巧娘娘的香钱里付，可她们筹集的600元钱付过200元车费，给巧娘娘的香钱实在太少，便临时通知一组的巧女每人再拿10元上山的车费，另外10元钱她替大家付。她转眼又想，今年一组母女两三人共同参与乞巧的有好几家，这样的话，仅今天上山的路费，一家少则20元，多则30元，这笔钱对家中贫寒的人家有负担。她通知一组的巧女，一组上山的车费她个人支付，上山只管安心拜巧娘娘。车厢里一阵欢笑，一时间唱乞巧歌的声音淹没了车轮碾过泥泞的声音。

车到半山腰，路陡泥泞，因担心车子倒滑，两车人只好加入密密麻麻的队伍步行上山，雨纷飞，人潮涌，阵容壮观。

行至仙山，见"前朝龟嘴，后应龙岗"，"层峦青翠，上出重霄，飞阁流丹，下绕清溪"。因山势远观似凤，故名凤凰山。据山中《补修圣母地师金象碑记》记载，凤凰山"起自西汉"，现存庙宇均为重新建造。山上有戏台，台后有魁星阁，中间连进五院，依山脚至山顶，殿堂17座。刚落成的巧娘娘塑像，出自西和县长道镇大寨村的民间手艺人杨振艺之手，这个53岁的男人，从小喜欢壁画绘制，常年在西藏、青海的寺院、庙宇作壁画为生。为织女塑像，他花去半年时间琢磨思考，最终决定用蓝色螺纹状织锦体现中国丝绸文化和织女身份，用大红色的火焰表现织女热情、刚正不阿的性格，用剪纸喜鹊反映织女高超的织锦技艺，雕塑出一尊容貌端庄、衣饰华丽，既有神的慈祥，又有民间女性柔美的巧娘娘。

除了婉婷和妹妹依婷没有来，其他的小姑娘都连滚带爬地上山了。衣服湿漉漉的巧女们，在梧桐树下整容列队，执信香于胸前，在山道唱《十支信香》，这是西汉村的敬神保留曲目，其浓烈的敬慕情绪，在山风细雨的伴奏下，悠长低回，触动人心。

第二支身着蓝色服装的乞巧队到来时，雨停了，太阳从远山高天喷薄而出，就像一个看得见的神话。

祭拜女神后，来自48个村庄的乞巧队要在未完工的戏台前为巧娘娘表演才艺，戏台前堆积的沙石、土块十分打眼，巧女们摘来山里的野花插在沙土里，将戏台四周用野花装点成一个绚丽舞台。48支乞巧队由48种颜色组成，她们将乞巧歌唱了个天荒地老，下午五点结束时，舞台周围的野花都给唱蔫了头。

巧娘娘有了自己的塑像，从此大地上新添了一尊可以随时享受人间香火的女神。

三、从苦难史到狂欢节

初三早晨，巧女们相约到杨彦巧的娘家杨咀上去拜巧，往返路程约15公里，要经过一段崎岖山路。两天来，在姑娘们与巧娘娘欢聚的热闹中，听她们唱乞巧歌，不时唱出秦腔里的悲苦、凄凉，和着本土方言的特殊旋律，这种既说又唱的韵味，听着别有一番滋味在心头。

听得久了，便感觉唱腔唱词里蔓延出丝丝苦涩，而且感到西汉水一带的乞巧唱腔就是秦腔的母体，是秦人母语的回声。

马瑞女去年给我说过她外婆乞巧的事，我问走得飞快的她会不会唱外婆的乞巧歌？她说："会。"菊爱娣和其他人都会唱，我说那就唱一唱，大家一起唱。

蓝天下，苹果林中的小路伸向远方，穿红戴绿的女人们走在树下，唱起民国时期最原始的乞巧歌。

"红心柳，权对权，姐姐今年十七八。男人是个碎（小）娃娃，半夜醒来只叫娘。说要屙屎尿尿家（方言，感叹句尾语气词），抱起男人把炕下。一面掇浇一面想，眼泪流了一吧嗒。说是成（嫁）给好人家，实是给人家看娃娃。好好的年纪白糟蹋，这罪孽啥时才完家。巧娘娘，

113

下云端，我把巧娘娘请下凡。"

一曲唱完，她们不约而同大笑起来，笑得你推我搡，好像这首乞巧歌是虚构的传说。笑过闹过她们又唱起古老的乞巧歌，在茂密的苹果林里，苍凉的歌声再度响起。

"北山里下雨南山里晴，势成女子不如人。四岁五岁穿耳环，七岁八岁把脚缠。十一二上不出门，媒人登门问行情。六尺花布一瓶酒，打发女儿跟着走。侍候阿家（婆婆）把花扎，挨打受骂养娃娃。只让喝汤不给饭，一点不对让滚蛋。巧娘娘，下云端，我把巧娘娘请下凡。"

女人们越来越悲怆的歌声，让沿途红扑扑的苹果、金黄的高粱、绿油油的苞谷组成的美丽原野悄然暗淡下来。

这一段唱完，她们突然陷入了集体性的沉默。

沉默了片刻的马瑞女转头说："这是我外婆教我唱的。我外婆的娘家在西和县，跟你一样姓赵，十五六岁就结婚了，我外爷过世得早，丢下三个女儿，外婆一辈子泡进苦水里再没出来，脚缠得还没有苞谷大。一辈子用一双三寸小脚走路过河，种地煮饭，养大娃娃，大前年过世了，活了113岁。从七八岁开始乞巧，自己糊巧娘娘，自己灌蜡，自己迎巧，自己到山上迎水神，自己跳麻姐姐，自己转饭，自己照花瓣，自己一双三寸小脚从赵家村南家沟走到长道镇买香火。一年四季敬，心诚得硬把巧娘娘敬活了。"

马瑞女的外婆终其一生乞巧，是为什么？

"再唱一个，来，大家再唱一个热头（太阳）出来一盆火。"马瑞女扬手起头唱起来。

"热头出来一盆火，放下纺车摘豆角。一笼豆角刚摘满，娘家哥哥在路边。干垄（地埂）上面刨一把，说声亲哥你坐下。眼泪一双唰唰下，亲哥听妹几句话。鸡叫头遍去推面，一面打盹一面转。鸡叫二遍把水担，路又远来桶又宽。鸡叫三遍要上坡，崖上山上砍柴火。喂牛喂猪蒸馍馍，抱上湿柴去烧锅。一口两口吹不着，阿家（婆婆）骂我像猪猡。流着眼泪吹着了，头发眉毛燎着了。男人（丈夫）过来脸上打，阿公（公公）过来拔头发。阿家把我的嘴撕破，小叔子过来揪耳朵。哥哥一听也伤心，拿了手背揉眼睛。你男人他是年轻人，一年半载会老成（懂事）。阿公阿家老人家，三年五年过世家。挺住身子咬住牙，过后你也当阿家。"

这些近乎哭出来的歌声让人震撼，这古老的乞巧歌，兴许会让只会无病呻吟的现代诗人脸红，歌词句句泣血，是一代又一代"外婆"们一生的写照。

女人们不唱便罢，一唱就非得唱过瘾。沿路红花绿草，苹果、高粱、白菜、苞谷、核桃，头顶的蓝天白云，都成为女人们悄无声息的听众。

"正月里来是新年，姐姐为人太死板。逆来顺受死心眼，头碰到墙上不转弯。二月里来龙抬头，把姐嫁到山里头。嗓子哭哑眼哭烂，花轿一起不停留。三月里来杏花天，没人把姐当人看。全家新衣裳换着穿，姐姐披的破布片。四月里来四月八，织布捻线纺棉花。长工做活有身钱，姐姐做活是白搭。五月里来五端阳，河边担水哭一场。不怨达达（父亲）不怨娘，只怨媒人坏天良。六月里来入伏天，背麦要翻几座山。背到后响筋骨散，去时还要把饭担。七月里来秋风凉，无黑无明去打场（给小麦脱粒）。手抡连枷眼打盹。阿家（婆婆）骂姐'吃禄粮'。八月里来八月半，半夜偷着往娘家窜。男人知道了跟着撵（追），阿家罚姐卧猪圈。九月里来九重阳，活得就连鬼一样。擀的长饭（面条）全家吃，姐姐天天喝菜汤。十月里来十月半，鞭子打死也心甘，婆婆家有钱口气大，姐娘家没人自己担。十一月里来快一年，隔着窗子望苍天。阳世上好比过客站，姐姐不在这店里站。腊月里来一年满，一根麻绳梁上拴。眼前灯灭魂不散，死板姐含泪到九泉。巧娘娘，下云端，我把巧娘娘请下凡。"

唱腔越来越悲怆，马瑞女落泪了，她抹着红眼圈蹲在小路中央，没有人让她站起来，也没陪她蹲下，她们相互牵起手围成一个圆站在苹果林里，湛蓝的天空下，太阳照亮广袤的田野，女人们的身影模糊起来。

走在前面的姑娘们沉浸在流行歌曲的大合唱里，快乐的歌声随风传播，与大自然融为一幅美丽的图画。

马瑞女真是想念外婆了，她擦一把眼泪说："外婆做家务、擀面、蒸馒头、绣花、种庄稼、耕地、养牲口、喂猪、织布、挂粉条、擀毡、做豆腐、织箩编簸箕、编炕席、修房和泥，男人会的她都会，男人不会的她也会，外婆靠一双三寸小脚养大三个女儿，女儿们出嫁后，外婆不到50岁就成了五保户。女儿们有了各自的女儿，外婆便带着孙女们乞巧，孙女们长大有了孩子，她又带着重孙女们乞巧，外婆的子孙就是一个乞巧队。每年七月，盐官河边南家沟里第一声迎巧歌是外婆唱的，第一声迎巧的鞭炮是由外婆点燃，第一个从西汉水边迎来巧娘娘的是外婆，心诚得把天爷都感化了。外婆过世后，村里人把她当巧娘娘送了。我唱巧娘娘下凡来，就是在叫外婆下凡来。"

菊爱娣眼眶湿润地指着前面欢唱的姑娘说："从前的乞巧唱难过呢，现在的乞巧唱高兴呢。"

因为好多年不唱悲伤的乞巧歌了，唱得残缺不全。显然，这些乞巧歌与西和县已故前辈赵子贤先生收集的《西和乞巧歌》是一致的。我在阅读先生的《西和乞巧歌》时，发现20世纪30年代，流传在西汉水流域的乞巧歌大多是反对包办婚姻、童养媳，争取婚姻自由的内容等。记

116

录社会发展印记的也不少，譬如抗日、抓壮丁、饥荒、包产到户等等，已超越妇女生活悲苦局限，说明西汉水流域的乞巧歌既是女性生活的印证，更是一部20世纪30年代前后社会生活的缩影。

如果把乞巧分为两个时代，之前是一部妇女的苦难史，20世纪80年代以后随着社会的发展进步，人民生活水平的提高，逐渐演变为女性的欢乐颂。

古今乞巧的唱腔始终沉淀着对神的敬畏之情，每唱一段都以副歌"巧娘娘，下云端，我把巧娘娘请下凡"结尾，加强乞巧姑娘敬神的庄严感和神圣感。这缕神韵是西汉水流域代代妇女对苦难生活的倾诉，这缕在历史中凝结的悲怆况味贯穿乞巧始末，是乞巧民俗的灵魂。

昨天从杨咀上村返回时，路经杨坡、董家窑村连续拜巧，与路途遇到的乞巧队互拜，回来已经半夜。今天持续小雨，下午两点仍未见晴，大家冒雨前往河对面的赵家去拜巧。

按照乞巧程序，迎来水神，拜过诸葛孔明，即可前往邻村拜巧。这个拜，包含着对神的祭拜和对人的拜访。带路的两位乞巧头一位端香盘，香盘里放香蜡纸炮、火柴，这些是用来敬神的香火，这香火是要到送神的地方去，必是要烧成灰烬；另一位端花盘，花为塑料花，还有一盘姑娘生的巧芽，这些是给人的见面礼。

走过西汉大桥，还未转弯，就听见苹果树后面传来赵家村巧女们的迎巧歌，原来她们早就冒雨在村口等待。

"黄菊花开败了，我把你们接得太近了。"

按理说，约好的时间推迟，迟到的一方要向对方唱歌道歉。可赵家村的巧女提前藏进苹果林，看到西汉村的巧女走到转弯处，便先唱起欢迎歌。

西汉村的巧头听到后，赶紧应和。"大路边上的杨槐树，来的迟了没着（生）气。"

本来应该再往前走两步对拜，杨彦巧听到对方先唱为敬，便一膝盖跪进水里，身后的巧女扑通通一齐跪地，赵家的巧头赶忙向前跑两步也跪了下来。

双方互拜，菊爱娣点燃信香，意味着赵家的家神庙门被轻轻叩响，家神一个激灵，从玄冥世界回到庙堂，洗漱打理，穿戴整洁，打开庙门等待从天上赶来的巧娘娘前来拜访。

信香承担着向神灵传达人的想法及诉求的使命，在人与神的生活里，燃香就是信使。

跪拜结束，双方站起，相互揖礼。赵家的两位巧头端起香盘和花盘，走在前面带路，赵家村早已被观众围得人山人海，这是一场集体祭祀仪式。

拜巧先敬神，人替巧娘娘敬神问安。上香、点烛、焚裱、跪拜，唱《十支信香》，再到马王爷庙和坐在老百姓家里的地祇爷，与地祇爷同处一室的山神、土神一一拜见后，才能去到坐巧点拜巧。

巧女到坐巧人家，唱祝福歌："吉祥人家福门开，天官登门赐福来。一赐爹娘寿缘长，二赐全家常安康。三赐生意通四海，四赐财源达三江。五赐牛多羊满圈，六赐骡马拴成双。七赐风调雨顺年，八赐五谷堆满仓。九赐儿女把书念，十赐出个状元郎。"

然后，进屋齐齐下跪上香焚裱拜见巧娘娘，唱神曲《十插花》敬神："一树的花呀，把花插在莲花台上，我要拜巧娘，哎呀哎子哟呀，巧娘娘下凡来。"唱神曲，字字句句清晰清楚，又轻得像在耳语。唱一段跪一次，十段唱完敬神就结束了。接下来巧女摇摆身体手舞花扇，将赵家的巧娘娘像从头夸到脚，一是夸巧娘娘的美，二是夸赵家村妇女的心灵手巧："一盆水，清涟涟，我给巧娘娘洗白脸。头上青丝如墨染，两股子眉毛弯又弯，杏核儿眼睛圆又圆，线杆儿鼻子端又端，窝窝小嘴一点点，糯米牙齿尖对尖，两只耳朵赛牡丹，耳坠子吊在两脸边。鸭蛋白脸真稀罕，脖子上戴着银项圈。上穿红，下穿蓝，身材端得像竹竿。手里提着个花手巾，叫人越看越心疼。巧娘娘，下云端，我把巧娘娘请下凡。"

乞巧歌主要以娱神为目的，姑娘们唱腔委婉轻柔，来表达对巧娘娘的敬慕。敬神娱神后，退出庭院边唱边问："盘盘里端的大红花，场里家吗院里家？场里好了场里耍？院里好了院里耍？"

这里问的"场里"是广场，"院里"是居民家的庭院。

赵家巧头听后便在前面带路，领她们到广场。

进入广场时，天色放晴，唱巧现场浓烈的祈神氛围与酷热令巧女汗流浃背，她们双双牵手摆臂，唱完《十炷香》，接着唱菊爱娣编的《十绣》："一绣巧娘，二绣神，三绣村里的好人情。村里的人情实好里，帮助我们乞巧里。巧娘娘，下云端，我把巧娘娘请下凡。四绣党，五绣团，六绣村里的苹果园，脱贫致富奔小康，党的恩情永不忘。巧娘娘，下云端，我把巧娘娘请下凡。七绣金，八绣银，九绣人们的聚宝盆。巧娘娘，下云端，我把巧娘娘请下凡。"

唱完乞巧歌，便开始她们自编自演的广场舞，音箱里响起《我从草原来》《最炫民族风》《荷塘月色》《伤不起》《小苹果》等舞曲。主要是年轻姑娘们载歌载舞，尽情展示才艺，这时候，也是寻找对象的好时机，谁家的姑娘身段好长得干净漂亮，谁家的女子歌唱得好，会像风一样传遍十里八乡，从古至今，拜巧也是一次潜在的相亲会，很多年轻人的婚姻是在拜巧过程中促成的。

菊爱娣是赵家庄人，特意给娘家人跳了一支独舞《红山果》，大有孔雀舞皇后杨丽萍的范儿，她的侄孙女，7岁的雯雯跳了一支拉丁舞，因为没有拉丁舞曲，临时放了一曲《江南Style》，雯雯穿紧身黑衣，桃红裙边，小巧身姿挺拔端直，双眸清澈，旋转如花瓣翻飞。雯雯的一曲拉丁舞将古老的乞巧推向现代，观众掌声如潮，齐声叫好。

临别，巧女们回到坐巧人家与巧娘娘道别，此时，她们的情绪回到谦卑，三跪三拜后，躬身退出庭院，两庄巧女齐唱："盘盘里端下一苗针，两家合迎一条心。心连心，根连根，两家的友谊比海深。"到村口，回走三圈，双方挥扇惜别。

五天来，西汉村的巧女们相继到董家窑、新集、新庄、阴坡、何台、赵家、早阳沟去拜巧。她们出村，不论十里二十里路程都是步行，她们边走边唱，每到一个村子，都会掀起一场浪漫女儿节的高潮。

近年来，外出打工、嫁到外地的姑娘们，乞巧时节带孩子特意赶回来，带来新疆歌舞、土家族歌舞，从电视节目中学到的印度歌舞、非洲肚皮舞，她们将这些歌舞装饰带进乞巧，翩翩舞姿，曼妙歌声，令乡亲们大饱眼福。孩子们回到妈妈的家乡，毫不生疏地与大家一起唱乞巧歌，外地嫁来的新媳妇也很自然地参与乞巧，在秦人祭天祭祖的大堡子山下、在西汉水两岸的大小村庄、在仇池山下的晚霞湖畔、在秦人东征的路途，她们身穿色彩斑斓的流行服装载歌载舞，用彩扇和身体变化组合成巨大的"快、乐、乞、巧""真、善、美""中、国、梦"等汉字，将流传千年的乞巧习俗与现代歌舞融合，不断把对悲惨生活的倾诉，变化为现代女儿异彩纷呈的狂欢节。

四、卜巧之夜

今天是农历七月初六，晚上将进行乞巧程序中最重要的三个仪式：转饭、跳麻姐姐、照花瓣。

转饭即供馔，意为陈设祭祀食品。

晚上8点，孟玉玲家的四合院换上大灯泡，将院落照得明亮如昼，这处世界的小小角落，似乎浓缩了整个西汉水流域几千年来乞巧的简朴与盛大。

9点整，菊爱娣宣布转饭仪式开始。

杨彦巧跪下点燃一把香，给站在院里的巧女、观众们一一发送，今晚的人太多了，六把香远远不够，一些挤在墙角的观众只能空手观望。

上贡是一件气氛沉闷、歌声忧伤的仪式。这是乞巧风俗中最沉重的一个环节，"转饭"即把所有供品一次性敬献给巧娘娘。

传统转饭贡品为24种，称"二十四贡样"，固定不变的叫十贡样。灯、花、香、火、水、衣、食、珠、宝、财，给巧娘娘梳妆打扮的镜子、木质梳子、篦子都是属于固定贡品。其他的11样可随意变化，但不能少。供放二十四贡，需由本年度巧头中最德高望重的年长女性完成。

撤换贡品程序极其缓慢，撤时巧头神情庄严，换时同样神圣。巧头先将所有敬献给巧娘娘的贡品撤去，换上新碟，放在坐巧人家院中的八仙桌上。八仙桌前和正厅神桌前，左右各站两位递接贡品的年长女性，巧女们列队牵手站于神桌两边，巧头在巧娘娘像前跪拜祈祷后，宣布转饭。

巧女们齐唱《转饭歌》："巧娘娘你坐着，大姐娃转饭是点香蜡呀巧娘娘。巧娘娘你坐着，二姐娃转饭是双双对呀巧娘娘。巧娘娘你坐着，三姐娃转饭是三作揖呀巧娘娘。巧娘娘你坐着，四姐娃转饭是化裱纸呀巧娘娘。巧娘娘你坐着，五姐娃转饭是盖碗茶呀巧娘娘。巧娘娘你坐着，六姐娃转饭是红坛酒呀巧娘娘。巧娘娘你坐着，七姐娃转饭是仙寿桃呀巧娘娘。巧娘娘你坐着，八姐娃转饭是八宝衫呀巧娘娘。巧娘娘你坐着，九姐娃转饭是珍珠串呀巧娘娘。巧娘娘你坐着，十姐娃转饭是十回转呀巧娘娘。"

随着歌声，转饭队伍由正厅屋内走出，两位巧头双手端一盘镜子，一盘木质梳篦，两眼直视前方，前走后退左旋右转，恭敬地走十字步前行，与两边牵手巧女一道边走边唱转饭歌，走到桌前亦为仪态庄重的十字步绕八仙桌走一圈，回到八仙桌正面。站在桌两边的年长女性，把端来的贡品双手接住举过额头，再在胸前朝四方举过，方才放在巧娘娘像前。转饭队伍依次往复直至院中八仙桌上的供品转接完毕，转饭仪式才告完成。

转饭歌唱起来，院落顿时涌起浓郁的悲伤，如雨珠倾泻而下的长句连唱，句句哀婉又无可奈何的叹息。让我想起父亲往生后，殡葬前的最后一个仪式就是转饭。儿女披麻戴孝长跪在棺椁里的父亲面前，永别的唢呐声声，纸钱飘落，经声悠远，总也端不完的菜肴端到父亲面前。那时候，才恍然发现，自己从未这样给父亲端过一次饭。

巧头端呈的贡品里，出现了姑娘们最贵重的珍珠项链、发卡、胸花和田野初开的雏菊，还有一盘放在盛水的碟中悠然凫水的小鸭，它是巧儿到远方去寻找黄三的象征。

巧女、观众们把信香举在额前，三跪三拜，用信香在胸前画出十字，插进桌上的香炉里，聚起一盏明灯。

香烟袅袅，悲伤凝聚，一纸相送，转饭结束。

接下来是跳麻姐姐，它是乞巧仪式中最为神秘一个仪式。

跳麻姐姐的姑娘必须是女孩儿，要求身体、精神绝对纯洁。

姑娘开跳前，巧头在神桌前长跪、点蜡、炷香、鸣炮、焚裱、祈祷神显灵附体。跳麻姐姐的姑娘站在神桌正前方默默期许，其他姑娘神色庄重分站神桌两旁，装扮麻姐姐的小姑娘婉婷，悄悄爬到神桌下。

信香闪烁，香烟袅袅……

人准备好了，神灵从四处走来了。

巧头大声喊："跳麻姐姐了。"

姑娘们齐声问："麻姐姐，做啥着哩？"

藏在神桌下的小姑娘回答："簸粮食着哩。"

神桌两旁的姑娘齐唱："簸东了，簸西了，簸下的粮食鸡叨了。"

姑娘们又问："麻姐姐，做啥着哩？"

神桌下的姑娘回答："磨面着哩。"

神桌两旁的姑娘齐唱："东磨面，西磨面，渠里无水磨不转。"

神桌两旁的姑娘又问："麻姐姐，做啥着哩？"

神桌下的姑娘回答："擀面着哩。"

此时姑娘跳舞的队形分成左右两部分，问答对唱："多么少？""两盆哩。""薄么厚？""照人哩。""长么短？""噎人哩。"

神桌下的婉婷出其不意间爬出来，用长调喊叫："麻姐姐的神——来——了！"神桌两旁的姑娘应声喊叫："麻姐姐的神——来——了！"

跳麻姐姐正式开始，跳麻姐姐的姑娘居中起跳，两边助跳的姑娘原地跳跃，要求跳得越高越好。

"麻姐姐神来了，麻姐姐的魂来了。

麻姐姐神来了，端的杏仁茶来了。

杏核茶、蜂坛酒，麻姐姐来喝茶和酒。

脚上穿的登云鞋，腾云驾雾空中里来。

上河里淌，下河里捞，黑天半夜赶来了。

红手襻，搭天轿，麻姐姐拿的降妖斗来了。"

跳麻姐姐是整个乞巧环节中最有活力的一节，一旦跳起来，姑娘便要越跳越高，而且要超越自身体力才是最高境界。

其实乞巧中已经有好多年不跳麻姐姐了，今晚的跳麻姐姐仅为演习，娱乐玩要，意图让姑娘们不要忘了这个环节。

跳麻姐姐的六问六答，简单到日常生活中的母女、婆媳对话，通过跳麻姐姐演示人神交流，来祈求人们日常需要的一碗面。擀面是这一带女人们最主要的生活技巧，传统乞巧歌里最为精彩的："温温水，新麦面，两把揉了个活闪闪。擀杖一滚月儿圆，提起一口吹上天。提银刀，切细面，一攒一攒像丝线。下到锅里莲花转，夹到嘴里咬不断，阿公阿家两头子拖，儿子帮着去鼓劲。'嘣'的一声拖断了，再不嫌姐姐的长面了。巧娘娘，下云端，我把巧娘娘请下凡。"唱的就是旧时代妇女擀面条的技艺和对公婆无声的反抗。而现实生活中，礼县、西和妇女的擀面手艺，都被视为第一巧。旧时候，一个女人的面条擀得好坏，决定着一个家庭的幸福指数和尊严。

乞巧对女性人格的塑造，涵盖了生活的全部内容，家务活做得好，农活干得好，守妇道，孝敬父母，尊敬丈夫，呵护子女，邻居和睦，低调不显摆，任劳任怨。这些细碎的自我约束，对家庭高度负责的使命感，往往让她们勤劳坚忍。

西汉水流域由于地理位置、环境、历史等诸多因素，这片土地至今仍然是全国最贫穷的地方之一，人们生活非常艰难，河谷相对好一些，半山坡、更高的山区，除去房屋，没有几件值钱的东西。改革开放以来，女人们纷纷到北京做保姆，到建筑工地抬砖头，绑钢筋，给家里修房造屋，供儿女上学读书。2013年冬天，我在鲁迅文学院学习期间，周末做过礼县打工妹在北京生活的调查，礼县、西和县在京打工人数约15万人，我面对面访谈人次近百人。她们在北京的工作主要是家政服务员，照顾病患老人、幼儿，做家务活。年轻姑娘多在餐饮、酒店做服务员，医院护工，在超市、公共场所、厕所做保洁工作。有一天，我在宣武区见到一位礼县姑娘，身兼三份工作，给雇主看守服装店，接送雇主孩子上下学，晚上到烤鸭店刷盘子。姑娘28岁了，12年前，妈妈在北京打工意外受伤，住院费花去20多万元，妈妈去世后，她跟亲戚到北京打工偿还妈妈的债务。12年来，她在城市经历了类似乞巧歌里"刮一股寒风下一股雪，谁人知道冷寒月"的艰辛，还清了妈妈的债，还得继续为弟弟娶媳妇修房子赚钱，原因是爸爸有腿疾，没有能力为儿子修房娶媳妇。

我的小侄女大学毕业，考取教师公职，上班的第一件事，就是被父母将工资卡作为贷款抵押，因为家在农村的哥哥嫂子修房欠债20多万元无力偿还，侄女工作3年没有领过一次工资，未来4年仍然领不到一分钱，直到还清贷款。唯一的零花钱是假期到北京扫厕所，因为只能干一个月，好一点儿的工种要求最少干一年，或到餐饮店洗餐具。每个学期临到放假的前几天便兴致勃勃地联系到哪里去打工，成为她和同事最感快乐的事情。

她们在城市做的都是最脏、最苦、最累的活，吃苦耐劳，有担当，对雇主忠诚。我的小妹在北京做家政服务十年了，含辛茹苦，几乎没有自己的生活，与她服务的大爷大妈建立了深厚感情，一旦小妹回家，两位老人便一天打好几次电话催小妹回去，小妹也是心神不定，相互牵挂如同父子母女一般。我的外甥女给一对年轻夫妻带他们的双胞胎，一带就是两年，她自己的女儿上初中需要照顾，她好不容易可回一次自己的家，却在想念双胞胎，竟到了以泪洗面的地步，孩子好像就是她生的。

20多年来，她们秉承巧娘娘的品格，在北京劳务市场赢得了"礼贤妹""礼贤大嫂"的赞誉，甚至有供不应求的趋势。这可能就是乞巧文化的潜移默化，这份力量看似微小，落实到一户一家，就是和睦，体现在社会，就是安定。

今晚的第三个仪式是照花瓣。

巧头将初一早晨迎来的神水倒进碗里，巧女将献在巧娘娘面前的巧芽掐成短节投进水里，观看倒影图案问巧拙、祸福，称"照花瓣"。

仪式开始前，马瑞女跪在神桌前祭祀，双手合拢祷告："请巧娘娘给黑眼的阳人赐一个好花瓣，指一条手巧路。"礼毕宣告照花瓣开始。

巧女们齐唱《照花瓣歌》："我给巧娘娘许心愿，巧娘娘给我赐花瓣。巧了赐个花瓣儿，不巧了赐个鞋扇儿。巧了赐个扎花针，不巧了赐个钉匣钉。巧了赐个绣花线，不巧了赐个背篓鞯。巧了赐个铰花剪，不巧了给个挑草铲。巧了赐个擀面杖，不巧了赐个吆猪棒。巧了赐个写字笔，不巧了给个打牛棍。巧了赐个磨墨砚，不巧了给个提水罐。巧了赐个扇子扇，不巧了赐个老木锨。巧了赐一朵花儿戴，不巧了赐一棵烂白菜。巧娘娘给我赐花瓣，照着花瓣了心愿。巧娘娘给我赐吉祥，我给巧娘娘烧长香。"

照花瓣跟敬神一样，歌声不能断才灵验。一般从年龄最小的姑娘开始，掐下巧芽，将叶与芽投入水中，看叶芽投在碗底的倒影为哪种图案，如针、丝线为心灵手巧，笔砚为未来的丈夫是有文化的人，锄头、铲子为配偶是种地的农民，各种图案均隐喻祥瑞或祸患的不同含义。

照花瓣是旧时姑娘请神赐巧，不断完善，追求更高境界的一种自勉行为。

大个子二平在巧女们的歌声里投放巧芽，投下的巧芽在水底映出一个感叹号，她惊叫着说，我照了一个感叹号，这是水神不愿意给我说的秘密。冬红一边唱一边投，碗底呈现出小飞机的倒影。她高兴地叫起来，说她的理想就是当一名飞行员，她赶忙跪下来，对着水碗磕了三个头。

大家一阵哄笑，说这完全颠覆了照花瓣的传统，现在的姑娘都想当飞行员，不知道水神见过飞机没有。

"巧娘娘，快给我妹妹赐花瓣。莫赐宝贝莫赐钱，赐个狮子滚绣球。

赐个刘海戏金蟾，赐个鲤鱼跳龙门。赐个老虎吼上山，赐个锦鸡串牡丹。赐个仙女提花篮。赐双巧手会绣花，花儿红来叶儿繁。赐给我一副巧心眼，做的饭菜馋神仙。赐个阿家（婆婆）懂瞎好，赐个女婿懂人言。我给巧娘娘烧长香，巧娘娘为我保平安。"

等到所有的姑娘们都照完了，贤惠将水碗端到院中月下，说要给哥哥童儿照一个媳妇，她投下巧芽的瞬间，发现倒影如一对蝌蚪在水底摇来摆去。便高兴地大声惊叫："我哥哥有媳妇了，还有娃呢。"孟玉玲跑过去，看到碗里真有一对母子相拥相抱，顿时不知说什么才好，跪在地上要哭却又傻傻地笑起来。

凌晨两点，唱得声音嘶哑的贤惠又满心虔诚地跪拜巧娘娘，为二姐照了一次考试上岗的花影，当她看到水底一朵牡丹花瓣的倒影，高兴得拍手欢叫。

大家都让她给自己照一次，她严肃地说照多了不灵验。

五、西汉送别

农历七月初七，是乞巧节的最后一天。

广州的乞巧节到来之前，姑娘们就预先备好用彩纸、通草、线绳等，编制成各种奇巧的小玩具，将谷种和绿豆放入小盒里用水浸泡发芽，用来拜神，称为"拜仙禾"和"拜神菜"。从初六晚开始至初七晚，姑娘们穿上新衣服，戴上新首饰，焚香点烛，对星空跪拜，称为"迎仙"，自三更至五更，要连拜七次。"乞手巧，乞容貌，乞心通，乞颜容，乞我爹娘千百岁，乞我姊妹千万年。"拜仙之后，姑娘们手执彩线对着灯影将线穿过针孔，如一口气能穿七枚针孔者叫得巧，被称为巧手，穿不到七个针孔的叫输巧。女儿节之后，姑娘们将所制作的小工艺品、玩具互相赠送，以示友情。

在福建，乞巧节时要让织女欣赏、品尝瓜果，以求她保佑来年瓜果丰收。将酒、新鲜水果、鲜花，供在桌前焚香祭拜，默祷心愿。女人们不仅乞巧，还乞子、乞寿、乞美和乞爱情。北京有"乞手巧，乞容俏，乞我手如织女巧，乞我牛郎对我笑"。河南有"天皇皇，地皇皇，俺请七姐下天堂，不图你的针，不图你的线，光学你的七十二样好手段"。浙江省台州一带有"念出七遍七月七，七娘祀日七姑星，伶俐聪明去读书"。河北、河南一带有"天上织女姐，听俺唱支歌：俺给你送馍，你教俺学做活；俺给你送汤，你教俺扎鞋帮"。山西黎城有"七、七、七月儿七，我给巧娘娘送饭吃。半路碰住她老爹，他就叫我做对没窟窿的老暖靴……"。山东枣庄、单县有"爬东墙，望西海，王母娘娘送巧来"。陕西旬邑县有"巧娘娘，乞巧来，梧桐树下花儿开。花儿开，树儿摆，我把巧娘迎下来。我给巧娘献西瓜，巧娘教我铰菊花；我给巧娘献梨瓜，巧娘教我铰梅花"。陕西户县有"豆芽芽，生得怪。盆盆生，手帕盖。七月七日取出来。妹妹呀，姐姐呀，摘朵巧芽照影花。盆盆清，影影明，看谁手巧心又灵"。其中，陕西境内的乞巧歌与西汉水上游的最为接近，这是因为两地同是秦文化的核心区域。

乞巧兴盛时期，广为流传于汉文化圈，千年之后，越远离西汉水上游，乞巧的时间越短，程序越是简化，越接近大堡子山，越是严谨完整。近几年来，西和县十里乡一个乞巧点，乞巧的都是老人，礼县祁山村都是中老年妇女，年轻姑娘们进城打工去了，小学、初高中生假期都有紧张的补习安排。大多地方乞巧女性越来越老龄化，如何保护传承乞巧文化更是当务之急。

早饭后，杨彦巧拿着一沓票据，找菊爱娣对乞巧节的花销账单。菊爱娣取出一个学生用过的作业本说，33个人每人10元钱，共收了330元钱，巧女拜地祇爷时，坐爷人家给了40元，到何台村拜巧时人家给了20元钱，巧会一共收了390元钱。一队到凤凰山的200元车费，我个人付了，不算入其中。杨彦巧拿出准备好的30元钱说："我们一家的车费不要你出。"菊爱娣问："你们一家怎么是三个人？"杨彦巧说："我和女儿江虹，还有侄女杨蓉。"菊爱娣笑着转过头说："这亲戚娃娃要几天还要收人家的钱呢，你这当姑姑的是让西汉村人在你娘家人面前短精神吗？"杨彦巧说："再咋说也不能让你一个人出。"这时，马瑞女进来也要给自己的10元钱车费。菊爱娣问："你们是商量好的吗？"马瑞女说："是商量好的，我们也要敬神呢，不能让你一个人把三年的麦子一次碾了。"孟玉玲跟着马瑞女进门，杨彦巧看到孟玉玲说："差点忘了，还有她男人五战子买炮的20元钱呢。"

孟玉玲扬起手说："不要，不要。"菊爱娣问："咋不要？"孟玉玲只说不要，说着又将自己和女儿贤惠的20元钱车费放在床头，菊爱娣挡回去说："我已给常师了，车费的事再不提了。"

杨彦巧坚决地说："赶紧碰账，趁今天闲，我还要给玉玲子家送电费钱和她男人的烟钱去呢。"

孟玉玲跳起来坚决不要电费钱，更不让给她男人买烟。

马瑞女说："七八天呢，那是麻烦钱，是麻烦烟。"

菊爱娣写，杨彦巧念："礼炮两盘30元。大炮一盘20元，小炮一盘16元，小鞭炮10元，糊巧娘娘的纸15元，第一次买的不够又买了5元钱的，一次性纸杯子第一次买了5把，1把3元钱，第二次买了4把，1把4元钱，香8元，蜡6元，蜡2元，蜡7元，黄表纸5元，麻纸3元5角钱，半斤茶叶30元，矿泉水17元，矿泉水14元，矿泉水14元，矿泉水14元，矿泉水14元。就这些，你算算花了多少钱，还剩多少钱？"

菊爱娣加过两遍说："357元5角钱。"杨彦巧展开手掌数了数剩余的还有57元5角钱。

　　她让菊爱娣再算算，还差多少钱就是100元，要不每人再收几块钱，给玉玲子男人买条烟，剩多剩少算电费钱。菊爱娣说："每人按2元收，亲戚娃就不收了，只收西汉村的，收多少是多少，不缴的人就算了。"

　　2015年度，西汉村33位女性七天八夜的乞巧节，包括菊爱娣个人支付的200元到凤凰山的车费，再加杨彦巧正在收取的60元，共674元整。

　　这场盛大的节日平均每天的费用不到100元钱，人均不到21元钱。

　　女人们算账聊天的时候，一只老鼠飞奔进院，独申斌箭步上前，抓住老鼠尾巴，摔向房子后面的苞谷地。

　　老独拍着手对我说："看看，你让放生的又追回来了，就在大门外，我们藏起来看看，是不是那条蛇？不是就怪了。这次如果放了它，我们就没有安宁日子，你看这麻雀，都骂我整整四天了，早知道不封它的窝，让蛇悄无声息地吸了去，你也不会把我看成恶人。"

　　午饭后，到土巷深处的马瑞女家去。马瑞女丈夫站在房梁顶，正在打磨新修房子的梁柱。儿子独艳峰满头黑发，目光坚定，有种洋娃娃的清爽。他拿起一只自己做的鸽铃摇摆示范，果然是每天回荡在西汉村上空的鸽铃声。

　　我问他会不会坚持制作鸽铃？他坚定地说："会。"

　　二胎即将临盆的罗婷婷在院落逗女儿玩，她动荡不安的心随腹中二胎的孕育，已经安放在她本不愿意一辈子生活的西汉村，脸上对未来焦灼的渴望变成西汉村妇女的安然。罗婷婷与丈夫，也就是马瑞女的儿子独艳峰，本是西安职业医学院同学，两人相爱便放弃学业私奔北京去打工，钱没有赚到，就只有结婚。23岁的独艳峰，是个鸽子迷，每天早晚，西汉村的天空之上，一群图画般的鸽子带着他制作的鸽铃飞过群山，日日给西汉村人带来美好向往。

一年半前，刚满20岁的罗婷婷抱着半岁的女儿。心绪不安地对我说过后悔退学，结婚生子后，进退无门。她想把青春时的那股冲劲找回来，等到女儿大一些，再出去打工赚钱，重新开始。而这一次见面，她及家人都在为本月底即将到来的生产而忧虑。

罗婷婷的困境也是当下农村没有完成学业的90后青年们的集体困境。

下午送巧前，老独送我到大门口，苦笑着说："那条蛇还会来，它生来以麻雀和老鼠为食，就像人类与猪、羊的关系。年底房子修起来，我们会在门前种上指甲花，蛇最害怕指甲花的气味，这样，它就不会贸然越过边界了。"

与他们道别，我和巧女们到孟玉玲家，与巧娘娘做最后的拜别。

传统的乞巧节有送巧前吃巧饭会餐的习俗，即巧女亲手做好的饭菜献在巧娘娘面前，待她品尝之后饭菜就有了神性，姑娘们吃了就会更加聪慧灵巧。现在随着人们生活条件的改善，这一项"吃巧饭"不知不觉也被取消了。

夕阳缓缓升起，如六月三十晚接巧娘娘时的光景，照亮孟玉玲家院墙前的向日葵花盘，一抹金线般的光越过庭院的黄菊花，照亮紫色的牵牛花。孟玉玲的婆婆走进大门，站在牵牛花前的光晕里，她侧身向屋内望，却又转身出去。杨彦巧的婆婆在庭院前走一步后退一步，像在思量着如何拉住时间的手。

传统乞巧结束于深夜12点，在姑娘们的一片哭声里送巧。现在改为下午6点以后，大家高高兴兴地将巧娘娘送走。

杨彦巧双手握住一支香，跪下磕头后埋着头没有站起来，马瑞女上前，用同样的方式点燃一支信香，下跪磕头，她迟缓地站起来，将信香插进香炉，所有人都明白，这支信香已经通知巧娘娘该走了。

菊爱娣和孟玉玲举起信香，与所有姑娘一起三跪三拜，唱《十支信香》。

马瑞女的丈夫和杨彦巧的儿子抬起巧娘娘跨出孟玉玲家的门槛，晚霞的光芒正好打在巧娘娘的花轿上，这是分别的时间了，是巧娘娘回到天上的时间了，是巧儿要去寻找她的黄三的时间了。

"巧娘娘穿的神仙衣，巧娘娘走家我送你。巧娘娘影子出了门，巧娘娘先行我后行。巧娘娘影子出了院，我送巧娘娘心里乱。巧娘娘影子上了房，我送巧娘娘脚步忙。巧娘娘影子驾了云，转眼到了南天门。巧娘娘影子走远了，把我丢下不管了。巧娘娘影子没待了，由不得人着哭开了。"

送巧前，我到西汉大桥下面，选好一处紧临西汉水的宽敞场地，空地是河水冲积散开的泥沙，周围长满茂密的猫儿草和扎堆的芦苇，人站在空地，会被野草包围起来，像一个天然的露天广场。

送别的队伍到达空地，巧娘娘面向村庄，背朝西汉水落座，姑娘们取出香盘里的手襻，搭起一座让巧娘娘回家的天桥，婉婷和依婷两姐妹各牵一头分站河水两岸。

桥搭起来，巧头点香、焚裱、燃烛、跪拜、鸣炮，同样的祭祀程序贯穿每一环节的开始与结束，不厌其烦地烧香点蜡，反反复复地三跪三拜，似乎在追寻祖先们生活的点点印迹，她们自始至终混杂快乐和哀婉的歌声，形成乞巧独特的叙事，寄托着人的渺小、无助和期盼。

"姊妹的手襻都解开，一根一根连起来。把桥搭到河对面，我和巧娘娘再难见。姊妹跪着挣命哩，各哭各的心病哩。针线家务都不怕，就怕媒人来问话。今年一起乞巧哩，就怕明年人少哩。我给巧娘娘打明灯，从小的姊妹泪纷纷。我给巧娘娘把愿许，巧娘娘给我要做主。金银财宝谁看哩，要我心上情愿哩。巧娘娘，上云端，我把巧娘娘送上天。"

今夜，西汉水边的永兴、长道，有两万多人从礼县城、盐官、宽川乡赶来观看送巧的观众。距离永兴十多公里的西汉水支流漾水河边的西和县"国家水利风景区"的晚霞湖，湖中荷花盛开，芦苇丛丛，野鸭、卢雁、白鹭游来飞去，汉白玉织女塑像站于霞光山色，湖波水影之间，一片野趣连着一片诗情画意，连起湖边的小吃摊，串起野村林舍中的农家乐。在这片山水画中，从西和县城赶来观看送巧的观众有三四万人，由于人太多，西和县竟动用公安警察维持秩序，在晚霞湖边拉起警戒线。此时，永兴16支乞巧队，鸣放烟花，排序送巧，一队一烟花，天空一时姹紫嫣红，彩蝶飞舞，烟雾歌声缭绕。

同一时间，西汉大桥，河堤两岸，人山人海，大堡子山下的文家、友好、龙槐、蒙张、爷池、捷地等村庄的送巧队，与赵家、祁山、西汉村的送巧队着红穿绿，歌声炮声交织，热闹堪比过年。

2300多年前的这一天，居住在西垂的秦族，登临大堡子山举行盛大祭祀先祖仪典，经年盛况如是今朝。

菊爱娣跪下，400多位巧头随之跪下，河流般的姑娘妇女们沿西汉水跪下，她们燃最后一支信香，焚最后一张黄纸，点燃400多位巧娘娘，花轿燃烧，火焰滚滚，一股股浓烟腾空飞上天际。

"七月七，节满了，巧娘娘把我不管了。巧娘娘身影出了门，石头压心沉又沉。白肚子手巾写黑字，巧娘娘走了我没治。巧娘娘走了我心酸，眼泪流着擦不干。野鹊哥，野鹊哥，你把我巧娘娘送过河。巧娘娘，上云端，我把巧娘娘送上天。"

天空霞光万道，夕阳罩在云朵上，五彩云霞，在天边移动，幻化为一只以霞为羽的金色大鸟，在天宇缓缓飞翔。

汉水泠然西流，这条产生中国文学经典诗篇《诗经·蒹葭》的河流，被晚霞映照得温馨安详。吟唱"蒹葭苍苍，白露为霜。所谓伊人，在水一方"的秦人女子，此刻也许就在天河边凝视着沉静下来的大地。

守望民俗

一

杨克栋先生40余年收集整理的民歌集《仇池风》的发行，使得中华大地的花儿，在"河湟花儿""洮岷花儿"之外增加了"陇南花儿"。《乞巧风俗录》的出版，促使西和县有了"乞巧之乡"的美誉。因为这两部书，一生淡泊的杨克栋先生老年声名鹊起，成为地方政府地域民俗文化研究的重要支撑。因此，我特意来到西和县，拜望这位几十年如一日收集整理陇南山歌和乞巧民俗的老先生。

暖风拂面的早春，中国西部西和县城古朴的街巷深处，青砖灰瓦的大门前，满头银发的杨老先生含笑站在门前等我。

进门，传统的马铵架瓦房，简朴的四合院，葡萄藤爬过院墙，棕树露青，探春花开，矮状的绿叶红花伏地生长。

到正房，房里摆放金钱树和盛开的蟹爪兰花，散发出早春的清新芬芳。慈眉善目的女主人热情招呼、沏茶，随即去厨房煮饭。

老先生坐在两盆花树中间平静地说："我感谢老天爷把我生在山歌窝窝里。"

"小时候跟着叔父去上坟，叔父手里的笼笼里提着给先人的花卷、纸钱，一路走在春风吹绿的草尖上，叔父边走边唱：

> 双磨轮，单旋里，
> 从前我不你缠里。
> 石榴熟了头抵头，
> 先是相好后是仇。

"在旷野里听山歌，为一个人遇到困惑、感情纠葛时，唱出的心事没有一点隐瞒而感动。譬如这首山歌里'单旋''头抵头'是情侣分手后的痛苦与热恋时的幸福，短短四句就把两个人的相识、相爱、分手唱得惟妙惟肖，如怨如诉。过去不是太懂，现在听这首山歌，仍为歌词里的形象之生动、语言表达之准确感到吃惊。可能就是那次踏青，将山歌的种子播在我心里，让我与山歌结下了不解之缘。

"上初中时，李季的《王贵与李香香》，贺敬之的《回延安》，对我的影响都很大。把我了解的家乡山歌跟这些作品比一比，我感到它们不比陕北民歌逊色。这个阶段，我对山歌的认识上升到文学，开始关注山歌的文学性与艺术价值。"

老人家停了停，想了想接着说："1958年秋天，我从临洮林校毕业，分配到玉泉林场工作，我学的是森林经营，偌大的林场，白天就我一个人。那时正是仲秋，一望无际的森林泛黄，早晨一队队大雁盘旋在蓝色天空；傍晚，阵阵雁叫消失在天际尽头。大雁南归的路上，来自天水、礼县、西和的工人们，在对面山上唱着呢，他们唱自己心之所思、

135

所想、所爱，他们出口成章，唱出来的都是内心真实的表达，都是原创之作。漫山遍野都是山歌汇成的河流，流淌的都是对美好爱情、幸福生活的渴望。在这种特定的环境，从小时候的耳濡目染，到初中涉猎的陕北民歌，从山野之歌到文学之声，从表面到内质进行了梳理，我认为山歌是民间大众的本质之音，人性之声。

"他们一年360天地唱，田间、地头都是他们放歌的场所：

黄挂鹋树上呢，
郎打千里路上呢。
黑狗抬的牛肋巴，
山高路远来不了。
黑了黑了麻下了，
想起娃的大大了。
大人不想娃想呢，
娃想两把麻糖呢。
土黄骡子驮白菜，
不看大人了看娃来。

"听到这首山歌的时候，首先想到麻糖。那个年代，西和城里只有两家卖麻糖的，过年给科长才送七把，那是任你怎么想都吃不到的，也是普通人家不敢想的美食。女性借'两把麻糖'把自己对爱人的思念之情表达得既巧妙又淋漓尽致。尤其'黑了黑了麻下了，想起娃的大大了'，犹抱琵琶半遮面的心理衬托着天色渐暗的景象，相思之情涌上心头，将一个活脱脱羞答答的少妇形象呈现在眼前。

天上的黑云锅盖大，

再大的王法不害怕。

刀子架在脖子上，

这要二家豁出呢。

一搭死来一搭埋，

一搭同上望乡台。

望乡台上铺红毡，

倒比阳间缠地欢。

"仔细琢磨，山歌在记录时代烙印，抒写着人间的'生死恋'，这么深刻的主题只用几句方言就唱得如此令人震撼。

"一个'真'字，一个'实'字，一个'真人'站在'真实'的土地上引吭高歌，唱心里'真实'的感受，将自己的内心打开，让所有能听见她的人用耳朵'看'，这就是山歌的魅力。

"1958年秋天，我下决心收集陇南山歌。

"1958年到1979年，在这21年里，我的收集在秘密进行。

"白天听，晚上偷偷写在本子上，写的过程也是领会歌词的过程，那个过程非常美妙，他们随口所唱深深感动着我，丰富着我，让我在林场的生活不再寂寞。到了1961年、1962年，我的收集顺手了，也加快了。

"1966年5月，'文化大革命'开始，我的收集工作陷入非常尴尬的境地。

"我一直将收集的山歌藏在草堆里，风声紧的两天掏出来看看又藏起来，藏起来再掏出来摸摸，害怕被人发现，换个地方藏起来，就这样藏来藏去保存着。

"'破四旧'时，我感觉山歌保不住了，正在我面对多年搜集记录山歌的笔记本忧虑不决时，林场相处多年的挚友刘尚文老兄悄悄劝我说：'笔记本是你多年从许多人的口里掏出来的山歌，要舍弃掉，恐怕再搜集就难了。'挚友的劝告，使多年搜集的山歌躲过劫难，使《仇池风——陇南山歌》没有遭到'胎死腹中'的厄运。

"说不清多少个白天，手捧这本直达人类内心情感的手写本黯然泪下；记不清多少个夜晚，心系这本民间之音的收集心惊胆战夜不能眠。

"1979年'文化大革命'结束，赶上了改革开放，形势一片大好。不幸的是，我因工作调动离开林场和朝夕相处的民工们，聆听不到山歌唱把式的歌声，失去了搜集山歌的有利环境。更不幸的是，20世纪八九十年代改革开放后，由于农耕文明的逐渐消退，山歌同样遇到'人亡歌息'的厄运。我只能利用下乡的机会，时时留心、打听、登门拜访山歌唱把式的方式搜集山歌。山歌搜集就像小时候捡拾麦穗那样，东捡一穗，西拾一穗地缓慢进行。

"山歌的消失是在20世纪80年代改革开放，包产到户以后，人们从事单一的家庭劳作，逐渐便不再唱了。

"经过几十年来政治、社会、文化坎坎坷坷的改革与重组，值得庆幸的是民间消失了的山歌，有部分在我的三本手写本里保存了下来。

"20世纪90年代初，一个偶然的机会，我发现西和县文联主席宁世忠主编的社火曲子，我问他怎么不把旧社火曲子编进去，像《拾手巾》那些经典的老曲子？他反过来问我说你收集的山歌还在吗？我说在。他说你整理一下，我帮你按资料出。整理工作于是开始，整理了3800多首时，正值西和县农民作家沉静的长篇小说《苍山梦》研讨会召开，甘肃省作家魏柯、高凯、马青山看了都认为：'这是真实的民间文学，是有价值的非物质文化遗产。完全可以按文学作品出版。'第二天，我就找西和县主管文化的副书记徐访明讲明情况，他说行。这两件事情促进了我整理山歌手稿的决心。

"整理工作历时两年七个月，记录山歌的三本笔记本变成了厚厚的十本手稿。为减少纰漏，手稿在电脑里七进七出，经反复修改后录制成光盘脱稿。

"整理过程中，内容的分辑分类、曲调的录音记谱、方言词的注音诠释、资金的谋划筹措等，遇到诸如怎样进行分类、怎样添加注释等问题。分类时，个别从报纸上辑录来的全部删除，反映当时社会面貌及时代弊端的保留了下来。如：

死水单怕木勺舀，
生产队口粮分得少。
口粮不够挨饿哩，
日子长着咋过呢。
胡麻杆儿点火呢，
社员小偷小摸哩。
哑白雨来了不响，
十个社员九个贼。
只有队长不是贼，
保管室趁黑背一回。

"关于方言、注解等问题我请教了很多人，查阅了大量资料，收录4000多首民歌，500多条注解，最后分了十大类。寄到兰州寻找出版渠道时被退回来。有人让我寄给中国作协理论研究室的雷达，寄给雷达以后，他转给了中国民俗学会副理事长、兰州大学文学院柯杨教授，柯杨花了14天时间读完，写了序推荐到作家出版社，称赞这本书：'其历史沉淀之深厚，涉及生活面之广阔，表达爱情方式之独特，采用比喻之生动形象，方言词语之丰富多彩等，都为文化人类学、社会学、民俗学、文艺学、语言学家们提供了大量有价值的研究资料和可资借鉴的素材。'

"柯杨建议我从县上申请出书资金，县上拨了四万元。四川师范大学文理学院院长万光治教授闻讯资助一万元，他还把老婆、儿女们都拉进来，有钱给钱，有力出力。2004年9月，在大家的帮助下，《仇池风》由作家出版社出版面世。

"《仇池风》出版，最欢迎它的是老百姓。从2006年至2009年端午节，西和县举办了三届仇池山山歌艺术节，第一次比赛从参与初选的300人中选出了70名优秀歌手，2009年选出了两个山歌王乔凤英、周进选。这是80年代山歌消失以后，西和山歌的再度繁荣时期。通过这三次比赛，80岁的老人都抢着上台呢，男女老少都唱，一改原先家里不唱、庄里不唱的老习惯，这三次比赛实际上促进了山歌的发展。"

"这就是一本书的故事。"杨老先生陷入沉思，好像在回忆一位老朋友的陈年往事。

一本书的故事，历时46年，跨越近半个世纪。如果46年是一个人的一生，杨老先生的一生中独自承受了比同一时代的人更多的孤独与痛苦，承受了那个时代遗留下来的文化误解。从另一角度讲，杨老先生收集山歌的过程是他对自己生存的世界认识的过程，也是对每一个与他擦肩而过的人彼此了解的过程。

《仇池风》记录并保存了陇南几千年来的民间智慧与民族集体记忆。我非常赞同《诗刊》编辑邓文涛的评价："书厚如砖，任何艺术家都要拜它为师。"根据学者考察，《仇池风》实际上是在西汉水两岸，吹拂了几千年的《诗经》中《秦风》的现代版，这古老的"秦风秦韵"，经杨老先生的4000多年辛苦收集记录，再度从中华文明的源头西汉水两岸刮向全国。

二

"其次，是另一本书的故事。"

夕阳西下，一束阳光从窗户探进来，笼罩在两盆花和杨老先生的头部，构成了一幅生动温暖的剪影画面，产生了一种独特的气场。老先生稍事休息，又开始侃侃而谈。

"《乞巧风俗录》的发表出版，使得非物质文化遗产乞巧，进入了国家级保护名录。这是乞巧本身对文化的贡献，也是我对乞巧风俗所做的一点推动工作。

"乞巧活动是女性群体性的信仰，早在20世纪50年代后期就消隐了，比山歌的消失早30年，这中间有历史的原因。改革开放以后，又开始唱了，但大变样了，不正规了。"

我问他："不正规指的是程序少了，还是参与的人少了？"杨老想了想说："好像都不是，感觉跟以前大不一样了，那种庄严的氛围少了，神秘的成分少了。20世纪30到50年代，西和县城里乞巧20多个点，1000多人参与。我是亲眼见过的，9岁以上的未婚姑娘都要参加，家长和姑娘们都非常主动，不参加是丢人的事。13岁就不让出门了，嫁到外庄的不唱，结了婚的不唱。乞巧前，姑娘们准备七天八夜，40多天做八件事情，十二件祭祀活动。"

"请您再谈谈收集《乞巧风俗录》的想法。"

我的话音刚落，老先生就说："第一，乞巧姑娘企盼的神情，不诳言，不胡语。第二，唱乞时的欢乐、高兴。第三，迎水时的热闹。第四，跳麻姐姐时的神秘。第五，送巧时的悲痛。整个乞巧过程中姑娘的心路历程无不让我感动，给我留下了深刻的影响。我想把乞巧风俗记录下来留给后人，这是我写《仇池风俗录》的起因。

"有了这样一个想法以后，最大的推进是2003年到兰州见到西北师大的彭金山教授收集整理的《陇东风俗》，我谈到乞巧，他说赶快整理。我回来就着手写，写了七八千字以后，找老人了解细节，摸一下哪个乡还有乞巧。到西和县长道乡才知道礼县的永兴乡也有乞巧，而且从宽川乡到石桥乡，红河乡的草八村，盐关河边八个乡镇都有乞巧活动。西和县有11个有乞巧传统的乡镇分布在漾水河边，这就是说乞巧分布范围从古到今在西汉水边。唯一不同的是礼县唱巧娘娘是'驾云来'，西和唱娘娘是'想你招'，礼县的巧娘娘是坐式的，西和的巧娘娘是站式的。之后我又整理了43段唱词，4个曲谱，3大类：祭祀类、劳动类、生活类。全书3万多字，比较全面翔实地记录了西和、礼县乞巧全过程。《仇池风俗录》写完推荐给《甘肃文苑》，2006年第一期将乞巧风俗公开发表，柯扬教授说是独一无二的，彭金山教授说是最完整的，中国民俗学会荣誉会长乌丙安教授评价真了不起。

"2006年7月，西和县组织举办仇池山歌艺术节时，请来17位民俗专家，赛歌会结束后，柯杨教授提出要看看乞巧。我自掏腰包，准备了三个点：牌坊、王磨、北关商场，编排了一段乞巧舞蹈穿插在里面，哪怕唱一段迎巧、送巧或是转饭都好，一定要让专家看到。专家们看完感慨地说，乞巧在大江南北都消失了，而在西和县还保存得这么完整，真是太难得了。这就是乞巧生发地的根深叶茂和顽强的生命力。同年9月，柯杨为组长，北京来的三位民俗专家，宁世忠，甘肃省民间文艺协会常务副主席杜芳，还有我，七个人成立了西和乞巧调查小组，到云华山下、桃林山观看了原汁原味的乞巧，专家们都被姑娘们的表演感动了。当晚，柯杨教授连夜写了西和礼县乞巧调查报告，第二天，我们七个人都签了字上报国家非遗办公室，10月份就批下来西和县为中国'乞巧之乡'。2007年，仇池艺术节改为'乞巧艺术节'。2013年8月，中国西和乞巧文化'西和乞巧民俗与传统节日文化的保护与发展'高峰论坛在北京召开，乞巧节是中国传统民俗节日中女孩们最具浪漫色彩的节日，将西汉水两岸女性敬畏自然、感恩拥有的精神内涵推向世界，这是史无前例的一次盛会，是令人鼓舞的一次推介。

"接下来西和、礼县要将乞巧文化的弘扬放在主要位置，要作为中华传统文化，将中国女儿节的内涵与世界文化接轨。"

"这就是第二本书的故事。"

77岁的杨老先生谈了这么多，仍然毫无倦意，又谈起他未来将要完成的著作。

"整理《仇池风》派生出来6000多条西和方言，2000多条西和俗语，一两年内准备出版《西和方言辞典》《西和俗语》这两本书，这是第一个计划。第二个计划是下决心出第二、第三部《仇池风》，目前整理了一万多首，收集的范围扩大到黄河流域的甘谷县，曲调增加到30多种，需要花时间筛选、分类、整理、出版。我们的老百姓太伟大了，这一万多首仅仅是陇南民歌的冰山一角，现在还有人知道，有组织去挖掘整理还来得及，再过十年二十年就会彻底消失，这不是危言耸听。我们对陇南丰富的民间文化还要有强烈的保护和责任意识，比如文县的《采花调》被四川歌手整理成了四川平武县的，礼县红河乡的《下四川》被青海歌手整理成了青海的，这两首民歌一首唱响全国，一首唱到了维也纳金色大厅。当然，放在全国无论哪个地方都是国家的文化遗产，争来争去没有多大意义，但是文化精品也要认祖归宗，这样才能还原一个地区的文化真实面目。"

老先生长谈三个多小时，还沉浸在他的民歌意境里，窗外探进来的阳光，把他和两盆花紧紧融合在一起，显示出年轻人才有的朝气和活力，他谈得举重若轻，我们却深感压在肩上的担子好重好重。

老先生抬起头，意犹未尽地长叹："能把山歌和乞巧保存下来就好了。"

晚饭时间，杨老先生的老伴给我们做好饭菜，家常的菜肴，苦苣、豆芽、粉条、油炸土豆饼等八盘山野时蔬，由他们当局长的儿子一盘盘端上木方桌，请我们用餐的同时，儿子退回厨房。整个用餐过程，杨老先生的老伴没有出现，儿子没有上桌。

临走前，我们到他的书房拷贝资料，杨老的书房是一间十来平方米的瓦房，一张书桌放一台笔记本电脑，一张单人床，其余是书架，书架上存放大量的历史、民俗、西和方言、俗语书籍，和家人的五本相册以及从报刊剪辑下来的资料。

杨老先生说这是他全部的财富。

我看了看老人家平静的脸，又看了看满屋子的陈年资料，在这间小小的传统的木质偏房里，保存着老人家构建浓缩的心灵家园，也收藏着他对民间文化情有独钟的特殊经历。

离开先生家时，始终感到在这个迎春花盛开的庭院，有一种祖先钻木取火的气息，在太阳的红晕深处，在蔷薇花的篱笆墙头闪烁，不断吸引我回头张望。

回眸凝望，我的确看到了高天远云、霞光辉映的美景。但真正吸引我的还是在人间烟火里熠熠生辉，深埋于人民心底，那一束束支撑民族精神的文化光源。

春　歌

清明节的风从黄河边刮上分水岭，被岭上的寒风撞了几个跟头，风头撞向固城河，固城的春天便姗姗走来了。其实，早在惊蛰前后，只要天不落雨，固城河一带，气象学意义上的春天就已经来了。

让人心动的洋芋窖里的春声萌动，算得上是固城人一家一户早到的春天。

洋芋窖是固城人的宝藏。

秋收的洋芋、胡萝卜、包菜、老葱、大白菜，都存放在洋芋窖里，以备北秦岭脚下生活的人们在漫长的冬季食用。然而，大自然的馈赠不止这些。整个冬天，用木棒子搭建的洋芋窖，用新鲜的苞谷秆层层覆盖，窖内温暖湿润，窖土与木棒子滋生的有机物，在窖内走亲戚、说悄悄话般亲热交流。严冬过后，洋芋窖里就会长出一顶盖子油汪汪、黄灿灿的蘑菇来。

年复一年，第一缕春的暖风吹到大柳树下，母亲就会下窖摘油蘑菇。洋芋窖里的油蘑菇是我们家的第一道开春菜。用母亲的话说："吃了开春菜，身体就会跟着春天长。"摘油蘑菇时，揭开洋芋窖就像打开春天的面庞。母亲轻轻揭开落了一层雪的苞谷秆放到一边，再揭开没有落雪的苞谷秆放到另一边。有一年在下雪时揭开，有一年在太阳下揭开，有一年在阴霾里揭开，有一年在麻雀的欢叫声里揭开。无论在哪种情景下揭开洋芋窖，都是母亲下窖。

我们蹲在窖外，头抵头朝窖里看，母亲将竹筛放在面前，双膝跪于洋芋中间，用一片镰刃轻轻割取倒长在窖盖顶子上面的油蘑菇。

母亲端出窖外的油蘑菇，湿润细腻，一朵朵像抹了黄油，像皮影戏里少女手里撑着的小油纸伞，轻、薄、透、娇。油蘑菇倒长于窖顶，是怎样的美丽？那样的美，每年都由母亲独自欣赏，任我们怎么央求，母亲都不会让她的孩子下窖，母亲也绝不让父亲下窖，她担心窖里有冬眠的虫类伤害我们。

我们挤在灶房门前，等母亲炒熟油蘑菇。母亲生火，烧油，炒熟油蘑菇的时间，就像等待北方春天的到来一样漫长。

母亲端进灶房一竹筛油蘑菇，炒熟后，才端出来一小盘。

母亲拿双筷子，给站在门口张开的嘴里喂蘑菇，每人尝两口就没有了。母亲手端空盘子笑笑说："等明年吧。"

等明年，就是等待下一个春天。

窖盖开启，春天就真的来了。窖里的洋芋、蔬菜跟着地底上升的热气发芽。母亲要在几天内将窖里的洋芋搬到窖外，铺在大柳树下，开始掰第一茬洋芋芽儿。母亲掰下洋芋芽儿的时光伴随迎春花开。二十四节气里的时间点，与分水岭脚下的固城，经常会产生出其不意的时差。固城人对气候的理解，建立在洋芋出芽，田家老山的雾浓雾浅上，知道气候的变化然后再决定干什么活。譬如迎春花开一朵两朵，母亲就会开启洋芋窖，迎春花开满一大盆，那就要掰第二茬洋芋芽儿了。

我从小跟父亲把迎春花叫黄素馨。父亲年轻时，从山里挖来一株黄素馨。父亲抱着极美好的希望，将这株已经从山里长大的黄素馨栽在一只废弃的水泥盆里。父亲从我家的麦地背来三背筐熟土。用父亲的话说，就是年年给我们长庄稼的土，跟父亲熟悉，跟庄稼熟悉，跟我们一家人都熟悉的土。父亲用双手抚平、抚实花盆里的熟土，从水井里压一桶清水，给黄素馨浇水时，看到水桶里漂层浮尘。便笑笑道："这棵黄素馨命大，刚接到家里，四方八路的土就飞着来养育它。"

此后的年月，黄素馨就成了我们认知春季的植物时钟。

一年又一年，父亲的黄素馨从正月里开到二月二龙抬头，才由院子里的水泉花代替。

水泉花是固城山里最早开的野花，生长在深山老林的涧溪旁。每年春雪落下，薄冰之下的溪水发出流动声时，半个身体倚进冰溪的水泉花就绽放了。

在古老的原始森林里，粉红色的水泉花在冰雪世界绽放，带动秦岭山脉一座森林，十座森林，一百座森林里的生命，义无反顾地走进春天。

冬天将尽，我跟二哥到苟家沟去拾柴。大山的阳面渐露青色，阴面则积雪成冰。同一座大山，一半是睡醒了的春天，一半还在冬季沉睡。我们在冬春相拥的林子里拾干柴，山涧的水自峡谷流向蜿蜒山峁，与早春的鸟儿和鸣，在山中回响。

冬春交替，再清冷的山里，都会回荡倒水瓶鸟悠长的鸣叫。倒水瓶鸟急促地叫一声，山雾便增厚一层。倒水瓶鸟轻缓地叫一声，山雾就淡薄一层。倒水瓶鸟叫得急，就是要马上下雨了，要尽快回家。

我自幼痴笨，看到或听到喜欢的事物，便不遗余力去追寻。跟着倒水瓶鸟的叫声，爬了好长一段山路，却听到倒水瓶鸟的叫声还在更高处，便往更高处攀爬，脚下一个趔趄，我跌倒在乱树丛里，鞋子全湿了，脚冻得麻木，却看不到水在哪里。

抬眼看到山涧激起的水珠跌落密林，一片粉红自高往低蔓延，近看是花，花通身透明，恰似粉色水晶的花朵、紫色水晶的花茎、绿色水晶的花叶，开在化了一半冰、融了一半雪的涧溪两侧，隐身密林，自成花海。

那天，我第一次想到，没有粉红的水泉花在溪边开放，那片森林就是一片荒凉。

我从半冰半雪的山溪旁，采下十株水晶花，放在二哥的柴捆上带回家，大柳树下的家园，已被夜幕淹没。

那个早春的夜里，父亲告诉我这花是水泉花。父亲帮我种好水泉花，水泉花经过一番生死轮回，活下来七株。第二年春天到来，种在院子里的水泉花开了。但是，花朵、花茎、花叶没有了透明的水晶。父亲告诉我，是气候、土壤改变了水泉花的天然属性。

陆游写梅花的诗歌有："雪虐风饕愈凛然，花中气节最高坚。"我认为水泉花也是如此，在我童年对植物的认知范围内，深山里无人问津的水泉花，就自带梅花品格，象征着坚韧不拔、不屈不挠的精神，至今仍是我心中的傲骨美人。

水泉花开放时，小院墙角的积雪地带，细小的紫花地丁轻轻推开一粒粒落在身上的积雪。冬梦醒来的一个清晨，冬眠了三个多月的紫花地丁，突然就睁开了紫光眼帘。

严冬过后的院落，一片片紫花的悄然绽放，是春天最为浪漫的告白。

小时候生黄疸，上磨先生摸了摸我的额头说是内热引发，让父亲到后院拔几株紫花地丁阴干研成粉末，让母亲煮一锅麦仁酒，等酒性醒来，不烈不温之时，接半杯清冽酒浆，送服地丁末便好。

当母亲的小麦仁酒发酵醒来，父亲取来他亲手研磨的紫花地丁，用一只小碗将悬挂在瓦盆盖上的透明酒浆接下来，同地丁末调和，让我喝下。我一口气喝下半碗，竟没有觉出紫花地丁的苦涩，只觉得母亲做的麦仁酒香甜可口。母亲看着我喝下一碗汤药，安然叹息："再喝两次，黄疸就退了。"

有了与紫花地丁如此深厚的交情，我便对药食两用的野草格外留心。上初中那年，我狂热地爱上中医。一时间，背诵《药性歌诀四百味》和《汤头歌320首》，成为我课余时间中的最主要内容。每当读到与紫花地丁有关的诗句，我都会背熟记在心里。譬如《诗经》中的《大雅·绵》中"周原膴膴，堇荼如饴"这句诗中的"堇"就是紫花地丁。因为这句诗中的一个"堇"字，我埋头查字典背会了《大雅·绵》的整首诗。"堇"在我心里一直是闪着紫光的一个汉字。而现实中，"堇"是味苦性寒的野菜和中草药。苏轼也写过"宁餐堕齿堇，勿忆齐眉羞"的诗句，这些诗句里的紫花地丁，在我童年贫乏的精神生活里，象征着积极向上的人生追求。

"柴胡味苦，能泄肝火，退热疏肝，举陷升阳。""小柴胡汤和解功，半夏人参甘草从，更加黄芩生姜枣，少阳为病此方宗。""大柴胡汤用大黄，枳芩夏芍枣生姜，少阳阳明同合病，和解攻里效力强。"于是，我背着背着，就找到了固城河对岸。每逢端午佳节，我总是第一个跑到水泉湾梁打露水，挖柴胡。

"桑菊饮中桔杏翘，芦根甘草薄荷饶；清疏肺卫轻宣剂，风湿咳嗽服之消。"于是，上街村果园里的桑树叶、野菊花，总是让我一笼一笼地拎到家里。

"蝉蜕疏风，治疹不齐。凉肝止痉，明目退翳。"于是，每年七八月份，我总在大柳树下面走走停停，仰望一会儿大树，俯视一会儿大地，将捡到的蝉蜕藏进书包里。

"葶苈大枣亦泻肺，行水祛痰喘自息。"于是我牢牢记住了，美国伦理学家奥尔多·利奥波德的自然随笔《沙乡年鉴》中，写"葶苈"的名句名段："那些渴望春天，但眼睛总朝上望的人，是从来看不见葶苈这种小东西的；而对春天感到沮丧，低垂着眼睛的人，已经踩到了它，也仍浑然不知。只有那些跪在泥土里寻找春天的人，才会注意到葶苈。"于是，我像一个发现者，在固城河谷寻寻觅觅，终于找到了开朴实黄花的葶苈。后来，我又知道了葶苈子从地域上分为北葶苈子和南葶苈子。在上磨先生的药铺里，我第一次听到，北葶苈透明黏液层厚，南葶苈透明黏液层薄。在陈旧的书本里，我还读到了唐代张祜的诗句"千寻葶苈枝，争奈长长苦"。多年以后，阅读美国生物学家蕾切尔·卡逊的《寂静的春天》时，喜欢到几乎把整本书抄写了一遍。

从药性歌诀和汤头歌里认识的中草药都是父亲教我的。父亲的针灸，也很了不起。父亲针灸偏头痛，一针可以解除患者痛苦。我就是受益者，开始父亲不敢，我也不敢，母亲坚决不让父亲扎。我头疼得哇哇叫，邻居们站在一旁直呼山神爷保佑。父亲按住我的手，一针扎进我的丝竹空透率谷，这个穴位跟父亲当时的针法，在我童年的心里一起成为了绝唱。当时，只听到母亲惊天动地叫了一声我的小名，我的痛苦就解除了。父亲接下来还要扎我的合谷穴、列缺穴，都被母亲号哭着拦住了。

父亲只有两根银针，常年包在他的小方手绢里。父亲的小方手绢好像不是用来擦脸擦手，只是用来反复搓洗，洗干净包两根银针用，父亲洗手绢的时间远比洗脸的时间长。

父亲教我辨别长在平地的紫花地丁起茎，长在沟渠边的紫花地丁起蔓。时至今日，我仍能分辨中药材的紫花地丁是平地长的，还是沟渠边长的。每当春天到来，紫花地丁开出浪漫深情的淡紫色小花，我就能清晰地看到父亲当年的模样。

地丁草还有一种开白花，比紫花地丁开花要晚。父亲在故乡的春天到来时，在院子里韭菜嫩芽浮动的春的气息里，用诗人般的语气说：

"春天来了，地气热了，开白花的地丁草就要活了，活到夏天就开花了，花如铃儿倒悬。"我常将"花如铃儿倒悬"的意境想象得美妙，但一直未见到真花。

当紫花地丁开得热烈浓艳，大柳树下后院墙头上的蒲公英，在我们一觉醒来的清晨，开出一墙头金黄色花朵。

父亲在后院打起土墙的时光，是我们家下放固城以后，一家人生命旅程中，一段漫长艰难的阶段。父亲是位知识分子，母亲是旧时代的童养媳，他们20世纪60年代初被下放农村。父亲从讲坛跌落边远山区的田间土地，这个过程的艰难，我没有机会体验。但父亲从最初下放固城的各种不适应，以及他强迫自己适应的过程，我是见证者和参与者。

我是一个愚钝的孩子，但父母赐我超常记忆力，4岁以后的事情基本都存留在大脑里。每当想起那些事，周遭环境、人物、故事情节，都会在大脑复原，形成当年完整过程映像。我想忘记父亲下放固城村以后，强迫症一样修复自己内心世界的一砖一瓦时的无奈、疼痛、隐忍，我可是记得非常清楚。父亲在体验农村生活的各种不适应的那些年月，我的童年也遭受着下放带来的各种不适应，同学们的歧视都被我忘记了，可老师的歧视却怎么都忘不了，这可能是我软弱的一面。但我能忍，我早就知道那时候的我们一家人艰难的处境，只能自己寻找光明来照亮自己。

父亲诗性的一面是他的人生苦难造成，譬如他与蒲公英的故事。父亲开始打后院墙的那一天，一定是在强迫自己不要想回县城老家。父亲下放固城以后，每当夕阳西下，都要跟母亲没有来由地吵架，然后跑出后院，跑到下磨河坝，站在浪涛滚滚的固城河边，绝望又沮丧。

每一次，母亲都会拽回一心要回县城老家的父亲，父亲没有哭，母亲却哭得眼睛通红。

上学放学的路上，哪一天看到固城河涨了，我就很开心。哪一天看到固城河变小了，我就想哭。

在母亲硬把父亲拽回固城村的漫长时光里，我的童年结束了。

一天，父亲拿起铁锨，要在后院打墙。父亲打墙的理由是人生活的院落不能向大河坝敞开，不能任"风"吹出吹进，需要封住我们一家人的人气。

父亲在母亲的抱怨声里，花去一个月还是两个月时间，在大柳树下的后院里，打起一面两米高的土墙。土墙打好后，我们的家跟夜里有沙毛神（即猫头鹰）的大柳树隔开了，跟大柳树前面的固城河、水泉湾、苟家沟、沙埂上，还有那些夜里常出现"鬼火"的野坡野地隔开了，也把父亲每天傍晚都想回县城老家的念头堵在土墙外面。

然而，土墙常常被夏天的暴洪冲毁，又一次次被父亲打起。

父亲每次打起土墙，都会让我们兄妹到河边挖一些草皮来。父亲把大块的草皮铺满墙头，两场雨后，后院墙就变成了一墙绿。再后来的春天，草皮间的蒲公英开出金黄色的花朵，花朵间一丛绿一丛粉，一丛红一丛黄，一丛丛野花野草里飞出鸟儿。

鸟儿飞过开满蒲公英墙头的日子，父亲渐渐忘记了回县城老家。

蒲公英种子飞翔的季节，父亲慢慢养成了随遇而安的生活态度。

晚上睡觉前，忘记了回城的父亲躺在热炕上，教我们唱《松花江上》。几乎每天晚上，一家人在父亲的领唱下唱起："哪年，哪月，才能够回到我那可爱的故乡？"

父亲领唱《松花江上》的年月，很多事情我还不大懂。唱会了《松花江上》，父亲又教我们唱《天仙配》。父亲唱《天仙配》的夜晚，大柳树上面的夜空有了星星也有了月亮。常吃我家鸡的黄鼠狼，也已经被父亲打得更高的土墙挡在外面。父亲在上磨当队长，每天早晨高嗓门喊叫的声音里，像一位劳模般早出晚归，成为一名真正意义上的固城下街村社员。

父亲不再在晚霞的红晕里跑向固城河，他的变化令母亲感到自豪，也让我们有了我是固城人的良好感觉。

蒲公英开满后院土墙头的早春，前院的菜园里，会长出一蓬蓬米兰子。米兰子很像春菠菜，颜色为抹茶色。母亲说那是土地改革前房子的主人种下的菜。

父亲的花陆续绽放的时候，母亲在我们家与李家爷家的边界线上，砌了一道长长的石头墙，在石头墙根种了一排长长的黄花草，黄花草间种了几挑荷包牡丹花，一株牡丹。母亲的花后来成为我们家院里的大风景，母亲的荷包牡丹花在谷雨节气到来前开花，它的美就像母亲每年端午到来前，在我们的梦里，在那个贫苦年月的那盏昏暗煤油灯下，给我们缝制得活灵活现的红绸子荷包一样，是能戴在脖子上去村里炫耀的花。

荷包牡丹花一旦开放，就会唤醒身边的牡丹花。母亲的牡丹花是红色的，在我们家生长了半个多世纪，牡丹花的高贵典雅，被我视为梦想之花。之后就是黄花草开花，黄花的颜色比迎春花厚重，比油菜花深沉。我从小跟着父亲把黄花草叫忘忧草。黄花草能明目安神，药用价值也是了得。每年黄花草含苞待放之时，就被母亲摘下来，投进滚水里焯，焯完阴干，给我们做菜，做臊子汤。母亲年年焯未开的黄花，我年年反抗。有一年，母亲去摘未开的黄花，我急得躺在地上打滚，母亲才同意等黄花盛开，等我们看够了再焯。

母亲的春天，是从菜园里铲出米兰子嫩苗，洗干净焯水，整苗凉拌一盆，用毛边大铁锅烙大饼，端给我们吃。母亲的春天，是等待园子里半个月长一蓬米兰菜，半个月给我们吃一次。

每年，都有几株从母亲手中漏掉的米兰子长高开花结果，米兰花是我见过的最美丽的花朵，丝绸一般的花，在院子里摇曳几天就结果了。

秋季，母亲连根拔出结了果的米兰子，挂在后院土墙晾晒，晾干后，母亲拧下果实，取出果壳里的小种子，投进热锅炒熟碾碎，撒上盐，淋上热胡麻油，烙油饼给我们吃。

那些年月，父亲总把从麦田里拔出来的麦麦萍，路边采的马莲、野菊花，躲开母亲甩上后院的茅草屋顶。两年三年过去，父亲甩到茅草屋顶的麦麦萍开出粉色的花，马莲开出紫色的花，野菊花开出明黄色的花。鸟儿留恋茅草屋顶，在屋顶孵化小鸟。晨起，鸟儿从茅草屋顶飞出。晨昏，鸟儿从固城河边飞回。

茅草屋里住着生产队里的一头小骡子，每天早晨由放牛娃带到山里去放牧，晚上回来住在开满野花的茅草屋里。

当父亲把春天实实在在留在我家院落，他就去东城墙里，向田阿爸要来两只会叫"二姐姐，回来"的麻鹨鸟儿，从集市买来鸟笼，还让大姐从县城捎来鸟食罐。两只麻鹨鸟儿，每天早晨叫几声"二姐姐，回来"，那是父亲最开心的时光。

父亲把自然界的春天搬到泥巴院落的时光，母亲不经意跟父亲置换了角色。每天黎明去水井挑水的事，不知不觉落在母亲肩头。从我记事起，母亲每天早晨要去上街的水井，挑回三四担水倒满水缸。父亲也总抢着挑水，但母亲总说："你要背负的担子已经够重了。"母亲把父亲要承担的一部分承担了下来，譬如挑水。把父亲不愿承担的一部分也承担了下来，譬如替偶尔感冒生病的父亲被批斗。

当父亲被他的6个儿女逼得学会了干农活，被田间劳作改造得越来越像一位固城村地道的农民，母亲却不愿意父亲改造得太彻底。

母亲说："让读书人干农活，也要学会才能干。"母亲的话不是让父亲彻底学会干农活，而是让父亲会干就行。父亲一直没有学会真正的干农活，用母亲的话说父亲本来就不是干农活的人。

母亲是村里的劳模，每天第一个出工，最后一个收工，一人干了两人的活。母亲刚刚得到队长的表扬，父亲就要接受队长的批评。

只有母亲心里无悔，她替父亲干的活，对得起土地，对得起山神爷。

父亲平反以后，最大的愿望是想把我们带回县城老家。他多次从固城步行到礼县城，从礼县城步行回固城村，40公里往返步行了几十个来回，终于求人无果。20世纪80年代中期的那个初春，父亲从县城回到固城的那天深夜，没有吃饭就去了山神庙。父亲第一次长跪山神庙，告诉山神爷，他不能将他的儿女们带回老家，他无力改变他的6个儿女成为农民的现实，只能祈祷山神爷原谅他。

那年春天，父亲把他最喜欢的两株红梅，从我家院里移栽到山神庙院里。傍晚时分，一阵鞭炮响过，父亲给山神爷磕了三个头。

从此，父亲无奈地松开拉紧我们的手，任由东西南北风吹着我们飞。

父亲一生贫苦，却是彻底的唯物主义者。父亲开始相信山神爷的存在，纯粹是为了他的儿女扎根固城。

父亲在76岁那年春天离开土地，和母亲进城陪他们的孙子们读书。

回到县城的父亲，早晨起床，第一时间去汽车站接固城发往县城的班车，跟来到县城的固城人说两句话，问问固城下雨没有？麦子长高没有？总之，父母老年在县城老家的生活，跟初到固城的生活没有什么两样。

父母在县城陪孙子们读书的十多年里，父亲多次托人从县城捎回固城的各种花卉，摆满了固城家里的前庭后院，院里的花儿从春天开到秋天，开过一茬又一茬。冬天，一盆一盆的花，在二哥二嫂的抱怨声里搬进屋子，地上放不下的，就放在饭桌上、窗台上、炕上。

十多年时间里，父母在县城老家的院子里，却从未种下一棵花草。

父亲在还乡和回城的各种适应与不适应里，走过了86年。

2014年农历九月初四上午十一点半，父亲在县城老房子的热炕上安详离世。父亲在人间的最后一程，走的是永坪峡里七十二道脚不干的水路。这次父亲不是步行，是静静地躺在车里。

父亲的殡葬日为农历九月初七上午，周礼文化带的传统理念为生者七不出八不入，逝者逢七不能殡葬。因为父亲是寄坟，初七就成了父亲的殡葬日。又因为我们家的祖坟远在礼县城的任家湾里，这就决定了父亲只能是寄坟，根本没有别的选择。

父亲是20世纪60年代下放固城的外乡人，这就意味父亲离开人世，在另一个世界仍要寄人篱下。自然，父亲已漠视尘世的各种规则，一心渴望归宿，即使归途路遥地远，父亲也无法再做选择。

五年过去了，父亲仍然寄在我们家的自留地里，因为兄弟们意见不合，给父亲迁坟的事便搁置了下来。

迁坟，顾名思义就是将逝者从寄坟迁进祖坟。

在偏僻的固城，民俗文化基本由婚丧嫁娶传承，没有一个正式的书面蓝本。仅此，民俗文化却保护得非常完整。其次，他们会在迁坟或殡葬时，从天干地支的理论中寻找属于自家的一个汉字，这个深埋大地的隐秘汉字，历经千万年岁月，不管这个字在世界的哪个角落，都会被固城的分水先生和阴阳先生，在几天几夜的念经声里，联手从茫茫大地的内心找出来，在纸火、香烛弥漫的烟雾里，用意念一笔一画写在墓坑中央，让逝者端端正正躺在这个汉字上面。

这个汉字，就是一个家族的风水和命运。

父亲是外乡人，即使迁坟，父亲也不可能迁入位于礼县城的祖坟里，也只能在固城村选一个地方，这个地方还是风水先生说了算，迁与不迁又有什么意义呢？

可是，父亲的迁坟，成了压在母亲心头的一块心病。

送走父亲的当天夜里，二哥梦见父亲穿双雨鞋，步行到朱家磨村，被朱家磨的山神爷拦住不让通行。第二天，二哥才想起，父亲的灵车经过朱家磨村时，他忘记了到朱家磨的山神庙里去敬神。二哥赶忙买了香蜡纸火赶往朱家磨村，请求朱家磨村的山神爷让父亲回到固城。

父亲去世了，也没有忘记从礼县城回固城的路是七十二道脚不干，他脚穿雨鞋，风雨兼程都要赶回固城，被朱家磨村的山神爷阻拦。父亲穿越生死，越过两个世界的边界也要告诉二哥，一定接他回到固城。

这是一种怎样的情愫，让父亲如此热爱固城？还是除了固城，父亲已然无家可归了？

父亲的家到底在哪里？

父亲去世的前一夜，邻居郎哥说他在凌晨时分，似睡似醒中听到父亲在大柳树下喊二哥给他开门的声音。

父亲病危之时，竟连夜赶回固城。难道父亲一生都在错把他乡当故乡？

送别父亲的第二天是霜降。

那晚，我以为父亲会用尽一夜的时间，从那个黑暗的洞穴爬出来，爬到出口的那一刻，等我拉他出来。早晨，当我在一片白霜凝结的寒雾中跑向父亲，看到夜里落在大地上的霜花，像母亲怀抱孩子般拥抱着乡村巨大的寂静，拥抱着父亲被寒霜染白的坟茔。

父亲用尽一生力气，终于回到了固城。

把一个"去"字走成一个"回"字，就是父亲的一生。

春歌无声，父亲安息。

醉 花 阴

　　小时候，夏至时节，海娜花开，我都会爬到后头崖上去打楸树叶，楸树叶是女孩子染指甲时，包指甲最好的天然物品。

　　后头崖上的楸树林，远看像扎堆长在崖上俯视村庄的眼睛，斜枝横逸，根抵悬崖，我们都有些害怕。近看却是抱团仰望天空的大树，高大挺拔，树干通直，又让我们喜欢。楸树叶像一块块没有印花的绿手绢，又像被一双纤手折叠成三角状，柔韧且脉络整齐。楸树花如一幢幢小伞房，紫中带粉，倒挂犹如花瓶，却只开花不结果实。

　　楸树长得高，花开时的那一抹超然紫，像挂在后头崖上一串串随风摇曳的紫色风筝，飘逸得令人向往，美好得让人陶醉。打楸树花和叶子是高难度的活，要用一条端直柳枝轻轻打。柳枝绵软，在小女孩手中，往上甩是一条弧线，往下滑又是一条弧线。一群女孩子，随手中柳枝升降的弧线咯咯欢笑，楸树叶和楸树花小心躲闪着，崖娃娃藏在斑斑土里学起小女孩们的笑声。天空明净，山高地远，小女孩和崖娃娃的大合唱，每年夏天都要在后头崖表演十天半月。

　　倒挂的楸树花叶从来不会让小女孩轻易打落，楸树花总会不失时机地躲开小女孩手中的柳枝，捉迷藏一样摇摆花朵的娇美。楸树叶更像调皮结实的男孩子，每每触碰到小女孩手中的柳枝条，都会甩甩头发出淘气的嘲笑。当那一条柳枝准确地触到树叶与树枝、花朵与花梗的连接处，就会有一片楸树叶，或是一朵楸树花，从树枝脱落，不情愿地从高处晃晃悠悠飘落树下。

一片楸树叶或一朵楸树花，从高大的楸树降落树下，是一个很长的过程。我们似乎不是在等待一个具体的欢喜，而是更想看到来自另一个世界的礼物或者别的什么神秘启示。

在一个又一个炎热的夏天，高大的楸树成为乡村小女孩们，仰望另一个世界的窗口。

晴天，我们跑上后头崖，打楸树花叶的时候，不自觉手拉手做起游戏，高声唱："割割割韭菜，割了三担五口袋。你吃油饼尖尖，我吃油饼边边。"在那面红色的土崖上，在那一片楸树林里，我们做游戏时从来不诵唐诗宋词，只是一声高过一声地唱老掉牙的固城歌谣。多年以后，想起那些情景，总也想不出是为什么。直到读到美国生态伦理之父奥尔多·利奥波多的《沙乡年鉴》中所言的："野地里蕴含着这个世界的救赎。"好像才隐隐感知生命里被忽略的记忆。只唱固城歌谣不诵唐诗宋词的乡下小女孩，她们本身就是自然世界的一花一草，对自然生命有着深沉、质朴的热爱，只是自己不知道而已。

女孩子们做游戏乏味了，就在崖上做大席，似乎每一次乏味后的提神都是从做大席开始。做大席的游戏隆重又精细，我们刨开崖上白色坚硬的斑斑土和混在石头间的红色崖土，用石头将崖土砸成细末的过程叫磨面。白面与红面磨好之后，分成白面堆堆和红面堆堆，再用楸树叶做一只小桶，每个人小心翼翼，掬一只类似粽子那样的尖底楸树叶水桶去河边挑水。一般情况下，双手掬在楸树叶水桶里的河水，一半都会从手

159

指滑落在山路上，只剩一半用来和面。和面的过程很幸福，我们唱起"踢脚踢脚盘盘，一脚踢到南山，南山一树槐，不座公公座秀才"的古老歌谣，陶醉于用泥土做大席的忘我境界。村庄里，母亲们喊我们回家吃饭的声音，被崖上的大合唱完全淹没，我们什么都不用听见，我们就是属于土地的孩子。我们反复揉土，揉得红土和白土有了面粉的筋道，揉得一双双小手泛起红色，揉得夏天的闷热渐渐吹起凉风，才用楸树叶将红面和白面包实捂严，等待醒面。醒面的时间宽裕又轻松，崖上的时空安静下来，高大的楸树静静聆听树叶的浮动，没有风，没有声音，没有牛羊的叫声，只有楸树叶包裹的红泥巴和白泥巴，发出我们听不到的醒来声，那声音是我们渴望的梦境，是让我们成长的呼唤。

醒面时间一到，大家不约而同揭开楸树叶，将渗出水汽的泥巴再度搓揉。这时候，每一个人都听到了崖下母亲们的喊叫声，大家都饿得肚子咕咕叫，但谁都不答应，谁都不愿回家吃饭，都要等着"吃"自己做的大席。我们专心烹饪，把见过吃过的几样很有限的菜肴都做出来，红泥巴做成排骨、猪耳朵、肘子的形状。白泥巴做成面条、包子、馒头、花卷的形状，崖上的野菜做成凉盘的样子，再把做好的"菜肴"一道道摆在平坦的崖上，我们站在一大桌子欢实的大席跟前，使劲闻红泥巴做的排骨、肘子散发的肉香，使劲看包子、花卷会不会动一下，使劲幻想大席下一秒都会变成真的。闻够了，看够了，幻想够了。我们悄悄藏进楸树林里，静等幻想中的亲戚向崖上走来。等待亲戚的游戏环节要尽量等得久一些，更久一些就会更像一些。我们一会儿假装望望山的高处，一会儿假装看看太阳落到了哪座山上。当两三个小女孩假装从崖下吃力地爬到崖上，我们就像真的一样迎上去，假装亲热地握住她们的手，一阵寒暄一阵欢笑，请"亲戚们"按座次坐下来吃大席。

每个人拿起树枝当筷子，给"亲戚们"夹肉夹菜，热情洋溢的氛围毫不违和。我们吃得又香又满足，聊得跟大人似的，吃罢大席，带"亲戚们"到崖上走走，拔一把野韭菜，一束野茵陈，偷摘几颗能酸掉牙的野李子送给"亲戚们"，陪"亲戚们"去山神庙给山神爷磕头。走亲戚的礼尚往来结束之后，再假装送"亲戚们"到崖边，我们才回家。

晴天的时候，我们的目光穿过楸树叶，常常会看到从树的高处筛落的阳光后面，连绵不断的山峦隐现缕缕炊烟，那是我们的目光能看到的最远的地方，那个最远的地方就成了我们心中的新世界。在一群女孩子当中，没有人敢到那个新世界去探索。白天，除了能看得更远一些，我们就在楸树下面玩过家家，做大席。

夜晚，谁也不敢去后头崖。大人们说，夜晚属于崖娃娃，崖娃娃白天是土和石头，夜里是跟我们一样的人。夜里是崖娃娃在打楸树花，而楸树会躲开崖娃娃手里的柳条，背着它的树叶和花朵们藏起来。

初中毕业那年夏天，同学陈书桐约我到后头崖上去打楸树叶，她埋下头说她只要两片楸树叶，打多了就不是双数了。她自己不能打，她的亲生父亲早年去世了，要父母双全的人给她打。我问她为什么？她说她要订婚，要染红指甲。

陈书桐的名字是去世的父亲起的，据说她父亲去世前在省城工作。书桐的妈妈是村里的妇女主任，陈书桐这个洋气的名字，是父亲留给她的为数不多的馈赠。

母亲叮咛我，只能打两片楸树叶，不能多也不能少，两片才是婚缘。

那天到崖上去打树叶的都是有父有母的女孩子，为了不多打一片树叶，我们抱住大树，一个站在一个肩头，搭成一条小人梯，给书桐摘下两片包指甲的楸树叶。

夜晚，月亮升起来，一片宁静随月光的温柔洒向村庄。月光下，家家菜园里，"宛如飞凤，头翅尾足俱全"的海娜花次第绽放，我们在"翩翩然，欲羽化而登仙"的花香里，像一群嗡嗡嚷嚷，着急采花的小蜜蜂。

染指甲要等到睡觉时分，记忆里染指甲的那一天特别长，等到不耐烦了，天才慢慢黑下来。我们把楸树叶从太阳晒热的石头墙上取下来，轻轻揉搓，反复折叠而树叶不断，便放心去采摘海娜花叶。刚采摘下来的海娜花叶，用手轻轻揉揉，去去水分后，放入碗内，加小粒明矾捣成糊状，抹在十指甲盖上面，用剪好的楸树叶包裹起来即可。

那晚，书桐订婚染指甲，我们都跟着她一起染指甲，好像她即将开启的新生活也有我们的一份。那是一个真正意义的幸福的夜晚，女孩子在月光下摘海娜花，在月光下去水井挑水泡马莲，在月光下用小剪刀剪裁楸树叶，在月光下给书桐的指甲盖点上海娜花糊，在月光下挑选剪裁得最完美的楸树叶包书桐的手指甲，在月光下选最长的马莲扎紧书桐的十个手指甲。之后，你给我，我给她地包起指甲来。包指甲的时间也是唱《南家坡》的时间，好像只有唱起《南家坡》，书桐的婚姻生活才会幸福。

月光无私包容，我们在不懂事的年纪，包着象征幸福的红指甲，唱着反映农村女性命运的伤感歌谣，唱到月亮钻进了云层，唱到虫鸣声从窗外挤进屋想探个究竟。我们唱了大半夜的"南家坡的锦鸡叫，我受难心谁知道"，可谁都不明白《南家坡》表达了什么。

早晨醒来，打开楸树叶，十个手指甲就染成了蔻丹指。

海娜花开，父亲就会教我背诵有关海娜花的诗词。父亲常用青柳枝，把一首叫《醉花阴》的词，写在海娜树下，用柳条指向土地上面的字教我背诵："曲阑风子花开后，捣入金盆瘦。银甲暂教除，染上春纤，一夜深红透。绛点轻襦笼翠袖，数颗相思豆。晓起试新妆，画到眉弯，红雨春心逗。"我背会了《醉花阴》，却只懂了一句"一夜深红透"。父亲说："不懂不要紧，等你长大了就懂了。"

背会了元朝姑娘陆琇卿的《醉花阴》，我又背李清照的《醉花阴》："莫道不销魂，帘卷西风，人比黄花瘦。"晏殊的："九苞颜色春霞萃，丹穴威仪秀气殚。"杨万里的："雪色白边袍色紫，更绕深浅四般红。"吕兆麟的："染指色愈艳，弹琴花自流。"杨维祯的："夜捣守宫金凤蕊，十指尽换红鸦嘴。"

从小人书《红楼梦》中，了解到红楼人物晴雯的"两根指甲，足有三寸长，尚有金凤花染的通红的痕迹"。从晴雯的芙蓉泪，略知芙蓉花独特的"拒霜"性格，因芙蓉花又背会了白居易的"晚凉思饮两三杯，召得江头酒客来。莫怕秋无伴愁物，水莲花尽木莲开"；苏东坡的"千林扫作一番黄，只有芙蓉独自芳。唤作拒霜犹未称，看来却是最宜霜"。

那些年，我几乎认识了固城河边所有的野草野花，因为那些野性的花草，我背会了一些跟野草野花相关的古诗词，课余背诵成为我学习之余的最大乐趣。课后，我和书桐常常讨论从小人书上读到的《红楼梦》，她为红楼女性人物命运同情落泪。后来，给她的女儿们都起了红楼女性的名字，我曾建议她给大女儿起名"拒霜"，她说"霜"字太冷。我说那就叫芙蓉，她说还是带了点"霜"的寒意。

八九年后，生下三个孩子的书桐，在一个伸手不见五指的黑夜，疯子一样踏过固城河来到我家，哭得上气不接下气地向我确认："我订婚那年，在后头崖上，你们到底摘了几片楸树叶？"我说："两片，每个人都给你摘了两片啊。"她绝望地说："既是两片，为啥我男人还要再找一个女人？他现在不要我们了。"书桐说完哭着冲出屋子。

时间不久，书桐和她的三个孩子，还是被婚后有了合同工人身份的男人无情抛弃了。

书桐的婚姻破裂的那几年，我在成县，家里没有电话，信息不畅。收到她写给我的信时已时过境迁，她收到我的回信时也已物是人非。她的婚姻彻底结束的那年夏天，她已不再是哭哭啼啼的书桐，她恳求我帮她抚养她的小女儿，让我给她的大女儿找个没有儿女的人家，等她把三个娃都送给好心人，她就去死，她一天都不想活了。1993年春天，我刚生下儿子，当时的境遇也是自身难保。我无法答应她的恳求，只能陪她流泪，只能告诉她很快就过去了，要坚强之类的话。

下一年冬天，我回到固城，书桐在一个落雪的午后来到我家，她绝望地告诉我："三个娃娃，两个小的判给了我，大女儿判给了男方。过完年，我就要带着两个小的走了，大的却还是放心不下，我要怎么办？我是做了绝育手术的女人，就是哪个男人愿意收留我，也未必愿意抚养我的三个娃娃。我带着三个娃娃走过千山万水，又不能给那个男人再生一男半女。我还是人吗？"但是，1995年早春，29岁的书桐离开故乡时，还是把正在吊沟梁上放牛的大女儿一起带走了。

书桐带走大女儿的壮举，惊动了村里的男人和女人。

书桐离开故乡初期，写给我的信件中字字句句都是对家乡的不舍与怀念，我曾把她写给县妇联的求救信拿出来与日常通信对比。当我读到："我男人在一个有风的秋夜，把我们母子领到河边，让我们挖坑，自己埋自己。"这件事她以前给我说过很多遍，这样的信，她以前给县妇联寄过很多次。但是，我读过的信，她寄出去的信，她跪在山神庙磕下的头，都没有让她的男人回心转意。

每次读到这段话，我都不愿意相信抛弃书桐母子的男人也是"人"的事实。我也想过那个愿意抚养书桐母子的男人，有着怎样的情怀。他跟书桐有多么深厚的缘分在书桐做了绝育手术，经历了灾难性的婚姻破碎之后，让她拖儿带女，泪洒三千公里之遥，才终于成为他的妻子。

而那个在书桐心里还是陌生人的男人，一生只能养育书桐的三个孩子，他图什么呢？

书桐离开故乡后的很长一段时间里，我彻底忘记了后头崖上的楸树林，却没有忘记那年给书桐订婚摘两片楸树叶时，被我们一遍遍唱着的《南家坡》。在夏天的麦田里，在秋天的胡麻地里，"南家坡的锦鸡叫，我受难心谁知道"常常是乡村小女孩的口头歌，没有人质疑这首歌谣的深意，也没有人认真思考过这首歌谣产生时的社会背景。

我们只是唱，唱过一年又一年。

我们当中的每一个人，谁都没有想到，在那些年的歌声里，书桐注定一生都要在苦难和救赎之间涉渡。

时过境迁，《醉花阴》还是美得令人憧憬，《南家坡》却成为遗落在身后的海娜花瓣。我们无一例外，都没有把生活过成"蔻丹指"那般精致而圆满。每当想起那混合了海娜花香的夜晚，那弥漫着暖意的月光，那个常被我说成"脸慢笑盈盈，相看无限情"的早早结了婚的书桐，我都要为她的命运愤然而叹，又为她此生能遇到一个无怨无悔，一肩膀挑起他们母子四人全部生活的男人感到庆幸。

当往昔没有留下任何痕迹，我们的歌声仍久久不散。

田箩儿的新年

2014年元旦早晨，固城街道一片喜气，村口田家一老一少两个寡妇，老的78岁，小的52岁。母女俩又在争吵着为孙儿田晓晓举办婚礼，似乎她们一直都在争吵中度光阴，上下街村民倾巢出动，为这个孤儿寡母的家庭出力帮忙。

酷寒凛冽的冷，丝毫没有减少天高云淡处幽深的蔚蓝，倒是令天上的蓝更加清澈洁净，乡村屋檐升起的炊烟，在蓝天下穿云破雾，与冷空气融为一道道透明冰线，给冬缝制出冰雪的衣衫。从堡子梁漫下村落的晨光，给冻得颤抖的村庄，温柔地穿戴起一件件温暖的衣履鞋帽。

牛羊跟在人的身后出现在村头村尾，孩子们围在晓晓家门前，使劲嗅那一缕缕铁锅土灶里漏出的肉香味儿，这样的喜庆时光总是令人感动。

箩儿从30多年前结婚的那一天起，不久便成了个寡妇。她的母亲，一位队长的女人，不到40岁，丈夫病逝，守寡46年。母女俩守寡的时间加起来为76年，76年艰难困苦的生活早已让她们从内心懂得了亲情的弥足珍贵。这对守寡半个多世纪的母女，趁元旦的吉祥喜意，合力给

27岁的晓晓办喜事，婚礼的代价同样超过他们的承受能力，与其说是办喜事，还不如说是开启一份债务。

债务开启前的20多年，笋儿给母亲丢下年幼的晓晓，去城市打一年工，母亲种一年地，晓晓在地里哭闹一年；笋儿赚得来年的油盐钱，回家种一年地，让晓晓读一年书，给晓晓烧一年热炕。母女俩轮流20多年，养育大生下来没有见过父亲的晓晓。

2014年新年的固城村，因晓晓的婚礼变得喜气洋洋。晓晓的婚礼之后，还有一场他的家庭成员的特殊演出，演员是他的母亲田笋儿。按照乡村习俗，婚礼前，新郎的父母要到山神庙去祭祀山神爷，祈祷山神爷对田家子嗣繁衍、家族事业旺盛等大事小事多加关照。另有一件事，是在儿子婚礼结束后，家庭主要成员要穿戴山神爷戏箱子里的服饰，浓抹淡妆，绕村庄扭跳一番，作为对乡亲们的答谢和内心喜悦心情的释放。

这样的释放，田笋儿还有一次，晓晓还有个同母异父的弟弟小小。

穿戴山神爷的戏服，是一件非常虔诚的事，穿戴前要祈求山神爷同意，并对戏服进行祭拜，三跪九叩地接过戏服，放于屋内最高地方，穿戴过后，鸣炮跪拜相送。

笋儿家里没有儿子，早逝的父亲将这个难题留给她的母亲。姐妹三人中，能干的她准备招婿入赘。当年，姐姐和妹妹出嫁后，她已有爱人并怀孕，她的至爱得知她怀孕后消失无踪，笋儿踏破十双自己做的布鞋，走遍三县梁也没有找到。她下定决心，夜里听杜鹃啼叫一针一针纳鞋底，白天随四季的暖风冷风寻找男人。但刮向山梁的千呼万唤总是引来野草的阵阵欢笑，每当满山的野草随她的呼唤弯下腰来，她听到的都是一山一湾的花草哗啦啦拍手的声音。当初，她将少女的身体献给他的时候，认定他就是自己的男人，日夜不敢让母亲知晓的爱的思念，不敢

167

让村人看到的身体变化，她全当成幸福——收藏在心。笋儿以为，他出门在外，一定是遇到难事回不来。任母亲怎么劝说，她都要保住孩子。这成为固城人常说常新的反面教材，这本爱情的书早被四季的风吹破了扉页，吹干净上面的文字，成为一张张皱褶的旧历。但在笋儿心里它是新的，新得就像身体流淌的血液，始终令她的心田涌起针刺般的疼痛。

当小腹显怀，难以遮掩时，男人还是没有出现。母亲为她招来病危男子做了丈夫，孩子还未出生，男子死了，她感激男子为她遮掩奉子成婚的尴尬，保住了她的爱情结晶。殡葬男子时，她自降一辈，以女儿的身份披麻戴孝，送走为她充当"挡箭牌"的男人，她生下孩子，又眼巴巴等待27年，直到儿子结婚，男人还是没有回来。

第二个儿子的出生，却是源于另一个离婚男人想要一个女儿的想法。这个男人是外村人，他与前妻已有两个儿子，却又离婚，离婚的原因大抵是家贫给儿子娶不到媳妇，自己没有能力赚钱，成为家中一张多余的嘴，于是被老妻抛弃。固城河边，娶一个女人少则十万元，多则二十万元不等。于是，男人日夜焦虑，想出一个办法，与寡居的笋儿结婚生个女儿，等女儿长到十来岁，便可给儿子换一个媳妇来，这样，他的身心既有女人慰藉，也可以在安心享受时尽到父亲的责任，死后坟头还能多出一根守望灵魂的挂杆。笋儿却以为这个男人真心可怜他们母子，更进一步想，或许自己再生个女儿，也能让自己的老年生活有所改变。至少，女儿出嫁还能赚回养育她的成本。两厢如此展望着美好未来，便以固城传统礼节，接纳这位身体健康的男人成为田家的男主人，组成了一个新的家庭。

一年半后，笋儿偏偏生下一个儿子，儿子尚在襁褓，这个上门女婿便在一个风高月黑夜逃离固城村，消失得如同灰尘混迹于空气，任笋儿怎么踏破铁鞋都无处寻觅。伤透心肝的笋儿自觉越活越矮，便给小儿起名小小，与她爱情结晶的晓晓，同为一个读音，却少了十个笔画，前为大写，后为小写，这是她内心对爱情的理解。她自知两个没有爹的儿子让她比别人矮下两截，只能从内心接受了命运对她的无情。

不久前，大儿田晓晓趁酒劲顺固城河找到那个男人，在酒的威力下，朝男人指天画地说教一番，请求他抚养弟弟小小。不论口舌还是力气，晓晓终不敌，反被男人打电话请来警察，将他关进看守所。

在笭儿的生命中，爱与痛像两条扯不断的野麻柳，生生成为正比。

如此深沉的爱与痛丝毫没有影响她对两个儿子的爱。

晓晓的婚礼就要开始了，笭儿冻裂的双手端起一碗坨得皱巴巴的臊子面，跑到下磨河坝寻找贪玩的小小。她目光如炬，脸冻得铁青，声声喊叫："小小吃饭了，小小吃饭了……"

一阵鞭炮声，从枯树乱柴间响起，清静的冰河对岸，迎接新娘的电动三轮车呼呼开至笭儿家门前，彩带花絮一阵飘舞洒落，田晓晓背起蒙着盖头的新娘进屋，年轻人哗然大笑，上下街的人们都舒了长长一口气，吐出一串串消散于冷空气里温热气流。

晓晓的新娘是笭儿用四分地换来的，正巧乡政府要将田河村的一个组整体搬迁，重新建一个新的田河村。乡政府统征一分地一万元，于是那四分地就成了四万元。新娘的父母，因为家中仅此一女，也只要四万元。最重要的是，两个孩子相互喜欢。娘家母说："这比钱重要，爱多稀罕。"大家纷纷议论，负心男人欠笭儿的，权当这个好儿媳妇偿还了。

这就是人生，生死之间的未了情未必只有爱情，还有种比爱情更宽阔的大情大义。

笭儿大姐在晓晓结婚前，早就积攒好1000元喜钱，等到嫁到山背后的小妹妹元旦来贺喜，她想让妹妹也能拿1000元。妹妹听后当下哭哭啼啼，说自己东借西借只凑足500元钱。姐妹俩当众相拥而哭，前来贺喜的人们以为她们在哭笋儿几十年孤儿寡母的艰难生活，大家一时热泪盈眶。

姐妹俩最终分别给笋儿500元份子钱，这个数额在固城是很少见的。

夜空闪现星星时，笋儿忙里偷闲，用饭盘端起山神爷的戏服，取了两支蜡烛、三炷红香、一串鞭炮，到山神庙给山神爷归还戏服去了。

闹新房的欢声笑语还没有翻过堡子梁，上街井儿巷里的苏老汉，却在凌晨悄然没了气息。当早起的孙子请爷爷喝茶吃早点时，发现苏老汉平躺在土炕上，身上穿的是那套在板箱里放了十年的红绸子寿衣。

早晨，笋儿家办喜事的家当，在人们沉重的哀叹声中，一件件搬往上街苏家，唢呐的声音穿过新婚的鞭炮声。于凌晨天光发白之时，乡亲们送苏老汉长眠于祖先的脚下。

这个季节，正是料峭频繁的春寒期，距离草长莺飞、杨柳拂堤的春暖花开，还有两个月，田晓晓新婚的幸福时光，给早春忽冷忽热的朦胧天气，若隐若现地罩上一道温暖色彩。乡村红事白事过后，干燥雪花漫天飞舞，似乎在用飞翔寻找一处降落之地，去又零乱地飞向高处，也许，这片土地已经令早春的雪花无所适从。

花狗娃，回来哟

年关的中庙似乎还停留在春季，小巧玲珑的豌豆花绕院蓠绽出淡雅的蓝，更为精巧的小野花在房前屋后偷偷生叶开花。公公家的屋后有条沟，沟中涧水哗然，四季山花盛开，石上苔藓丛生，沟中的涧水叫龙潭，潭水清幽明澈，小蟹嬉戏。小蟹多在石头下面蛰伏，掀起一块石片，便可见青色小蟹散于水中舞蹈。潭边终年鸟语花香，四季风华清明，树木静默，倒影在潭里摇曳。崖坎竹林连片，直抵山梁高处，绿透沟里时空。

一条沟因潭水的滋养，便有了深切的温暖。

公公家的厨房朝坡梁有扇木门，打开这扇木门，就意味走进山野。这扇门也是家里的水源之路，公公从高得望不到头的山顶连接一根水管，绕过一道坡一道梁上的几百棵树枝，像一条盘山而行的网络，从山顶绕进厨房，水便汩汩流进石头水缸。水流满石缸后，公公将水管拉至后院挂到棕树枝头，水又顺着假樱桃树流进菜园，流进椭圆水池，池里游动十几尾红色鲤鱼，是公公最得意的作品，也是院落最富生机的风景。

从厨房出去的小路由树叶、草茎、野花、油桐果子铺开，行走几步，邻家的萝卜、白菜、小葱，红绿花果，便一应在眼前展露，这是中庙遍野的风景。若要站着四顾，房屋掩映竹林，白龙江哗然东去，眼睛是看不完的。太阳暖和的午后，我们带孩子们去坡上，不管去哪里，脚下都是绿草与野花编织的小路，条条小路通向家园。森林遍布四野，太阳在密林梢头筛落，林子里棕树、油松、青岗、别别梢，绿肥红瘦，虽是冬季，却是一片春光盎然。攀至山尖，折几枝青绿松枝点燃，放在干枯的青岗树叶上面，燃起来的火焰是一卷一卷的，像红彤彤的馒头，又像将要凋零的红色花瓣。

我们一旦爬到坡上，常常要等夕阳滑到山的后面，竹林中的家园昏暗下来，公公在檐下燃起一炉红红的炭火，婆婆的呼唤融入炊烟，我们无处可去时才想起回家。那些年，我们都很年轻，总是留恋于香草馥郁的山头，即使听见婆婆一声声的"花狗娃，回来哟……"仍然不去理会。我们待在山上写诗唱歌，赞美飘浮于白龙江面的烟岚一点儿一点儿坠入江心，观赏苍鹰盘旋江面，硕大浑圆的夕阳映出江水的心灵。

每次上山，我们都会牵上家里的黄牛，牛永远沉默。走过一段山路，将它遗落厚草深处，到达另一座山头，仍见黄牛跟随。一天，夕阳西下，院落飘起公公燃起的树叶草香，炊烟飘上屋顶，这是回家的时间。黄牛却一反常态跳下小路，爬到油菜地边的崖壁之上，崖壁仅能容下黄牛身体。黄牛低头站于崖畔，任凭千呼万唤，它都埋头不走。

天色昏暗下来，传来婆婆一声声"花狗娃，回来哟……"的呼唤，黄牛照旧站立崖壁不动，用土块甩打，它还是岿然不动。天完全黑下来时，黄牛跳下崖壁，跟着我们心事重重地回了家。时隔不久，黄牛被公公卖掉。黄牛卖掉之后，水田跟着荒芜，荒芜的水田里便有人淘金，淘空金子的水田相继板结。

腊月里最为生动的是公公生炭火的过程，公公好像在用生火的方式，与每一天的结束做温暖的告别。傍晚，公公走下石阶，到橘子树下捡几根棕树枝，几个苞谷棒子，几片卷成圆筒的干竹叶，回到屋檐下的火盆边生火。公公将卷状的竹叶放进火盆，竹叶上面交叉苞谷棒子，棕树枝垒放于苞谷棒子上面，很像一只四面开窗的鸟窝。婆婆在一旁默默站立。印象中，婆婆始终站在火盆边等火生起来，那情形像个孩子。公公划亮火柴点燃竹叶，竹叶燃烧得极快。燃烧的竹叶引燃苞谷棒子，苞谷棒子的浓烟环绕院落，在鸡冠花的枯枝干茎周围袅娜升腾，然后伏地消匿于结层细苔的院落。苞谷棒子矜持地冒忽明忽暗的青烟，婆婆默默站于浓烟之中，几乎看不清她身体的轮廓。我们都在烟雾里等公公把火生起来。公公用火钳的慢动作，用嘴吹火的长长气流，时间仿佛停止了流动。等待公公生火的时间特别让人心生温暖。棕树枝的香气凝聚散漫之后，呼呼的火焰下面是红彤彤的苞谷棒子，和一边燃烧一边打卷的竹叶，竹叶烧成一抹白色的灰烬，火就燃起来了。这时，公公跨上石头台阶，到地炉房去取木炭。地炉房顶通风，专为春节生疙瘩柴火而做。房中央掘一方形凹地炉，里面放木炭、柴火、腊肉、大米、苞谷糁等生活用品。疙瘩柴是山里枯朽的老树根，大的要挖几天，晒十天半月背回家，更远的要一天时间才能背回家。疙瘩柴从除夕夜生起，可以昼夜不息燃烧到正月初六或者初十。

公公用铁锨端来木炭，围拢于火盆四周慢慢烘烤点燃，这炉炭火会陪伴一家人燃烧至凌晨，温暖大半个冬天的夜晚。

公公真是生火的手艺人。他生火的奥妙在于两头为实，中间为虚，看似慢且慢中有快，是为一美。火生起来，院落几近昏暗，檐下石头丛里众多假樱桃果，轻摇艳红头颅。黑暗愈来愈深，一株株的假樱桃拥入夜幕，火红亮起来。公公端起火盆，从假樱桃丛里走过，迈进他与婆婆的睡房，院落在公公身后暗下来，远处传来白龙江的波涛声。

我们跟随炉火进屋，一家人围炉落座，炉边烤壶婆婆酿造的黄酒，滋滋响声中渗出丝丝酒香。夜半时分，我们在炉边打牌嬉闹，婆婆悄悄起身推门出去，借星光去园里采撷一捧小油菜，用炉边壶里的开水烫烫，与腊猪耳朵、卤猪蹄、木耳混拌，端到炉边对我们说："给你们的消夜。"再去厨房收拾好锅灶便去睡了。

厨房是一间冰冷的瓦房，每每回家，我害怕到厨房做饭，多次建议公公拆掉，在地炉旁边的房间另做一间厨房，公公仅是听听，从未实施。2008年"5·12"大地震时，坪上老家冰冷的厨房和所有的房屋都在那一瞬间倒塌。

地震过后，公公和婆婆住进废墟上临时搭起的帐篷里，地炉、酒香、凉拌腊猪耳朵，婆婆在月光下去菜园采撷菜苗的情景，永远地埋在了废墟下面，一起埋进去的还有那些年，一家人围炉喝酒打牌过年的欢声笑语。

冻桐子花开

每年三月半，春回大地，百花盛开之时，白龙江边的坪上老家，在一个红霞满天的傍晚，冬天忽然掉头回来，把春天悄悄偷走。春天被偷走的几天里，一场忽然的飞雪，迅速给一面面开满鲜花的坡梁，一道道草木馨香的山峦，落一层白色雪绒。在最寒冷的那一刻，满山遍野的油桐花精灵般，在忽然放晴的天空下绽放，梦幻般呈现一山梁的粉红。

每年桐子花开满山梁，春天才被冬天解开绳索送回大地。

中庙人称春季的这种自然现象为冻桐子花开。

婆婆生命的最后六年，每一天都像冻桐子花开。2015年正月初七上午，婆婆回归大地的那一刻，寒冷忽然消失了，坪上的油菜花一片金黄。

婆婆过往的生命片段，在那一片金黄里渐渐远去，而回忆却日渐清晰。

大清早，传来早起的婆婆在厨房做早饭的声音，这声音在寒气凝结的院落跌落，在坪上的竹林里回荡，扰乱了我的甜梦。与婆婆做早饭的声音应和的是公公用棕叶扫帚清扫庭院的簌簌声，公公扫过我们的门口时，故意放慢速度，停在门口叫两声："起来哟，大太阳哟。"接着，婆婆也像故意的一样叫她的孙子："花狗娃，起来吃饭哟。"

其实吃饭时间还早得很，婆婆也才刚刚准备做饭。

有一次，公公天不亮清扫院落的声响，加上映在玻璃窗虚幻庞大的身影，着实让我们惊吓不小，别说开门看个究竟，就连拉开窗帘一角偷偷看看都不敢。

起床洗漱要花时间，公公站在一边无奈地摇头："没来头，没来头。"婆婆却为此生气。

大年初一的早饭，是婆婆精心熬制的蛋花面茶和火炉边烤得焦脆的包子。这也是中庙人新年的第一顿传统早饭。

新年面茶做法特别，面粉炒至金黄，加五香粉，盐出锅，将肥肉切细丁，将油渣、豆腐丁炒黄捞出，水烧沸，将炒好的面粉倒入搅匀，放入核桃仁、花生仁、油渣子煮沸，打入蛋花，撒上葱花就可以吃了。

每年春节，早起的婆婆暖热了冰冷的厨房。

这锅做法繁杂的面茶，在新年的柴火灶上熬啊熬，包子在火炉边烤啊烤，香味满院飘散，想必门前屋后的菜园、山梁都闻到了香味。公公一遍遍叫儿女们："起床了，大太阳啊。"婆婆一次次叫孙子："花狗娃，起来吃饭哟。"说心里话，这样的温暖常常令人厌烦。

婆婆在漫长的等待之后，一碗一碗盛好面茶，围锅灶放一圈，等儿孙们端走。儿孙们手端面茶围火炉坐一圈，边吃边谈论除夕夜的梦抑或早晨躺在被窝的甜美。公公端碗面茶站在檐下的晨光里，就着太阳慢慢吃。公公吃饭极慢，他不时给脚下仰望他的小黄、黑子、丑丑，掰块手里的包子皮或菜心，丢给它们张开多时的嘴巴。小狗们抢吃的时间，公公自己吃两口，再停下来喂小狗。饭间，他总忘不了去厨房给小黄铲锅巴。小黄爱吃锅巴，这是从公公的嘴里听到的。他走向厨房，嘴里念叨："小黄等着，我给你铲锅巴去。"公公还说，狗都不喜欢你妈，她非但不给狗吃的，还打狗，狗害怕。有一次把小黄打晕了，我抱到河对面的诊所，打了针才清醒。儿子听后仰头大笑，问爷爷："小黄活过来了?"公公抬抬腿说："这不是?"小黄正在埋头吃属于它的锅巴，牙齿咬得咯咯响。这是公公吃早饭的情景。婆婆则坐在另一间房檐下，独自吃饭，她还在生气哩。这样的情景总让人心生不安。于是，我主动承担起做早饭工作，走进冰冷的厨房，才知晓婆婆生气的缘由，厨房实在太冷了。听公公说那间厨房是曾经的知青住过的房子，屋架高大，窗户通风，夜里偶尔下雪，雪会从窗户外飘进屋。初次到厨房做饭，我冻得发抖，找不到婆婆存放的佐料和菜蔬，做了一次就严重感冒。

每次进厨房做饭，不自觉想到青春年少的知青。那些年，他们住在这间四面漏风的房里，早出晚归，劳累思乡，接受再教育。他们走后，这间房子仍旧冷得出奇，丝毫没有因他们的青春年华在这间房里度过有任何改变。婆婆像留守知青，在知青走后的岁月里，一直在这间房里做饭做家务，我多次建议将空着的新房子做厨房，她好像没有听见。知青和婆婆都没有觉得冷，是因为他们都有一段与真正的寒冷做比较的艰难经历。

话说回来，冷总归还是冷，我再次建议换厨房，两位老人头也没抬。

婆婆的心是寒冷的，49岁时失去爱子的伤痛，像一块冰冻在她心里。记得有一年大年初一早晨，吃饭时找不到她，大家正要出去寻找，她满面泪痕回来。我看着她东一步西一步走进屋。对我说："昨晚梦见他回家了，我留他吃饭，他说他住在月宫里，天一亮就得回去，留不住就走了。"我当时像挨了一棍，头轰一下空了。那是我第一次听婆婆亲口说出她的伤痛。公公不言不语，坚持了12年，终于在2004年病倒，一病就是三年五载，病情严重，却无药可治。2008年"5·12"大地震后，公婆倾其一生积蓄修起的新房子与那间冰冷的厨房瞬间倒塌，公婆在废墟上搭建的帐篷里住了三年。院里树多，夏天虫子爬进帐篷，钻进婆婆的衣服和发间，几次将她吓哭。更甚者，帐篷里爬进来蛇，更将她吓得不省人事。听公公说，三年里，帐篷里爬进来三条蛇，一条被他打死，婆婆看见过两条。在这样的生活环境中，公公奇迹般地好起来，他越发阳光健康。公公病情好转不到一年，婆婆又病倒了。婆婆的病与公公相反，公公生病期间一言不发，婆婆却从早到晚说个不停，动辄动手打公公。每到下午四点到晚上八九点，凌晨四点到早晨八九点，婆婆头脑发昏，大吵大闹，慢慢地自己的儿女也不认识了。尤其对公公，不是打就是骂，每到凌晨时分将公公从被窝里提起赶出家门。有一次，公公正在清扫院落，婆婆扑上去抢了扫帚打掉公公的一颗门牙，即使这样，她还不解气。公公绝望地对我们说你妈彻底疯了。

因为婆婆的病情，公公的心病，两位老人决意离开生活了半辈子的坪上，放弃了近两亩土地的宅基地，在碧口镇杨家坝买了四份地，与小儿子共同修起两套设计合理的房子。新房子有卫生间，有厨房，有卧室和客厅，是老人心里希望多年的房子。公公住进新房子的第一天，感慨万千地说："要是没有地震，我们这辈子都住不上这么好的房子。"可婆婆仍然麻烦，住进新家她不吃不喝，吵闹着要回坪上去住。无奈，只好带她到坪上去看看，她晕车，死活不坐车，给她喝晕车药，她坚决不喝。公公说她是装的，都不要管了。但婆婆确实有病，经过四川广元第四医院诊断，婆婆患的是焦虑症。

婆婆的病有一半是来自爬进帐篷的蛇的惊吓。

接下来婆婆要坚持服药，可她不愿意服药，每次吃药，公公跟前跟后，像哄孩子，尤其是临睡前的安神药，可以让她睡到早晨七点以后。

178

这样，用公公的话说，就可以少受一次被她凌晨赶出家门的罪。每次被赶出去以后，公公藏在房子后面等待天色一点点发亮才能回家，可每次都被堵在门口的婆婆赶出去。偶尔有一次，公公躲开婆婆的眼睛溜进门，藏进门后，公公便像战胜了敌人一样开心地笑。

时间久了，两位老人像是在凌晨痛苦的捉迷藏游戏中，寻找迷失的自己。

这样的痛苦不是婆婆一个人在承受，是全家人在承受。

婆婆的病根归根结底还是早于她离世的那个孩子。她知道，尘世间再也找不到那个孩子。于是，她用因母爱而产生的疼痛，用凌晨或午后发昏的迷乱时光，来换取短暂的忘却。

幸运的是，婆婆服药后，病情略有好转，但她已有四年不去厨房做饭。她从内心排除了作为女人的天性，这像是一次生命的超越，这个过程中，她已经有四年时间想不起那个孩子，她也许真的已经忘记他了。

夏天的晚上，我们在房顶乘凉，夜色中，婆婆披衣上来，问我们从哪里来？吃饭没有？我们叫妈，她却指着楼梯让我们下去，然后叹息着离开。早晨，我在拖地板，她盯住我笑眯眯地说："我的幺女（小女儿）长得趣来。"说着上前摸我的脸，吓得我直后退。公公说："你妈病了才可爱。"下午四点以前，我做好饭，让她先吃，因为到四点以后，她拒绝吃饭。那天，正好中庙信用社上班的三儿子回家，她用祈求的目光看着我，搓着双手央求道："让这个儿子先吃，我不饿。"然后把碗硬塞到儿子手里说："吃，你饿了？"可儿子说他不饿，不吃，她便求儿子吃饭。我让老三陪婆婆一起吃，老三偏不吃，这下急哭了婆婆。直到老三端起碗吃饭，她才露出笑脸。

怎么说呢？说婆婆没病，这显然是不可能的；说婆婆有病，她又那么偏心眼。这个问题令我困惑，难道婆婆的心底那块冰还没有融化？时间不长，我因有事没有回家，婆婆便一遍遍问树林："赵殷呢？"还没等他回答，她便跑出去在路口张望，等不到人又跑回来追问。公公附耳对她说："有事没回来。"她搓了搓手点头答应。可一会儿又问："赵殷呢？"树林重复一遍："有事没回来。"没过两分钟，她又问："赵殷呢？"如此，问过忘记，忘记又问，一天问几十次。反倒是我回家时，她却从来不问，多数时间对我还有些冷淡。

有一次，打电话给公公，公公说："你妈的病情日见好转，现在不骂也不打我，就是不做饭。"我心里想，婆婆是否还在想念坪上那间冰冷的厨房？

外表强大的婆婆其实像一片柔软的海绵。病痛折磨得她骨瘦如柴，她也不愿意说出心底的隐痛。她打公公，骂媳妇，消解那块冻冰。也许，她不放弃那块冰是因为那块冰就是她生命的寄托。

我对公公说："就让她骂吧，打的时候躲远点儿。"公公毫不犹豫地说："那当然。"

总在希望，如那些年，每到饭后，婆婆总要自己洗刷碗筷，我也要抢着洗，几番谦让之后，还是婆婆洗了。说真的，我害怕洗刷那口大铁锅，要说心里愿意洗，那是假的。如果我在婆婆谦让时坚持要洗，那肯定是我洗了。那些年，我经常不失时机地溜之大吉，将一大家子人的碗筷推给婆婆去洗。

假设，这样的谦让还有，我宁愿继续推给婆婆。

幸好，冻桐子花开，是一场必然的美丽，我就甘愿在年复一年的寒冷中等待。

春天不寂寞

昨晚下过一阵小雨，无声的。早晨推开窗户发现地面湿润，阳光穿过雨夜的氤氲洒落下来。春天了，到处都呈现出明亮的宁静。我恍恍惚惚想起昨夜的噩梦：我牵着孩子，在武都城溃裂的地皮与密集的楼房之间，寻找一块三五平方米的空地，用来搭建我们的帐篷。我们的那顶站在滨江中学后院风口上的小帐篷，被狂风暴雨击倒了。我跑上前，抱紧拦腰折断的固定铁杆，喊着孩子的名字，从梦中惊醒。

这不仅是一个黎明前的梦境，而是 2008 年 5 月 12 日抑或 6 月 7 月 8 月份某一天的真实场景。在梦里这些场景的再现，在我 2008 年以后的日常生活中，显得尤为突兀。

今天是 2009 年 4 月 3 日，明天就是清明节。我无法不缅怀。

我们想回一趟重灾区的老家文县中庙。朝阳照亮了玻璃窗，偶尔有小鸟从窗前飞过，远处有斑鸠悠长的咕叫，我从房间走来走去，对清明节的到来产生了从未有过的恐惧。慎终追远，感恩情怀是清明节的意义所在。而灾区的清明节又会怎样？

11 点出发，心里对自己说，现在好了，春天到了，花开了。

出武都城，白龙江沿岸呈现一片菜花黄、麦苗绿、梨花白的美丽景象。沿江一带的民房重建已接近尾声，还有人家在燃放鞭炮庆贺。兰渝铁路和国道改造的建设者们，正在紧张地工作。到达文县的路途中，跑着来自全国各地的车辆，其中运送钢筋红砖的大卡车居多，以往寂静的高楼山显得尤为热闹。而文县城区车辆拥挤，显得更加狭窄，随处都在建筑修补，有关重建家园的大幅标语四处可见。下午5点到达碧口镇，心里更有说不出的感受。作为甘肃四大名镇之一的重碧，与四川重灾区青川县一山之隔，是甘肃唯一亚热带气候区域，物产丰富，树种繁多，盛产红皮小花生、茶叶，白龙江两岸有丰富的金矿。2008年"5·12"大地震后，来自全国各地的捐赠与救助，给碧口人从物质到精神乃至心灵，带来了莫大安慰和温暖。但时至今日，搭建在白龙江边的帐篷盖满灰尘，整个镇子都笼罩在尘土之下，脏乱不堪，全然没有了青山绿水的祥和踪迹。自然，重建在阵痛中进行，一场没有硝烟却胜似硝烟弥漫的战争，对碧口人无疑是一次严峻的考验。

天降暮色，我们回到中庙老家，一个依山傍水的小山村里。吃过晚饭，与公婆坐在昏暗的帐篷里聊天，聊的依旧是重建住房的话题。年近七十患病多年的公公，经历了"5·12"地震后，变得自信达观，身体日渐健康。面对老人家侃侃而谈，对未来充满信心的神态，我总想起"5·12"地震那天，两个老人是怎么在顷刻间房屋倒塌的情况下跑出去的？我们到房子的废墟前看过好几次，都无法相信这是真的。公公说："当时房顶的木檩飞出去四五丈远，砸断了门前的白杨树，我拉着你妈一口气跑到十几米远的菜地里，腾起的黄土已经将村庄掩埋了，天也看不见了。晚上，邻居抱来一床被子，一张塑料纸，我们俩战战兢兢地在废墟前蹲了一夜。"几天后，公公所在的单位，送来一顶帐篷，帮老人搭建好，他们这才有了个安身之地。当时，家里所有的日用品都埋在废墟下，连吃饭的碗筷都没有。救援部队到达中庙后，年轻的解放军们才帮老人挖出了米面和锅碗瓢盆。公公在电话里说："还找到了我的存折。"我们听后都伤感不已，他还在电话那边爽朗地笑着。老人常常吃方便面充饥，天下雨了就只好饿着，更让人揪心的是余震不断，没水没电，公公到几里外的中庙街头了一口特大的塑料桶，头顶回家，这才有了储水的缸。难以想象，那么大的一只水桶，他是怎样一步一步头顶到家的？我们每回一次家，他都要说一把水壶的故事。他说："地震过后好多天了，我突然看见废墟里有个发光的亮点，一闪一闪的，跑过去挖出来，原来是烧水壶。提起来，水壶居然丝毫未损，我都不敢相信这是真的。"每次说起都要问自己："水壶被砸出十几米远，怎么就没砸出一点儿伤痕呢？"那把不锈钢的水壶，是2004年3月我在武都宜良超市买的，宜良超市早被邮政超市取代了，而那把水壶在经历了"5·12"大地震后，却神奇地完好无损地保存了下来。

时间不长，乡政府又送来一顶帐篷，邻居帮忙搭了起来。但做饭还是问题，天晴时好说，下雨时在帐篷里做饭就很麻烦。姐夫妹夫表弟们一起帮忙，用倒塌下来的木板，在坡地上搭建起一座歪歪扭扭、四面透风的木板房做灶房，公公动手垒了个泥灶台。地震后快两个月了，这才有了家的样子。我回家时已是7月，生病多年少言寡谈的公公滔滔不绝，话说个不停，而一向开朗话多的婆婆却一言不发，独自坐在帐篷中沉默。地震让两位老人不知不觉调换了角色，从来不会做饭的公公，在近一年的时间里，学会了做各种饭菜，而做了一辈子饭菜的婆婆，宁肯不吃饭也不愿踏进那间高低不平的灶房。

只要回家，我都要在木板房里，给公婆做几顿饭，离开前包一顿饺子。站在高低不平的地上，经常不是菜跑下山了，就是盆子滚出了门外，一顿饭做下来，腰酸腿疼，四肢麻木，这绝不是危言耸听。

公婆对重建房的事，想来想去想了一年了，聊到半夜，还是那句话，老宅不能丢又不能原地修房，可以考虑在离老宅五里远的中庙街上买新建房。原因只有一个，他们老了，万一先走一个，另一个在山村里怎么生活？再说房子修在老院，以后没人住，卖又卖不掉，就成了后人的负担。街道总归是方便的，有个头疼脑热的自己就能解决，也减少你们的担心，公公说完去睡了。凌晨一点左右，又是一阵余震，没有人声张，大家都习以为常了。后半夜，下起了雨，头顶传来雨点敲击篷布的声音，风吹得帐篷晃动。时间久了，帐篷里会有一两声叹息。除了叹息，帐篷后面还躺着村里几十座房屋的废墟，在余震中显得异常安静。

　　一夜醒着，想公婆的心思，他们都是最朴实的善良人，公公从来不会说一句假话，心里想什么说什么，有时还令人生气。而现在，他却想得如此周到，生怕我们受连累。想起去年六月与远道来访的一位旅美侯教授的谈话，武都白龙江宾馆像座险象环生的迷宫（不时有余震），几个人坐在灯光下，说着灾后"重建家园"的话题。这四个字梦境一样悠长，这四个字，从古到今，都在不完整及废墟上迎风站立，它们本身就是一种极大的破碎和建立。侯教授一个字一个字说出口，仿佛用尽他毕生的学问。大家聊着"园"即精神，即内在，即心灵自由等。临别时，侯教授送我们一盒美国巧克力，一瓶阿拉斯加深海鱼油。明天他要去重灾区文县中庙考察灾情，没有寒暄，点点头便去房间休息了。这种无声的礼节浸透着暖意，这温暖即使沉默，即使一辈子不说出都是倾诉。此时，想着侯教授关于"家园"的理解，"园"在何时？有人说要经过三代人才能真正地"园"。大抵意思就是三代人后，"5·12"大地震造成的伤害，才会逐渐在人们心里消退。

　　后半夜了，公婆帐篷里不时传来说话声，夜夜如此，凌晨4点多，他们就开始说话了，说说停停，相信他们讨论的也是一个"家"字和一个"园"字。震后的300多个日日夜夜，为着一个"家园"，为了儿女的"家园"，他们还将说下去。

天亮时，雨停了，清明节的天空垂泪伤情。雾一圈一圈地浮在蔬菜叶上，在院子里走一圈，衣服便湿了，公公早早做好了我们爱吃的苞谷糁拌饭。这里叫岳家湾坪上，一个好听的村名。倒塌的房屋前有棵棕树，是孩子他爸很小的时候栽的，现在都能追上太阳了。

江面上雾气升腾，姐姐姐夫踏着雾气回娘家来了，坐到一起，仍旧谈论修房子的事。姐夫说："乡上统建房只有60平方米，房里没有设计窗户，不理想，自己修又没地方。有许多农户修房还是有困难的。原来说的政府补贴两万元后再从信用社贷三万元，现在也难贷了，因为贷款的人太多了。除却补助金两万，中庙的许多农民修房得借账。"说归说，谈归谈，中庙街道的援建房，一天比一天有规模了，在雨季来临前，让人们住进新房，才是最重要的。中央也有命令，今年10月份前，灾区要拆除所有的帐篷。

天色渐渐放晴了，邻居拉沙石的拖拉机，在帐篷边打滑，好长时间才爬了上去。女主人对我说："一小四轮拖拉机沙石，不到两里路，仅运费一项就60元。水也是问题，地震前，庄里水源很丰富，地震后，水浑浊不清不说，还越来越少了。"

我们行至半山腰一个叫牛家山的村子，几个妇女在路边洗衣服，她们热情地招呼我们。3岁的小女孩娜娜与4岁的小男孩雯雯，一摇一摆地跟在奶奶身后，我们给他俩拍照，娜娜扭捏着不肯微笑，雯雯却笑眯眯地做出各种姿势。娜娜的奶奶告诉我们："两个孙子的父母都去外地打工了，牛家山有八户人家，房子都在地震中倒塌了。"问她们为啥不修房？政府有补助金，这不是挺好的事吗？她说："去年地震后，儿子媳妇都回家来修房，在家等到年后，沙石水泥钢筋拉不上来，又都走了。"她指着雯雯的奶奶说她家也是。我又问她们："这么宽的路，怎么会不通呢？"她们七嘴八舌地说："路是通的，可跟不通一样。地震后，牛家山人为了修房子，村干部与大家商量好修这条路，买了山下面人的田地，修起了这条路，可没有钱赔偿人家，人家就不让走，村干部没办法，乡干部忙得顾不上，我们说什么都不管用，只好等。"我问她们："那王家山人怎么从这里走过？"她们说："王家山好多人家都搬到山下面去了，山上留下的没几家人，也恼火得要命，他们买了我们村的地修起了路，也给不上钱，我们也不让他们过路。地震后，山上没水了，他们吃水都要到下山来挑。"看来，灾后重建不像我们想得那么简单，要解决重重矛盾，打通层层环节，真是难上加难。我们只有无奈地叹气，给她们拍了几张照片，雯雯的奶奶还特意换了衣服，另一个也打扮了一番，因为如此用心，我又给她们拍了很多。她们说说笑笑，挤到相机前看自己的模样，刚才的烦忧仿佛又不见了。我说下一次再来看你们，一定把照片带上，看着她们纯朴自然的笑容，我们感到一阵感动，尽管困难重重，生活却还是如此美好。

午后，坐在帐篷前眺望，白龙江对面，长长几排拔地而起的房屋上，众多的深圳援建者在那里忙忙碌碌。快一年了，他们听会了中庙方言，以中庙人的生活方式生活着自己的生活。公路上车辆穿梭，人来人往，一幅繁忙的景象。而四周山野油菜结籽，樱桃挂果，核桃开花，小麦灌浆，遍地野花，春意正浓，大地开始温暖了起来，人心也慢慢温暖起来。

固城养老院

2015年五一节，我回到固城。

母亲告诉我，今天固城街上有两件大事："一是你安顺子哥家里，多年诸事不顺，为了调顺活人的生活，一条街的人都去帮忙给他去世30多年的老婆迁坟。二是养老院的瞎子老汉，趁今天天气暖和，两兄弟把穿了一年的衣服全部背到河边去洗。"

每次回家，我都去养老院看看，有时有人，有时没有人，有时太阳晒着七间土房子，让人觉得一阵温暖。有时雨水拍打着七间土房子，令人感到一阵阴冷。

母亲说完，我就去了河边。

我到的时候，瞎叔兄弟俩蹲在河边，各扯一条衣袖在石头上搓洗，洗完一件上衣或一条裤子，当哥哥的瞎叔还要将衣裤再洗一遍。他的眼睛看不见，却能触摸衣物是否洗干净了。跛子弟弟眼睛看得到，却没有触摸事物的感知能力。洗完一件衣裤，一瞎一跛的两兄弟各拉衣裤的一头拧水，不是瞎叔把跛子弟弟的身体拧歪了倒下去，就是跛子弟弟把瞎子哥哥的身体拧偏了倒在地上，弟弟倒下去，哥哥笑得前仰后合，弟弟干脆躺在地上跺脚踢腿让哥哥笑个够。哥哥倒下去，弟弟欢笑着丢了手里的湿衣裤，一瘸一拐地跑过去拉起笑软了的哥哥。

阳光像旋转的碎银子，围着哥俩闪烁着，跳跃着，欢呼着，像一场演出前的彩排。

河声隔离了我的脚步声，这次瞎叔完全没有听到我又来了。

我站在太阳晒热的石头上，不忍前行一步，转身去了养老院。

一

养老院夹在大柳树与派出所之间，背街面河。

通往养老院的一溜草地，已经被住在养老院的七位五保户走成一条小路，这条路不经意看不到，是野草挤出的缝隙。小路蜿蜒至柴火围拢的豁口下方，为一捆捆野酸刺围起来的小菜园，菜园里外分站一高一低山杏树，树杈上结绿豆样的小青杏。

站在豁口前，可一览养老院全貌。

从杏树这端看过去，横排五间简陋平房，尽头拐角两间，共七间。院落的整体造型像数字7的形状，院里晾晒纯黑色衣裤，几根铁丝横在院落中央，几捆经年干柴上平铺一条鲜红色内裤。

横向的五间土房子门前，各有一个红砖头圈住的小菜园，园里种清一色的韭菜，唯有第二间瓜子门前没有小菜园，第三间猎人叔门前的小菜园里多出几株川芎，这两样长得稀疏的小菜，因为少的缘故，散发出一缕缕萦绕不绝的清香，让生硬得如同烂补丁的养老院，生出几许人间烟火的滋味。

我进院时，帅老汉蹲在他的第一间房门前，整理他去年从堡子梁摘来的野生药材苍耳子。他的房门正对两棵今年一起挂果的杏树，树下为一畦绿汪汪的小菜园。

老人家看到我，站了起来，站起来的老人身材还是矮小。他皱了皱浮肿得有些发黄的脸，笑着问我："你啥时候来的?"我说："刚回来。"他放下手里的苍耳子，笨拙地走过来，用短粗浮肿的手指，指着小菜园说道："这块菜园子原先是一道坎，我挖开回填平整，到苟家沟剐了三背酸刺，圈出一个小菜园子，栽了一棵杏树，那棵小杏树是大杏树的娃，也有五六岁了，今年娘俩一起开花，结下杏着呢。那一行韭菜，是我到大湾梁挖来的野韭菜根栽活的。你看，这家门对着菜园子，就像个家了不是。"

听完他对家朴素的阐述，我想我应该叫他帅叔了。

帅叔说完回到他的门前蹲下，接着埋头整理刺哄哄、乱糟糟的陈年苍耳子。

帅叔大名帅连娃，生于1948年，固城村东城墙里人，家中兄弟两个，父母早逝，弟弟有家室，自己因家寒，身体不好，没有成家，于2006年9月，以五保户之名入住固城乡养老院。

这块小得像一块案板的菜园子，在帅叔的精心培育下，豆角、萝卜、包菜、土豆，跟着季节一茬茬生长，雨水好的年份，小菜园的菜蔬他一人吃不完，养老院的五保户也可以摘些吃，这样的好年景不多，因为菜园实在太小，种不了多少。

小菜园连接老人家自己修的小仓库，小得可以用"迷你"两个字来形容。泥巴裹糊得又矮又窄的小棚子，跟帅叔的身体差不多高，这也是他的手臂够得着的极限高度，里面大概能放下500斤重的柴火。柴火是他挪动两条短腿，用孩子般短小、始终肿胀得像刚出锅的馒头的一双手，在河边、树下捡到的树枝和被人遗落的柴草、苞谷棒子。小仓库门口，特别醒目地悬挂一束用白色塑料纸包裹的干麦草。在乱糟糟的小仓库里，这束精心包起来的麦草，像情人节代表爱情的一束素色鲜花，麦草底部用塑料纸包得结结实实，麦芒齐刷刷露在塑料外面，是活着的，有生命力，有土地的香气。

这是帅叔生火的引火草，这么用心包扎一把麦草，方便他生火时抽取，他每取一次，从麦芒处抽几根，剩下的麦草就不会因他抽取遗落一根两根。他告诉我："麦草可贵重了，现在人都打工去了，固城河边没有几家人种麦子，麦草太少了，我经常去碾麦场外面去拾一把，说是拾，其实也算是偷人家的，有时候正巧碰上扯草的人也会给我一把。"

主房一侧，帅叔靠房墙修起一间小厨房，也是"迷你"型的，比火炕大不了多少，里面存放他捡来的各色纸板，一捆一捆摆得整整齐齐，用塑料纸包着，像家传的宝贝。空出的地放自己做的泥炉子，锅碗瓢盆，剩余的地是炉子与门槛的间距，实际上几乎没有，但理论上又有那么一点儿，可供他能放下脚的地方。

门窗挂一串串苍耳子，这味中草药，晾干可以拿到诊所卖几块钱。

帅叔的门前屋后，完全可以算得上是养老院的门面，装饰了七位五保户心里，那层连自己都说不清道不明的坎坎坷坷的清贫，那些走着走着就走进了养老院的风风雨雨，那些被大柳树筛过滤过的斑斑驳驳的阳光、星光，照亮了他们遥不可及的期待。

老人家见我要离开，放下手里的苍耳子，拍了拍手，用含着雾气的平静，再次告诉我："政府把我安排在第一间房，最有利的是能在门口搭两间棚子，开一溜菜园。这就好得不能再好了。"

二

第二间房里住的是后头河里的黄瓜子。

瓜子的门前就是穷人的门前，如果要界定一家人的穷与富，瓜子门前绝对就是评判穷的最高标准。

这是一个全程可以用烂泥疙瘩写实的家门，每块棱角坚硬的烂泥疙瘩，都是从瓜子穿过的黄秋鞋上敲下来的。现在，这些被瓜子敲下来的烂泥疙瘩，躺在太阳下，舒展着被瓜子不经意敲出的突兀，畸形的手脚，混合牲畜粪便的眼睛，一高一低的耳朵，粗粗细细的头发，扁或圆的嘴巴，正或偏的鼻孔，都在阳光下张开了嘴，都想急于表达瓜子从出生一直都没有说出来的一句话："我要活下去。"

这些散出着农家肥气味的烂泥疙瘩，静悄悄地晒着5月的太阳，变得越来越坚硬，越来越安静，静得不屑对人类说一声："你们吃的粮食都是从我这儿长出来的。"

烂泥疙瘩之间，横七竖八乱放两双黏裹泥巴和农家肥的老式黄秋鞋。这种黄秋鞋，固城街上的小百货摊上，一双要价五块钱，一次买两双八块钱，瓜子脚上穿的都是别人穿旧了送给他的，他自己好像从来没有穿过一双新鞋。

我试图想从烂泥疙瘩里找到少了的一只鞋，看见满是烂泥疙瘩的窗台上还有一双烂布鞋，一只被脚指头顶出一大一小两个洞，一只鞋后跟磨得已经没有了，两只烂布鞋里黑汗黏腻，被太阳晒得油亮油亮，发出旷世的黑光。

瓜子从来不锁房门，就像他逢人就笑，见人就能敞开心扉。

瓜子的房里是一幅静止的抽象画，是一种画在时间轴上的平和，一种毫无占有欲的自足。床上的被褥又单又薄，薄得像一张黑颜色的纸张，只要提起来就能被阳光穿透，映出一块块少了棉花的缺口，黑得仿佛一百年都没有洗过一次。几件裹满泥巴的仿军用破旧衣裤，混合农家肥的气味丢在地上、炉灶上。

这个家每天都在用静止的方式，对外免费开放，参观者是空气、阳光、泥巴和灰尘，那些让万物生长的物质基础，那些和瓜子一样从来不说一句话的花草树木的气息。

门里门外，床上床下，看不到一双烂袜子，说明瓜子没有穿过袜子。从小到大，没有穿过一次袜子，也就不习惯穿袜子了，他的脚就是一双永远穿不烂的袜子。

瓜子本是有父母疼的人，早年家里穷得揭不开锅时，他的妈妈在一个有月亮的夜晚偷了生产队的小豌豆，被人发现后拒不承认，说小豌豆本来就是她播种的，有她的一份。可是，别人要与她打赌时，她却说："我如果偷了队里的小豌豆，就让女儿生产时死掉。"结果在那个医疗匮乏的乡村深夜，她的女儿生产时真的因为难产死了。几年后，她也死了。20世纪90年代后期，聪慧勤劳的顶梁柱的大儿子外出打工，年终回家时不幸出车祸罹难。

从此，种了一辈子庄稼的老父亲傻了。

瓜子作为一家人被村委定为五保户，他将一年四个季度的那点钱都留给了父亲，自己住进养老院，家就散了。

瓜子从小给生产队放牲口挣工分，包产到户后，他又给家家户户代放牲口混饭吃。这些年，没有几家人种庄稼了，也没有几家人养牲口了。凡有养牲口的人家，出圈粪、垫猪圈的活，都一定是瓜子干。新农村建设工地，修路、挖渠、打墙、背砖头、和水泥的地方，就有瓜子的身影。

瓜子的一天，不管做重活还是轻松活，不论脏活累活，只要能混一碗饭吃就满足了。

我每次去养老院都见不着瓜子。猎人叔告诉我："这个养老院里，只有瓜子还能靠体力吃饭，那是个灵性人，除了不会说话，没有他不会干的活，天不亮就起来走了，天黑了就回来了。"

那天，我从大柳树下走过时，瓜子坐在一辆开得飞快的三码子车上，他看到了我，立马从车厢里站了起来，嘎嘎地朝我喊，我一时没有听见，他松开紧抓车边框的双手，转过身体，背向车厢，朝我挥手。三码子开得飞快，风跟着吹得急，他大张嘴巴嘎嘎地吼，使劲朝我挥手，直到三码子开出我的视线。

三

第三间房住的是猎人老汉，真名李树清，今年77岁，固城乡北河村李家台子上人。

猎人叔门前，是一畦长方形的小菜园，园里种三行韭菜，韭菜间隙长四株高挑的川芎。韭菜像缺乏营养的小女孩的头发，纤细如丝，却都是绿油油的。风一吹，像固城河边的春柳，左右摆动，甚是好看。

移步往后，韭菜园的对面，还有一景，是猎人叔用捡来的空啤酒瓶子摆出来的玻璃花坛，玻璃花坛为三角形，只有尖角，没有平角，这是猎人叔性格的一部分。

每当大柳树下传来"收啤酒瓶子咧……"的叫声，猎人叔耳朵一竖，起身走向院落，朝大柳树下回喊："来啊，收啤酒瓶子的……"猎人叔从来不喊出"收啤酒瓶子的"后面的那个"人"字，原因是每回收啤酒瓶子的都不是同一个人。

收啤酒瓶子的人拉走猎人叔的玻璃花坛，养老院就少了一半美好。猎人叔又开始捡啤酒瓶子，从上街捡到下街，从东城墙捡到白杨林，直到捡到的瓶子能摆出一个玻璃花坛，他才能安心躺在养老院的第三间房子里，好好睡一觉。

猎人叔的玻璃花坛，从不同角度占据了他门前的空地，有太阳的日子里，玻璃花坛发出一道道绿色光环，再一环环地投射出不同颜色的光芒，那是猎人叔近距离看得到的最真实的美。没有太阳的日子，玻璃花坛上的空瓶子，像一只只万花筒，映照出他们简朴得过于寒酸的生活。

走进第三间房子，猎人叔穿双黑色雨鞋，似乎他一直都穿双黑色雨鞋。两条长腿伸至煤炉子两边，翻炒着锅里的韭菜和川芎。他看到我进门，停下手里的锅铲，指着白杨林村的老堡子说："看，快看，一只黑羊跳到悬崖上了，有枪的话，我一枪就能打中。"我顺着他手指的方向望了多时，只见老堡子忽隐忽现，看久了就变得一团模糊。

他站起来，重复指给我看，我始终没有看到。猎人叔苍鹰般的眼神，突然挺直的身体，让我想到苏轼的"弄风骄马跑空立，趁兔苍鹰掠地飞"。猎人叔的生活由狩猎、农耕、木匠，再到养老院几个阶段组成。当年早出晚归驰骋分水岭的狩猎生活，练就了猎人叔的一双千里目，两条壮硕有力的大长腿，狩猎生活在他身上烙下了狂野不拘、英挺健美的猎人印记。

这样一位逸群之才，为什么古稀之年住进了养老院?

猎人叔翻炒着锅里的菜，呼一口气吹飞嘴唇边的胡须说："我年轻时是靠打山生活的人。有一年隆冬，我到分水岭去打山，在桦沟的厚雪里看到了两只鹿，我扣响老土枪，一弹打中雄鹿的右腿，鲜血瞬时染红了白雪，另一只雌鹿高鸣雪山，发出小孩般的哭声。我上前，正要扣响第二枪，看到血流不止的雄鹿，艰难站起，朝我跪下，眼泪滴落深雪。我打了几十年山，还没有见过这种阵势。我来不及多想，撂了老土枪，转身就跑，再回头时，看见两只鹿在雪地里走出一条鲜红血路。从此，我洗手不再打猎了。"

猎人叔铲出炒好的小菜，倒了半锅水烧，他要做一顿以前老伴常给他做的馓面饭吃。

猎人叔又吹了一口嘴唇边的胡须接着说:"我不打猎了,就跟着村里的木匠学做木工活,学成能单干的手艺匠人后,已经年过半百。那一年,我到分水岭背后领来一位年龄相当的寡妇,在固城村租房做起木匠,木匠生涯让我们的日子过得安稳,我老伴是位热心肠人,喜欢给邻里帮忙,年年野菜下来,都给邻里邻居送野菜,大家都喜欢她。三年前,老伴突然瘫痪,我给老伴做饭送水,侍候得好好的,老伴还是在我前面走了。老伴走后,她前面生的儿子,把她接回老家埋葬,我就只有自己了。"

如此,猎人叔一路蹒跚来到养老院,埋着头住在第三间房里,他的房里有一台跟老伴一起看过的黑白小电视机,这台小电视是他的念想。猎人叔的这个念想,在他住进养老院的年月里,不经意地转换成了其他几个五保户的念想,不同的是,这个念想上升到了精神层面,成为养老院里,唯一能安抚他们精神生活的娱乐工具。

仅此一点,猎人叔受到了养老院五保户们至高的尊重和爱护。

我要走的时候,猎人叔端起一碗调了韭菜和川芎的玉米面馓饭,勾头看了眼门前的小菜园,喃喃自语道:"世事是人的,也是狐狸、韭菜和川芎的。"

四

第四间是瞎叔兄弟俩的安身之地。

晌午时分,瞎叔两兄弟,把洗干净的21件衣裳背回养老院,一件一件晾晒在两兄弟自己拉的一根铁丝上。

我刚进院,瞎叔两手面絮站在院中倾身等我。"你来了?我远远就听见是你的脚步声。"

瞎叔眯着眼睛，前倾身体，笑着侧耳听我说话，边说边退回房里，见跛子弟弟正在准备生火烧水。

其时，养老院里的太阳红亮温热，两兄弟洗干净的21件衣裳，有黑色、蓝色、灰色和一件红色绒衣，齐齐地挂在铁丝上面，飘散着洗衣粉的淡淡清香。瞎叔有些兴奋地告诉我："21件衣裳大多是乡、村两级政府捐的，有新的有旧的，新的多旧的少，旧的都是好人穿过的，我最爱穿。那两件蓝色中山服，是我在集市买来的故衣，就是别人穿过的旧衣裳，一件13块钱，贵得很，也好得很，是我和老三去永坪镇取钱的时候穿的衣裳。"

瞎叔给我说着话，挪至霉斑点点的案板前，两只手摸索着把散在案板上的面絮团在一起，用劲揉起来，揉进了案板上的面粉，也揉进了案板上的灰尘和霉斑。瞎叔揉了三遍面团，把案板上的面粉和不是面粉的东西都揉进了面团。揉得沟沟壑壑的脸上渗出汗液，揉好一个厚面团，摸索到案板下面的乌黑面盆捂了面团。

"嘿嘿。"瞎叔还沉浸在洗衣服的欢快氛围里，他笑意盈盈地挪到乌黑床头，摸索着坐下来。

这时，黑脸黑手的老三生燃了火，小房子里蹿起黑烟，瞎叔始终眯成缝的眼里流出一串黑眼泪。他揉着眼睛，轻声细语地对老三说："你快一点儿烧水，把干柴放进炉子里，把湿柴撂到院子里晒一晒。我赶紧擀面，太阳都斜下来了，我也饿了，你也饿了。"说完转脸对我说了声："嘿嘿。"

老三蹲在地上生火烧水，瞎叔摸索到霉斑点点的案板前，用力擀面，擀面声一紧一慢，像匠人在弹棉花。瞎叔撒在面片的干面粉如雪花下落。瞎叔把一个小圆擀成大圆，撒上干面粉，折叠起来切面，瞎叔左手像一把尺子，紧贴折叠好的四层面，右手拿起菜刀切面，一起一落，切得粗细均匀。

老三终于烧开了一锅水，瞎叔轻轻抓起面条，摸索着下进热水沸腾的锅里，老三站在锅前用筷子捞面，瞎叔用衣服前襟擦了擦案板，让老三把面条捞到案板上。瞎叔擀了三把面条，煮了三锅，老三捞了三次，瞎叔摸到黑得不能再黑的油瓶，朝老三捞到案板上的热面条滴了三次菜油，用嘴舔了三次油瓶。

瞎叔小心地放好黑油瓶，"嘿嘿"笑两声，给老三说："等面条凉一凉再抖一抖，抖得化化的，抖得开开的，就可以吃凉面了。"

瞎叔"嘿嘿"笑着挪到床头歇息，让老三把醋取出来，把盐取出来，把辣椒面取出来，吃饭。

老三迟钝地取出了三只乌黑的矿泉水瓶子，一瓶是被瞎叔兑了水的食醋，一瓶是兑了水的盐水，一瓶则是用开水烫的辣椒面。

瞎叔擀的面条看上去透明黄亮，不仔细看，根本看不出来面条里有灰尘和霉斑。

瞎叔吃了两大碗凉面，老三吃了两碗半，还剩了半碗面条。

瞎叔歪过头对我说："嘿嘿，我知道你嫌呢，不敢劝你吃。"

我没有吭声，也不敢吭声。

洗完锅碗的老三，不说一句话，坐在泥炉子前抓腮挠颊，倒像耳聋眼黑的人。倒是瞎叔眼盲心聪，只要来过一次养老院的人，大老远就能听出是谁来了。

瞎叔靠在黑床头，很有礼节地告诉我："人们都叫我瞎子老汉，其实我是有名字有老家的人，我老家在固城乡猴家沟新家沟里，我娘给我起的名字叫何瞎娃，我生下来眼睛就瞎的。今年71岁了，家中排行老大，老二一家1992年到新疆去了，老二的几个儿女，是我活下去的希望。这个跛弟弟是老三，名叫何刘昌，今年52了，不属于五保户。我走的时候，对政府做了保证，老三不要政府一分钱，只要他跟着我，我少吃一口，老三就够吃了。他们不知道，有老三在我身边，我就有了一双看世事的眼睛，嘿嘿。"

瞎叔"嘿嘿"两声接着说："怪得很，我娘我大都是猪年上过世的，我娘过世30年了，那一年，我40岁。我大在我娘过世的第二轮猪年上过世，那一年，我52岁。"

2015年的五一劳动节，瞎叔兄弟俩洗干净21件衣裳，自己做了一顿手擀凉面吃了，天色就暗了下来。

我走的时候，两兄弟缩着手，站在猎人叔门前，等猎人叔吃完饭。我问猎人叔："瞎叔等您吃完饭去干啥？"猎人叔说："他们等我吃完饭开电视呢。他眼睛瞎了，心亮着呢，他听完一部电视剧，就能讲出一部电视剧。世上的活儿，没有他不会干的，再高的树都能爬上去把蜂蜜掏下来。"

十一国庆回家，去养老院，看到瞎叔黑案板上的馒头都发霉了。我问瞎叔："馒头怎么都发霉了？不能再吃了。"他说："蒸馍馍很麻烦，天气凉了，蒸一次吃半个月，老三不会蒸馍不会擀面，都要我做。"我劝瞎叔每次少蒸一笼，馒头就不会发霉了。他说："放点油，炒一炒吃，也香得很。"

这些琐碎的描述是瞎叔兄弟俩日复一日的生活，政府每年给他两千多块钱的生活补助，夏收过后，一半的生活补助用于买小麦，另一半用于油盐酱醋、菜蔬和伤风感冒药之类的日常消费，他们不知酱油为何物，菜也只吃土豆，很少感冒。买来小麦后，兄弟俩花上十天半月时间，簸淘晾晒干净，腿疾的弟弟用借来的架子车在前面拉，眼盲的哥哥手不离车在后面推，两兄弟一前一后、一拉一推去磨面，这样的场景一年在固城河边出现三四次，这是他们的节日。随后，腿疾弟弟日日到河边地头寻找干草枯叶，树枝柴头，用于烧饭取暖，眼盲哥哥摸索着擀面蒸馍，炊烟从兄弟俩用泥巴裹糊的火炉冒出，消散于固城河边，再被腿疾的弟弟跛着腿捡拾回来，由眼盲哥哥做成生活的滋味，一锅锅馒头从新鲜吃到发霉，这是他们从失去父母以后，重复了20多年的日子。

这条微信发出后，中国作家协会工作的范党辉博士给我转来1000块钱，附了一段话："赵姐，看了你写的固城眼盲哥俩的故事。如果你春节前还去固城，请替我代为转达对生命坚韧的无上敬意。我也做不了更多的事，转账给你1000元，请代我转交给两位老人，略表寸心。谢谢！"

半个月后，我专程回到固城，到养老院时，天下着雨，有腿疾的弟弟到山神庙敬神去了，眼盲的哥哥蹲在泥炉前啃吃烧熟的土豆，火炉里还埋着三颗土豆，是他和弟弟的午餐。

当我把范党辉博士的1000块钱放在瞎叔手里，瞎叔从床边的木板箱子里摸出半小瓶蜂蜜，塞到我手里说："这是我爬到树上掏的野蜂蜜，你拿上送给好心人。我肝上生病了，没钱治，这钱给得正是时候。你看看，我还有几百块钱，要到永坪去取，来回80里路，远得很。"

瞎叔告诉我说："我五岁上给庄里养蜂，蜂还不认得我，把我咬成了一个叫花子，蜂毒散了以后，蜂就在我身上打下记号了，认得我了，家蜂野蜂都不咬我了。我从猴家沟来到固城街上，固城街上的蜂也不咬我，树上的野蜂也不咬我，我上树掏那个蜂王的蜜，它都会给我让路。我有蜂蜜呢，嘿嘿。"

我没有拿瞎叔送给范党辉博士的蜂蜜，一个是因为那半瓶蜂蜜是瞎叔兄弟最珍贵的东西。二是因为那半瓶蜂蜜已被瞎叔兄弟吃去大半，蜂蜜表层用勺子、筷子取过的痕迹清晰可见。

接下来，瞎叔思路非常清晰地给我说："养老院几个70岁以上的老人，最大的问题是一折统上发放的生活补助，要到20公里以外的永坪镇信用社去取。这对我一个瞎老汉是最大的困难。"

当下，我问了问隔壁的猎人叔，猎人叔才说："每一个季度的几百块钱上折后，瞎的、跛的、矮的都要跟着我，大清早从固城河边乘早班车到永坪镇去取钱，他们都不识字，更不会写字，我凭着在固城街上生活了几十年的经历，学会了写自己的名字。每次到永坪镇信用社，我写下自己的名字，再请信用社的干部给他们一个个签字取钱。取了钱，我们蹲在路边，等待从县城返回固城的班车，好的是，开车的是固城娃，有同情心，每次都会拉上我们回来。"

两年后，瞎叔被肝病带走了，固城村的村民自发捐钱捐物，给他在林泉下的陈家祖坟旁买了一块坟地，定制了一副棺材，缝制了一套绸子寿衣，全村人热热闹闹地送走了他。

陈家是固城村的旺族，瞎叔长眠在陈家的祖坟旁，他的人生故事就不会随风飘散。

五

第五间房子的主人是槐花阿姨，我每次去养老院她都不在。

槐花是我小姨的名字，这是我第一次，把小姨的名字送给另一个女人。我只见过一次小姨，她长得跟母亲很像，让我第一次看到她就想哭。小姨一生经受男人家暴，唯一吃过百家饭的儿子走在了她的前面，她自己去世两天才被人发现。我完全不知道小姨是怎么生活？怎么养育了两个儿女？

出于对小姨的怀念，我把住在第五间房的女主人的姓名，换成了我小姨的名字，我想在这篇文章里送给小姨一个葬礼，还原一个女人真实的一生。

无疑，槐花阿姨门前最干净，小菜园里的韭菜比猎人叔的长得稠密茂盛，窗户拉了窗帘，房门紧锁，透出丝丝缕缕女人特殊的气息。

槐花阿姨是住在上街村的下街村人，她家挨着艾蒿的家。

槐花阿姨让我记忆深刻的有两件事。

第一是她是第一位在固城街上骂我们是外来户的人。

那是一个夏日美丽的傍晚，固城河边炊烟缭绕，河水倒映晚霞。收割完麦子的庄稼人蹲在门口吃晚饭，隔空与街坊邻居聊麦子收成的丰歉，人们高高低低的声音里散发着新麦子的清香。突然，槐花阿姨到艾蒿家门前，高喊："外来户出来……"正在煮饭的母亲飞出家门回应："外来户出来了……"完全不知情的父亲慌忙追出去，拖住飞起来的母亲。槐花阿姨看到父亲拖走了母亲，便愈发跳起来高喊："外来户，外来户……"父亲费了好大劲才把母亲拖进家门，却见二哥手提一根木棒，不紧不慢走向槐花阿姨。正在扑闪着身体喊叫"外来户"的槐花阿姨看到二哥，赶忙回身飞跑回家，锁起家门隔着她家院墙喊叫："外来户，来，外来户，来……"二哥将手中的木棒甩向她家柴门，吼叫："胆子大了，出来……"

跟在二哥身后的小孩子们起哄："胆子大了，出来……"

孩子们的起哄声，把大柳树上面的月亮叫出来了，却没能把槐花阿姨叫出来。

第二是槐花阿姨的养子民，是小孩子里面，第一个在固城街上直呼我父亲名字的人。

那是一个初秋渐凉的夜晚，星辰微露，月影稀薄。小伙伴们聚在一起玩"踢脚盘盘"的游戏，想不起因为什么惹恼了民，他便不急不忙走到我家纸糊的窗前，直呼父亲名字，你出来。10岁的我即刻跑到他家纸糊的窗前要喊贺连长出来。因为他的养父是固城大队的民兵连长，大人们都叫他贺连长，我就以为贺连长是他的名字。就在我即将喊出贺连长时，母亲飞奔过来抱住我，不让我叫大人的名字。看到月影下母亲恳切的脸，咽下那口气的时间差点让我窒息。

母亲背起哭得要断气的我回到家，父亲接过母亲背上的我笑道："有人叫我的名字还不好吗？"但是，这件事比起槐花阿姨叫我们外来户，在我心里记得更久。

当槐花阿姨看到村里的小孩都叫"我的娃"的年龄时，我已把她视为了亲人。

记得读初中时，上午课间操时间，槐花阿姨总是把滚烫的苞谷面馓饭或者面条盛进瓦罐，送到学校来给养子吃。她总是来得早了些，她总是站得远了些，她总是双手抱紧瓦罐，她总是身体紧贴墙面，她总是冻得哆嗦着，站在教室外面等待下课铃声响起，她总是左顾右盼等待养子看到她，她总是尴尬地向每一个看到她的同学微笑，她总是把一双柳眉杏眼看得带有巴结奉承的意味。

这样的情景伴随我的初中生活。

长大后，知道了槐花阿姨不能生育，她抱养远房亲戚家的孩子做儿子，就是想做一位好母亲。

20世纪80年代中期，民跟他的同班女同学红带着初恋的爱情结了婚，这本是一桩美好的婚姻，却因家中一间通房由一截矮墙相隔，热恋中的小夫妻总也顾及不到一墙之隔的养父母。后来，一对好好的夫妻便各奔天涯。又不知为什么，民跟槐花阿姨夫妇脱离养父母关系，自立门户。

这段养父母与养子恩断义绝的故事，没有人说养子对，也没有人说槐花阿姨错了。在固城，谁对谁错有山神爷评判，人说了不算。槐花阿姨后来抱养女儿安安时，就这样坚定地说过。

可是，安安却爱上了河西走廊尽头的男人，槐花阿姨缝了两床红绸棉花被送走了安安，就只有自己安慰自己，就只有自己的想法陪着自己，能活一天是一天。

槐花阿姨的丈夫贺连长，是一位不温不火的好人，因病于1993年6月去世。槐花阿姨心怀对养女的寄托慢慢老去，一年年盼望养女回家来看看她，在固城河边盼成了五保户，跌跌撞撞走进了四面土墙的养老院。

2014年夏天，父亲病重，槐花阿姨手拿从朗哥家买的一盒小面包来看望父亲。在父亲病榻前，她断断续续说自己不知要怎么死去。父亲转过脸劝她别怕，死就是睡着了。她抹着眼泪说她不相信。她说："你听听，东城墙里田支书疼得没日没夜地哭，你听听，他哭着求山神爷让他死呢。"

当天深夜，田阿爸被肠癌活活疼死。

据说，田阿爸生前攒下几万元，得知自己患上绝症，分文未动留给了儿子。

村里人都忙着去办丧事，其实也没有多少人，幸好几个打工的年轻人回家收麦子，这让丧事有了几个守夜人。

送走田阿爸的早晨，槐花阿姨慌慌张张来到我家，叮嘱病重的父亲走时一定要叫上她。她现在就去自家老坟，看看坟园里的几棵柏树长大没有。一棵大一点儿的，她年前请人锯断，晾在自家后院，以防自己突然死去。但一棵小柏树给她做棺材还不够，她想死了睡得宽敞些，不愿意像活着时睡在养老院巴掌大的小房子里。她害怕早死的男人把他栽下的柏树带走，她现在就回家先看看锯下来的那棵柏树还在不在。

她快步回家，打开门，看到阳光将炕头的红木箱映出明亮花纹，木箱轻轻揭开盖子，箱里浮出贺阿爸生前戴过的蓝色鸭舌帽，帽子绕土炕旋转一圈又慢慢回到木箱，箱盖无声合闭。槐花阿姨看着自己开关的木箱，一点儿也不害怕，反倒觉得："他这是叫我的魂呢？"

　　这只核桃木板箱，是当年她的娘家给她的陪嫁，核桃树是她的妈妈生下她的那一年，她的父亲亲手种在院子里的，跟她一起长大。她出嫁时，父亲砍下来，亲手为她做了一口板箱。因为她的父母只有她一个女儿，而这棵与她同岁的核桃树不用接缝能做一口板箱。父母便决定将两口板箱的木材用于制作一口没有接缝的大板箱，希望女儿结婚后，跟丈夫无隔无缝地生活下去。这只核桃木板箱的每条纹理，都烙着她成长的印记，板箱里装着她的针线活，穿旧了的衣衫、鞋袜，她缝缝补补接着穿，穿得不能再穿了的布头鞋面，她用来烧炕，烧热一次土炕，她便背起自种的粮食翻过分水岭，到山那边有集市的小镇子里去换针头线脑，回家再拆一些破烂衣裤，一针一线再做一板箱衣裤鞋袜接着穿。

　　当她看到板箱自揭自盖，兴奋地一路拍着手跑回来，将她看到的情景告诉父母和在场的人。"老家伙这是在叫我呢，我的三魂七魄已经被老家伙叫走了两魂三魄，再叫两回就能死了。"她高兴地对父亲说："赵阿哥，你走时一定要叫叫我，给老家伙加把劲！"

　　连续几天，槐花阿姨沉浸在幻觉里。她老态龙钟的身躯，因为走得太快腰身躬得更深了。她边走边咳嗽着说："我到坟上去看看那些树还在不在，我怕老家伙夜里把树拉到他的另一个家里，他一定在那里还有一个家。"刚走到河边她又急忙返回来，问到地里干活的人，她家老坟里的树还在不在？人说："在，都在。"

　　她又急忙回到家，想再看一遍箱子自己揭开的情景，但箱子似乎永远关闭了那扇小小的核桃木门。

太阳落山前，槐花阿姨又急急忙忙去了趟老坟，站在塌陷的男人的坟头，数了数余晖里摇曳的两棵柏树，和三棵罩得坟地生出神秘感的松树。五棵，她张着嘴数了又数，望着霞光中摆动的枝叶露出微笑。她想，过不了多久，从这里砍倒的一棵松树与藏在家里的另一棵柏树，会成为她的另一个家，她没有占用任何人家的树，她占用的是先人身体里长出来的树。她用力吮吸蜂蜡味的松脂，想着搬家就是从河对岸的老屋搬到河对岸的老坟，住进她家的树心里，做永远不醒来的梦。

当晚，她整夜掉进梦境，寻找从老屋搬到坟地去的路，她蹒跚着走进坟地，看到她家的老坟像一只托盘，从地面升至半空停住，像她翻烙饼那样朝下倒挂，她清晰地认出那些倒挂的坟头都是谁的。她努力仰望，随大地旋转。忽然，倒挂的托盘变成童年的家园，院落的核桃树生机勃勃，她随父母到田间锄草，去山野收获，放牧牛羊，风吹送着"山丹花梁上开"的歌谣，她清晰地看到自己美好得像梁上盛开的花儿，她多么年轻啊！转眼，她在父母亲朋的祝福声里，幸福地穿戴嫁衣，坐上新婚花轿，成为人人羡慕的新娘。转眼，她生下三个女儿，四个儿子，一个个好看得像花骨朵。转眼，儿女们都有了自己的家，她成了姥姥和奶奶，成了曾姥姥和曾奶奶，她活到96岁的一天，她看到自己安详地去世了，她看到自己的49个子孙披麻戴孝，跪在固城河边，在一片悠扬的唢呐声里，将她送进贺家老坟。

她满足地合拢双眼，向亲人们告别，向村庄告别。

突然，托盘之上举办的盛大葬礼从她的手掌轰然散落，她慌忙蹲下来，看见掉到地面的盛大葬礼快速还原为真实坟地。柏树两棵，松树三棵，没有少，只是跟白天调换了位置。她跑过去掬起丈夫坟头的黄土，压低声音问："为什么那棵最大的柏树长到你的身上来了？"她等待回答，却听见风声穿过坟地，吹过固城河，将村口的戏楼吹成一片苍茫。

顷刻，天地旋转，大雪飘飞，固城村变成一片白茫茫的世界。

雪太大了，太大了，她沉浸在夏日炎热的梦境语无伦次，醒来已是日上三竿。

槐花阿姨做这个梦时，父亲已去世半年有余，父亲临走前是否叫过槐花阿姨，我无从知晓。但槐花阿姨做过这场梦后，心就静了，她拿出五保户的那点钱，去村里的小卖部买来过期和没有过期的小面包，去东家西家访问亲朋，与活着的老人一一道别。

2014 年 12 月，我回到固城为父亲烧百日纸。从墓地回家，在结冰的固城河对岸，槐花阿姨像一棵站弯了腰的老梨树，甩动苍老的手臂朝我走来，她笑着，像刚刚走过千山万水，露出曾经清澈的眼睛对我说："我的娃，我 80 岁了。"然后，用弯曲的双手掩住皱纹密布的嘴巴，像年轻时给养子送早饭那样沉默起来。

她好像忘记了我的存在，盯着冻结的固城河说道："安安不能回来看我，那是路太远了，就是路太远了……"

她抬起头，收回挤进皱纹里的目光，抿了会儿缺了门牙的嘴唇，用探寻的眼神，看着我刚给父亲烧纸时哭红的眼睛说："我的娃，等我死了，你给你大大烧纸时也给我烧几张？"

她踮起脚，举起一只手，像要把高处的堡子梁拉进怀里，摸一摸梁顶那抹红红的冬阳。

她的一只手在半空的冷风中停留了一下，就被冻得缩了回来。

突然，她扬起嘴角舒展身体笑道："嘿嘿，我回家去了。"

她刚转身又回过头，用埋进时光深处的淡然目光，看了我一眼。

然后，我像被冻住了一样，看着她在永恒的固城河边越走越远，直到只剩下一个干冷的冬天，在我眼前飘起大片大片的雪花。

六

第六间房门挂把锁，锁跟门锈出一片暗红。

听瞎叔说第六间房里住的那个人，从去年秋天的一个月夜走出养老院，就再也没有回来。

七

第七间房子的主人是我的初中同学刘杰，他的门前像20世纪70年代城里人的公共厕所，散发着一股股恶臭。

刘杰的人生比他的生命更悠长，我得从头写起。

1994年秋天，在成县汽车站出口，突然看见一个熟悉的身影，仔细辨认了一下，原来是我的初中同学刘杰。

我抱着孩子，问他："来成县有什么事？"他惊慌地张大嘴巴反问："我就坐在这辆车上，怎么没有看到你？这是成县吗？我要去天水啊？"我觉得奇怪，并没有看到他和我坐同一辆车。我邀请他去家里吃了饭再走，他却情绪失控地说："我得赶快找去天水的班车，我坐错了车。"看着他挤进车站的样子，我感觉哪里不对劲，便站在路口多看了他几眼。

恍然间想起初中时，在晚自习前的空闲时间里，刘杰经常坐在校园台阶上拉二胡的情景。他也常常哼唱秦腔《十五贯》中的"我在前面把路带，她在后面望影来"。这也许是他唱给女同学黄蒿的情歌，据我了解他们初中毕业前夕就互生情愫，因为黄蒿曾让我给刘杰送字条。初中毕业以后，两人没有在一所高中读书，两人的感情也仓促地没有了下文。

刘杰大学毕业后，顺利分配到礼县一中执教，这份工作正是他所向往的，刚参加工作的刘杰长相英俊，气质温润，谈吐优雅，一副港台明星的样子，经常穿合身西装，一切都是那样地意气风发。当时他的感情生活也比较幸福，和一名叫艾麦拉的女孩谈起了恋爱。据传刘杰自高中时就对这个女孩情有独钟，直到参加工作两人才开始书信交流。

艾麦拉出生在西方，父母便给起了一个代表"希望"的名字。她高中时转学到刘杰所在的学校，十六七岁的少女，满身皆是秀气，再加上时尚的气质和字正腔圆的普通话，让她在校园里格外显眼。

高中毕业后，艾麦拉没有考取大学，考到距离县城20公里的乡镇工作。没过多久，由于自身条件优秀，非常符合做电视台节目主持人，便被选调到县广播电视台做主播。后来听说，艾麦拉调进县城工作以后，便向刘杰提出分手，并当面要回她曾经写给刘杰的书信。

分手后的刘杰，除了去学校正常工作以外，他把自己关进学校宿舍，不再与人交际，不再穿戴考究的衬衫、外套和白围巾，而是夜夜怀抱收音机听着艾麦拉的播音入眠。大约在1995年秋天的一个晚上，他拧开收音机，却没有听到艾麦拉的声音。从此，小县城再也看不到穿风衣的艾麦拉。

自那天开始，刘杰在县城的大街小巷寻找他的艾麦拉，他希望再一次见到艾麦拉时要亲口告诉她"大地充满阳光"这句话。他从春走到夏，从秋走到冬，再也找不到艾麦拉，却在四季的轮回中，不自觉地自言自语起来："大地充满阳光……"

有一年秋天，我去学校看他时，还能隐约看见学校公告栏上，刘杰自己写下结婚邀请函的痕迹，后来听说大家去参加婚礼时，却发现刘杰还在宿舍睡觉。路过的老师告诉我："向东第三间是刘杰的宿舍，他在里面。"我敲响他的宿舍，他开了门，面容平静地怀抱收音机，仔细听着艾麦拉的播音，生怕漏掉一个字。

刘杰在学校诸如此类的"不靠谱行为"引起了非议，时间长了，学校便通过教委把他调到县城郊外的教师进修学校，学校离县城十多公里，有人经常看见他徒步走到县城，又在深夜摸黑回去，路上也不忘了喃喃自语："大地充满阳光，大地充满阳光……"

1996年，秋天给学校四周的山野染了一片盛黄，最后的一季庄稼也已收获入仓。刘杰跟往常一样，记录着他午睡时的梦境："午睡，忽然我的八号房间訇然扉开，一束强光照在东墙壁上，明亮无比，身后一种能量击在我身上，我之左半身像触了电，失去知觉，酸麻难忍。我以为有人进来，忽转脸去喊无一应，半晌才恢复过来，其状惊心动魄。"

这种写梦境日记有52篇，多为悬崖、坡地、河水、河滩、飞鸟、蟒蛇、女人、坟地、大树、强光、金光、冻冰、老家、一中的电教室、书画、去县城的路，等等。

有天晚上，刘杰在梦中看到一群人追杀他，睡到半夜起床去敲同事的门寻求援助。幸运的是当时所在的教师进修学校，前后有喜校长、赵校长的宽容大度和学校师生的友爱，让刘杰有了治病和休养的时间，刘杰的精神分裂病发作了也有人陪他去医院。

1999年以后，刘杰的病情越来越严重，他的哥哥考虑到固城离家近，刘杰需要帮助时，他就能很快来到刘杰身边照顾他，于是让他回到固城中学。刘杰内心很不愿意回到当初拼命逃离的固城中学，有许多不甘，但他还是主动找同学，把他调回了固城中学。他调回固城时间不长，与他读初中时结下忘年交的班主任——张应麟老师，就调进了县城。自此，他与自己的理想渐行渐远，就像他的爱情一同变得越发缥缈起来。

2002年，我回固城看望父母，听邻家的中学生说："刘老师上午还在给我们讲政治课，讲得条理清晰，吐字铿锵，他还有老婆呢。"

下午，我便去学校看他。

那年秋天，雨水丰足，与20世纪80年代秋季的固城有很多相似，河对岸层层向上的山梁白雾缭绕，晦暗天空下的土地野草疯长，白露适时揭开大地年年重复的秘密。二哥和所有以种庄稼为生的人们，在秋雨飘飞的潮湿土地播种冬麦，以人、牛、马为组合的播种者们，要赶在白露前后几天内播种完冬麦。他们还要趁着秋雨过后的凉爽天气，尽可能快地收获成熟的玉米和土豆。

固城中学虽然重修，但说不上崭新明亮，也许是秋雨下得时间太长，看上去还是那么老旧，学校后面的堡子梁，都浸泡进秋雨缠绵的浓雾里了。在课间学生们的一片喧闹声里，我敲响刘杰的宿舍门，一次，两次，门内没有一点动静。我站在门口等，看校园里活泼的男学生打球，女学生们绕教室追逐打闹，嬉笑声如当年的我们。第三次敲响刘杰的宿舍门时，听见门内有嗦嗦声，却没有人开门。正准备离开，却见刘杰打开一条门缝，用怀疑的目光看着我问道："你来了，为什么是今天？""今天不能来吗？"我反问他。他侧身撇嘴笑了笑，仅留拉开的门缝让我进。我推门进去，他紧跟着锁住门，走到办公桌前，拿起放在一只大土碗边沿的毛笔，在一幅已经完成的楷书末尾画上一个不太规则的圆点，把毛笔重又架在土碗边。土碗里外沾满墨汁，像年代久远的器皿，器皿一边，放一口有剩面条的单柄铁锅，凝结的面汤里有只溺死的蚊蝇、灰尘及点点墨汁。

这些家什和纸、书籍都放在一张课桌上面，课桌两边是两把课椅和一张凌乱的单人床。靠课桌的墙面挂幅刘杰写的毛笔字，也可以说是他的书法作品。

他放下手里的毛笔，挪开一把课椅上面的书和学生们的作业本，不冷不热地请我坐。以不信任的目光看着我问道："你为什么来？"我问他："我来看看你不行吗？"他听后哈哈大笑道："我正在思考人生，你打扰了我。""那我先回去？"我看着他被络腮胡须包围的消瘦僵硬的脸和乱蓬蓬的头发，站起来伸手去开门。他突然扑过来拉住我，陌生人似的说道："坐，不急，我正好有话问你。你看，我的腿跛了？这是为什么？还有，我的心到哪里去了？这么多年，只有肉身陪伴我，还有这双眼睛，像废墟上的避难所，总能看到我在哪儿，就像现在，我就在这里，而不是别的地方。为什么我总也逃不脱这双眼睛？我逃到哪里才会看不到这双眼睛？"他冷冷地盯着我，等我回答。我问他："你想躲开谁？你想逃到哪里？""我惹恼的是另一个世界的人，他们高举火把追踪我，我跑到哪里，他们追到哪里，我无路可逃了。"他神情严肃地说。我语无伦次地告诉他："从现在开始，你不用逃跑，他们再也不会追踪你了。"他盯着我，凑到我面前压低声音问道："你是那个世界的头领？""嗯……"我的声音被他吓得几乎没有发出来。他赞许地笑起来，拍着双手在房里来回走动，忽然神色慌张，手足无措地翻动摆在课桌上的书和床上的衣物。

长时间的慌乱过后，他平静了下来。

他完全正常了，像刚从另一个世界的门槛跨过来的新人。他半眯眼睛叫我的名字并问我的家人及孩子可好？还特意告诉我："当我闭上眼睛时，我的世界就会变得跟我想象的一样美丽。所以，我不愿意睁开眼睛看这个秋雨绵绵的世界，想到一季庄稼被雨下霉了，我就想哭。"

我问他工作可好？结婚了没有？他轻蔑地看着我说道："如果你今天来是问我结婚没有，那就出去。"他停了停，又露出狡黠的微笑接着问我："你能帮我一个忙吗？""什么忙？"他几乎是冲出口地说道："有个女人每天晚上在我房子里，要跟我睡觉，你帮我赶走她。你告诉她，我不结婚，让她赶快走。"我问他："她是你老婆吗?"他怔怔地看着我，满脸狐疑地问道："她是谁? 她从哪里来? 你能告诉我吗?"我站起来问他："你认识我吗? 我是谁?"他展开双手大笑道："你是赵殷，你是赵殷啊。""看来你还没有糊涂。"我接着说。他则用桀骜不羁的语气自嘲道："我就不是人，我是一只披着人皮的老虎。你还记得西格里夫·萨松的《于我，过去，现在以及未来》的那首诗歌吗?"我说："记得啊，是余光中翻译的吗?""你背给我听，不能漏一个字。"他抬起头命令我。我笑笑说："我要漏掉一个字，你再背一遍?"他爽快地答应了。

在我心内，过去、现在和未来

商讨着，各执一词，纷扰不息

林林总总的欲望，掠取着我的现在

把理性扼杀于它的宝座

我的爱情纷纷越过未来的藩篱

梦想解放出它们的双脚，舞蹈着

于我，穴居者攫取了先知

佩戴花环的阿波罗神

向亚伯拉罕的聋耳吟唱

我心有猛虎在细嗅蔷薇

审视我的内心吧，

亲爱的朋友，你应战栗

因为那才是你本来的面目

刘杰安静地听我背完，提问学生那样问我："你最喜欢哪一句?"我回答："我心有猛虎，在细嗅蔷薇。"他深表质疑地感叹："为什么?"我说："人生来就是猛虎和蔷薇的两面体，若缺少了蔷薇不免莽拙而流于平庸，缺少了猛虎不免怯懦而失阳刚。"刘杰却说："我的内心深处只能穴居猛虎，我的虎穴之外不允许蔷薇丛生。《红楼梦》里的林黛玉本来有两个前身，却只修成一个女体，一个女体也没能修得通透，成年后才痴情于对她有浇灌之恩的神瑛侍者贾宝玉，落了个不归路的下场。我不能跟她一样，绝对不能，我就是有两个前身，我只能修成一个我，我心有猛虎，不嗅蔷薇。"刘杰一口气说完，显得神清气爽，整个人都变得精神起来。

坐了一会儿，校园里下起了小雨，刘杰朝窗外瞟了一眼问我："你知道《诗经》里写'雨'的有多少篇多少处?"我说："只记得一两篇。"他则用老师的语气告诉我："你记住，《诗经》里写到'雨'的有25篇、35处。回家好好去读，背会了再来。"

然后，打开门命令我走。

我刚抬腿出门，就听见身后嘭的一声，关上了门。

那天，我在学校向其他老师了解了一下刘杰的工作和生活情况，才知道刘杰说的那个女人爱上了刘杰，一心要嫁给他，白天给刘杰做饭，照顾刘杰的生活起居，即使晚上躺在刘杰身边，他仍不理不睬，女人只好丢下刘杰回家去了。

这次见面，大概了解了刘杰不成家的原因，很有可能是精神分裂症，让他的认知功能缺失，他找不到自己了。

前后三次见到刘杰，我才感到对他的了解甚少，但也确实是无从了解。直到刘杰去世，他的侄子刘伟把刘杰的遗物寄存我处，我才有机会了解他的身世。

刘杰出生两个月后父亲就去世了，造成原生家庭家境贫寒。刘杰的小叔不能生育，却是个村里远近闻名的好木匠，刘杰母亲就把刘杰送给有手艺的亲弟弟。刘杰成为他小叔的养子后，11岁才踏进小学校门，初中的两年里，他是班长，我是学习委员。他喜欢打篮球，唱歌。晚自习前，固城河边的树叶随风飘荡的傍晚，我们去往学校上晚自习的路上，刘杰拉二胡的声音回荡校园，与秋天飘落校园的树叶辉映，形成一种唯美的宁静氛围。每当晚自习铃声响起，刘杰的二胡声戛然而止，夜色浓厚起来，三五分钟后，沉浸在刘杰二胡声里的同学们，心绪才能安静下来认真学习。

这是他给我留下的最难忘的印象。

刘杰在日记里写道："小学到初中的七年时间，是我生命里最快乐的时光。"

刘杰高中毕业后没能考取大学，养父希望他与娃娃亲尽快结婚。刘杰思虑再三，告诉养父母自己不同意这桩婚事，还要继续复读考大学，直到考上为止。养父不同意，决意不再收养刘杰。

刘杰不同意结婚，他的养父母、亲戚都不理解，使他与家族兄弟之间也产生了不言而喻的矛盾。刘杰的娃娃亲女孩也是我的初中同学，读完初一就辍学了。刘杰读初二时，她偶尔在逢集的日子，步行十几里路，背着背篓给刘杰送点儿吃食。

如此这般，养父母便早早给养女招了上门女婿。

刘杰高考落榜后，自觉对不起养父一家人，更不想让父亲去世后，跟四叔过日子的母亲为难。假期便滞留县城郊外准备复读，家中只有当兵复员回家、在固城食品公司做临时工的哥哥接济他，当年哥哥的那点儿钱，对他自己的家对刘杰都是杯水车薪。

有一天中午，几个同学约我去看刘杰，我心里有些勉强。初二那年暑假，在县城爷爷家门口，我看到班主任却没敢打招呼，事后向老师道了歉，刘杰用这点儿事写了一长串抹黑我的顺口溜，在班上传唱了很长时间。因为这件事，我和他很少说话。

那天，我们几个同学在礼县一中后面找到刘杰的出租屋时，他正在沟沟渠渠的院坝做午饭，一只泥巴火炉上面架着铁锅，锅里煮刘杰用面糊做的面疙瘩，面疙瘩又大又硬，看上去根本煮不熟。我让他把面疙瘩用筷子夹小一些容易煮熟，他笑笑说："让它慢慢煮，我们说说话。"当时说了什么话，刘杰怎么吃的饭，有没有菜，或者只是在半生不熟的面疙瘩里拌了几粒盐就吃了，这些都记不起来了。

几天后，在县城北街碰到刘杰，他听说我妈妈来县城了，一定要去家里看看。那天，妈妈正好煮了腌肉，蒸了馒头。当我用热馒头夹上刚出锅的腌肉递给刘杰，刘杰小心翼翼地掬着馒头夹肉，吃了一口问我："这是啥肉？这么好吃。"我说是我妈腌的腌肉。他说："我从来没吃过。"

刘杰的一句"我从来没吃过"，一下子就撕掉了我心里的那层隔膜。

这是高中毕业以后，我跟刘杰仅有的两次见面。

刘杰大学毕业参加工作后，曾在年关，给养父母及那个曾与他订过娃娃亲的女孩，买过糖果和衣服，当他的双脚踏进家乡的小树林，眼前出现熟悉的家园时，他感到一股龙卷风般强大的力量灌及全身，这力量打晕了他，令他愧疚难当，无颜去见养父母。他抛下精心准备的礼物，在强劲北风的呼啸声里，在夜色笼罩了道路的除夕夜，盗贼般跑出永坪狭，边跑边喊："我不是人，我不是人……"

当刘杰生命里的感性战胜了理性，他曾经的那颗勇敢的心，在除夕夜的奔跑里弃他而去。从此，生性善良的刘杰生命里注入了疯狂，他跑得越快，那个叫精神分裂症的病魔，就越发把他缠得紧。

又过去了几年，听说刘杰的身体已经不能在学校讲课。

这个在二胡声里长大的农家子弟，由于多年来与养父母、亲人之间诸多家事的纠缠不清，失恋后个人感情生活的空白，吃一顿饿一顿的不规律生活，他的身体早已透支了。

听村民讲，刘杰在学校执教时动辄发疯，起初住在学校，生病不能上课了，被安排住进固城粮站闲置的旧房子里，粮站的闲房子拆了修起幼儿园，刘杰又被安排住进固城村养老院一间四面透风的空房子里，跟瞎叔那些老人生活在同一个世界。不知道刘杰是以什么身份住进粮站的旧房子里？又是怎么住进固城村养老院的？他的身份是一名教师，是通过什么渠道把他跟五保户安排在一起的？我问过刘杰，他看着我，用一种陈旧的、老年人的苍凉语气回答我："我不知道。"

2015年秋天，我在固城河对面的白杨林村寻找北京打工妹，听几个小学生说，刘杰住在后头崖上的窑洞里，刘杰让我们给他从河里抬一桶水上去，就给我们画一张画。

后头崖上的几孔窑洞，是村人停放罹难在外的人的地方，刘杰怎么会住在那里？当我与家人去寻找时，刚从堡子梁上放羊回家的陈维君给我说："前几天，我看见刘杰拉扯着跛腿睡在山神爷庙后面的乱草堆里。昨天，我早晨上山去放羊，看到刘杰在堡子梁上的弯弯柳树下面睡觉呢。"

我们在一孔一孔的窑洞里寻找，几孔窑洞存放着麦草、柴火，只有一孔空窑洞里土堆潮湿，蚂蚁成群，空间狭小，窑洞门前乱放啤酒瓶子、各种花色的食品袋、方便面盒子，蚊蝇飞旋。

站在梁上往下看，我们一起读过书的学校，校园里少男少女进进出出，欢闹声一波又一波传来。曾经固城河边最优秀的少年，经过几十年的奋斗和挣扎，又辗转回到故乡，高深莫测或者苍白无力地，在这片贫穷的土地上开始了新一轮的游荡。

回到家，邻居朗哥告诉我，刘杰到县城去了。

似乎每到周末，早起的人们都会看到刘杰站在河边的浓雾里，等候清晨发往县城的早班车。傍晚看到刘杰穿戴邋遢、满脸胡子地向过路人频频问好，疲惫不堪地走向固城中学，嘴里念叨着："大地充满阳光，大地充满阳光……"

半年后，我在回固城的车上遇到黄蒿，她已经变成了最普通的村妇。她告诉我："刘杰彻底疯了，在学校门前捡垃圾吃呢。等你下次回来，请上班主任，我们一起去问问他，我不图他的钱。如果他愿意，我愿意照顾他。"我问她有没有班主任的联系电话，现在就可以去。她说："班主任早就调进城了，我回去打听打听再说。"

我回到武都不到一个月，黄蒿却服毒自杀了。

我曾问过刘杰，你们各自有了新的恋人前是怎么分手的？刘杰反问我为什么问这些陈年旧事？我告诉他："黄蒿死了。"他奇怪地盯住我："谁死了都跟现在的我没有关系，只是跟从前的那颗心有关系，但我又怎么能知道那颗心痛还是不痛？我真的无从知晓。"刘杰说完紧闭眼睛，面部宁静，像进入梦境抑或另一个如他想象的甜美世界。

显然刘杰知道黄蒿是为什么死的，他骗得了别人，却没有骗过自己。否则，他不会提起"从前的那颗心"。

2016年冬天，我回固城给父亲烧两年纸。刘杰的学生贾娟告诉我，刘老师现在就住在养老院，我领您去看他，您把刘老师叫出来，我想给他打扫一下房子，再给他洗洗头，理理发。

贾娟在固城街开着美发店，每隔一段时间就会来给刘杰洗洗头，理理发，刮刮胡子，送点儿生活用品。

我和贾娟到街头超市买了些面包、馒头和卫生纸。贾娟说："给刘老师多买些饮料，他住的地方喝水不方便。"我说："买牛奶吧？"她说：

"刘老师不喝牛奶，爱喝甜甜的饮料。"

那天的太阳非常明亮，我们走进养老院时，瞎叔早就站在门口跟我打招呼。

瞎叔告诉我："七字头上就是刘杰的房子。刘杰天天在呢，那人水火不分家，搞得院子臭不可闻。"我站在门口喊刘杰，瞎叔站在自己门前喊我："你赶紧回来，那里太臭了，不要叫了，他不开门，谁来都不开门。"

刘杰的门反锁着，门缝错裂偌大的一条缝隙，从门缝可见室内垃圾遍地，黑色塑料袋堆积，恶臭逼人，一片狼藉。

床与墙之间放一只木箱，刘杰满脸大胡子，像一团黑色乱麻，罩住了整个脸面，他背靠土墙，两腿伸至木箱，望着黑暗中的土墙，默然呆坐。

他听到我叫他的声音，把双腿从木箱上艰难地挪下来，连声问："赵殷，赵殷，你来了吗?"他从木箱上挪下来双腿，背靠黑墙移至床边，侧耳听了又听，又确认了一遍："赵殷，你来了吗?"我答应："我来了。"他顿时像听到耸人听闻的传言一般，竖起被脏乱长发包裹着的黑脸黑头，息声确认。

显然，他下床无处落脚，只能两手扶墙缓慢挪动。

等待刘杰扶墙挪动双脚的时间里，从门缝散开的恶臭似乎要淹没时间的流动。

刘杰从床上到床下挪到门口，花去了16分钟。

门锁挂在一根生锈的铁棍上，他抓住锁，铁棍却反转方向，这使他开锁的难度不断增大，翻腾了好几分钟，他终于打开了门锁挤出门。如果之前不知道他是刘杰，这个突然从门缝挤出来的黑色幽灵，一定会惊得我魂飞魄散。

他的全身都是黑的，头发、络腮胡子，穿了不知道多少年的黑色羽绒服，被层层污垢包裹得失去了本来面目，两条腿穿进一条裤筒里，拧得身体歪向套着两条腿的一边。头戴一顶黑色棉帽，架在鼻梁的高度近视眼镜，一双被尿湿透的黑布鞋。他挤出门，扫了我一眼，就埋头擦拭鞋底的污秽。他拧巴着身体，这一擦便没完没了，左边的空裤筒随右腿的伸缩甩来荡去，穿着两条腿的裤筒已撕成两半。

他看到我和贾娟手里的东西，一反常态地冷笑道："看看你们给我拿的东西，卫生纸比我还脏，我不要。面包不是中国人吃的，我不要。饮料比我还冷，我暖不热，都拿走。"

我说："我们想给你打扫一下房子。贾娟想给你洗洗头，理理发。"他听后像父亲关心女儿那般走到贾娟面前说："你也不小了，找个合适的人把自己嫁了，别再三天两头往北京跑，打工不是生活。"贾娟答应着问他："刘老师，我想给您洗头理发。"刘杰嘿嘿笑着说："洗我的头干啥，把你自己的洗干净就好。"

我问他："大白天为啥还反锁着门？"他傲慢地反问我："你说为啥？你家我爸我阿姨好吗？城里我爷我婆都好吗？树林来了没有？"我说："我父亲去年去世了。"他猛然抬起头盯住我："啥？我赵阿爸是这条街上唯一早晨锻炼身体的人，唯一打扫门前屋后卫生的人，咋会过世呢？"我说："过世一年多了。"他赶忙侧身挤进门，哆嗦着锁好门，扶着土墙上床，摸索着将双腿架在木箱子上面。

"我正在计划人生，你打扰了我。"还是那年他在固城中学教书时说过的话，只是将"思考"改成"计划"。"我问你，我的腿为什么跛了？还有，我几十年没有生活，没有饭吃，只有肉身陪伴我，还有这双眼睛，总是看到很多人，高举火把追踪我，我跑到哪里，他们追到哪里。"我大声告诉他："从现在开始，你打开门，坐在院子里晒太阳，他们就不敢追踪你了。"他盯着土墙问:"你是那个世界的头领?"

他长时间盯着土墙,似乎已经忘记了自己提出的问题。

我叫他开门,他抱紧双臂说:"那不行,我的电视机被人砸开门偷走了,再说老鼠多得很,强盗说来就来,门不锁狼也来了。我的计划全打乱了,记得有个姐姐从来没见过,有个妹妹也从来没见过,幸好有面墙,要不贼娃子一步就进门了,我没有地方可去,想找老婆又没钱,前几天到城里花3600元买了一部手机不会用,100元给街上娃娃买了……"

突然,他停止了自己的胡言乱语,轻声叫道:"赵殷,树林好吗?固城的空气好,你们在固城买块地,修房子养老,我觉得比哪里都安静。"

这就是刘杰,每次我去看他的时候,他就清醒了。

隔着房门,我大声对刘杰说:"你想下辈子拯救银河系,每天去扫固城街吧,那才叫修行。"

刘杰没有吭声,那间臭烘烘的黑房子里,安静得像从来没有人的气息。

我站在门外,跟坐在黑房子里,待在床与木箱之间的刘杰,直线距离只有四五步,任我怎么叫他,他都不吭声。

被刘杰搞得臭烘烘的养老院里,初冬的冷风忽紧忽慢,瞎叔安静地站在院里,仿佛一尊站在旧时光里的雕塑,跛子老三洗碗的声音像是乐器的伴奏,猎人叔煮沸的玉米面搅团散发着刺鼻的浓香。

2017年11月2日,刘杰的侄子、外甥及亲属,把刘杰从那间黑房子里解救出来,送往天水市第三人民医院治病。在村头的牛肉面馆吃完饭,刘杰主动提出要给大家唱《从头再来》和《故乡的云》。贾娟告诉我:"那天刘老师的状态非常好。"11月14日,贾娟告诉我刘杰住院以后，我去天水看望刘杰，有两件事想跟他商量。一件是希望他好好在医院治病，一件是武都马街有一家精神病人疗养院，环境、饮食、住宿都比较适合他。我到医院的时候，刘杰正在和病友们一起听着音乐做运动。他看到我，像小孩儿一样跑过来，拉着我坐下，自己从我提的包里取了一颗苹果吃起来，边吃边说太好吃了。护士走过来要把苹果收起来，吃的时候再给他一颗，不能全部放在病房里，苹果之类的水果放在精神病患者的屋子里，有安全隐患。刘杰冲过去，边跑边尿，尿液从裤脚流到地面。刘杰恳求护士把苹果给他，再给他一颗。护士给他解释苹果都是你的，明天再给你吃，你放心。他吃着手里的苹果，让护士再给他一颗，就给一颗。

护士不给，刘杰不走。我向护士保证，再给他一颗，我看着他吃完两颗苹果。护士这才又给他一颗苹果，他嘴里吃着一颗，另一只手里攥了一颗，高兴地回到医院走廊的座椅上。我找护士给刘杰换裤子，护士要他先放下手里的苹果，他摇头不放。问护士："这是啥？"护士说："苹果。"刘杰说："我从来没吃过。"护士给刘杰换好裤子，走出病房时对我说："刘杰这种病没有人照顾活不了几年。"

回到走廊，我向他说了第一件事，好好在医院治疗，配合医生，按时服药，不要着急。说完第二件事，刘杰想了想说："我觉得武都还是没有固城好。"我又重复了一遍第二件事。他说："可以是可以，到时候你要到医院来接我。"我回答他："没问题。"话音刚落，他又恳求我："你啥时候回去，把我捎回固城，医院里都是追杀我的人，不知道哪一天就把我杀了。你不行的话，就让刘伟在一两天内来接我回去？"我心想固城养老院四面漏风，家厕一室，跟猪圈无异，刘杰已经过这种非人的生活十多年了，让他在精神病院过一段有人照顾的生活，兴许会好起来。

如此想着，就没有把刘杰的想法告诉刘伟。

回到武都，我约了刘杰的同学万鹰，到马街去了解精神病人疗养院，后又准备联系礼县民政局为刘杰争取救助金，我们还可以募捐。我算了算，加上刘杰的工资，完全可以让刘杰在那家康复医院长期住下去。

九天后，即 2017 年 11 月 23 日，农历十月初六下午 2 点，刘杰在天水市第三人民医院突发陈旧性心梗抢救无效去世，终年 56 岁。打电话向贾娟确认，贾娟凄楚地说："刘老师过世了……"

放下电话，赶忙打电话给天水工作的同学张志斌，他第一时间到医院去看刘杰并请医院给礼县教委、固城中学发消息。

刘杰走后，刘伟将刘杰学生时代、在天水师专、礼县一中、礼县石桥教师进修学校、固城中学任教时，所用笔记本、相册和一张红色纸张写下的毛笔字，教学教案、日记、读书笔记、信件以及同学照片都留给了我。

我问刘伟为什么要将刘杰的遗物留给我？刘伟说："您是我叔叔住院时，唯一看望过他的人。"

送走刘伟，在办公室翻阅刘杰的遗物，突然想起刘杰在养老院时，始终将双腿架在他上初中、高中、大学用过的木箱子上面，这些东西就放在那只木箱子里。在他的电视机被人偷走后，刘杰的全部家产就只剩下这些用文字记录下来的往事了。他再也不敢离开黑房子，即使他就在黑房子里，他的两条腿也始终不敢离开木箱子，他忍受寒冷饥饿，保护着他记忆里美好的人和美好的事。

读完他保存下来的几十封信件，里面有从他上大学到工作的各种经历。其中，有十来封女孩写给他的信件，有一封他写给一位女同学的信，信写得如切如磋，风华内敛，流露出对这位女同学的好感，遗憾的是这封信由他自己保存了起来。还有同学写给他的信，内容都是鼓励他好好学习，好好生活。日记记录着他观察到的自然变化、落榜时的感想、学习体会、教学心得等。从他的日记里理解刘杰，正直、真诚、谦逊、善良、矜持，是他性格的一部分。读他写的短文、小诗，能读出他胸怀远大抱负、个人理想和家国情怀，这是刘杰理想的一部分。从他的语言表达看，刘杰从来就没有把自己当普通人对待，始终保持着谦谦君子的风范。这很像贾娟和我说的，刘杰生前曾向学生借了一块钱，是坐公交车时，突然发现自己没有钱，跟他一起乘车的学生就给他垫付了一块钱。为这一块钱，刘杰吃不下饭，直到找到那位学生还了一块钱，他才安下心来。关于他的原生家庭、兄弟姐妹、养父养母，刘杰的日记里，更多的是牵挂与愧疚。对他生前钟爱的姑娘，他在日记里只字未提。同学们的信件，有给他借钱的、给钱的，送粮票的，有些只有信封没有了内容，有些稿纸上的文字，被水渍侵蚀得看不清了，有些被烟熏黄了。在刘杰最艰难的日子里，同学们用一封封书信温暖、鼓励着他，这是20世纪80年代的同学情。刘杰之所以能考上大学，首先是他坚强自律。其次是同学们一路紧攥他的手，才得以让他在初中学习基础很差的情况下，考上了大学。

这些信件，就是刘杰在半清醒半糊涂的最后几年，用残疾的双腿保护下来的遗物。

梳理刘杰的成长轨迹，潜伏在他身体里的"黑狗"应该是他考上大学，绷紧的那根弦放松下来后开始萌芽抽叶。

刘杰出生两个月，他的亲生父亲打柴时，脚下一滑就没有了，襁褓中的刘杰，从此永远失去了父爱。2011年6月，刘杰的哥哥，突发脑出血去世，从此，刘杰失去了唯一能帮助他的哥哥。2014年10月，刘杰83岁万念俱灰的老母亲，用一根麻绳结束了自己的生命。从此，没有了记忆的刘杰永远失去了母亲。

要说刘杰是一个什么样的人。首先，那个拉二胡的少年和唱《从头再来》的垂暮老人，反映了同一个简单的"本我"，一个浪漫主义者。第二是刘杰失恋后，想拥有一个正常平凡的家庭，却始终没有遇到一个合适的人。第三是刘杰的人生没有了根基，人生既没有了来路也没有了归途，有一个回不去的故乡始终令他揪心。第四是刘杰人生的理想在他的现实世界里一次次破灭，最终没有实现。表面上看，刘杰靠自己的努力，考上大学，有了一份真正属于自己的职业和尊严，但是在他当老师的20多年里，他最终明白了老师其实没有社会地位。甚至他要从城区学校调往最偏远的固城乡村中学，都要动用拥有社会资源的同学帮忙。在这些表面的成功后面，刘杰没有任何底气，他只是从农民变成一个有职业的人，说到底本质上还是一个老百姓。农村生活的艰难贫穷，从小寄人篱下的惶恐不安，所爱之人的消失，生病以后受到的不公正待遇，给他心灵造成的阴影和自卑，成为最终击垮他的巨大心理落差。

刘杰的遗物中，有一本新笔记本，刘杰在这本笔记本的扉页上，歪歪扭扭写下两行字："我想有个家，清事。我想回家，刘杰，固城，2016年3月30日。"

显然"清"就是"亲"。第二页写着"金锘（红子一件）"，第三页写着："有记是日，得物得赠，金铲、金表、红心一个"等等，好像都是《红楼梦》里贾府结婚用的东西。

这可能是他灵光一闪，清醒时写下的心之所思。跟他之前所说"我心有猛虎，不嗅蔷薇"似乎有些矛盾，也可能是精神分裂症躯体化症状的外在表现。

从这几个颤巍巍的文字看得出来，刘杰在冰冷的养老院写这些字的时候，他的手已经握不紧钢笔了。

据刘伟说，他整理刘杰的遗物时，发现了一只红色的戒指盒，戒指不见了，只有一张4000多元的发票还在。

刘杰去世后，我时常想起那个初冬的午后，固城河边的太阳像一束镀了金边的花环，风带着寒冷的讯息，刮落了大柳树上最后的几片黄叶。刘杰缓慢地回到黑房子，瓮声瓮气地自言自语："嗡，度答咧度答咧度咧，梭哈……"

当时，我压根没有听懂刘杰在念诵《绿度母心咒》。回家路上，连起刘杰哼唱的那一串词语，反复琢磨，方才恍然大悟。

原来，在我来之前，刘杰已经走出了那片风潇雨晦的荆棘密林。

走进小湾村

早晨，太阳好像与寒冷比赛似的，将温暖的光芒毫无保留地洒向寒气凝结的武都城，白龙江被阳光映照得闪闪发亮，如同一条缓缓流动的璀璨光带，河堤上有人做早操，有人跑步，有人神态悠闲地散步，很美很宁静。昨天接到朋友电话，邀我和刘尚文老人一起到米仓山给护林员拜早年。当时，我心里想，刘老自1998年从陇南地区行署退休，现已76岁高龄，应该在河堤上与老人们一样散散步，聊聊天，过过安逸日子。是什么促使他一定要在寒冬腊月去米仓山？听朋友说还不止这一天，年前和年后的每一个节日，他都要亲自去看望山上的护林员。于是，我想随他上山去看看到底是什么对他有如此大的吸引力。

到城西加油站，身穿黑色羽绒服的刘老，脸冻得通红，正在清点卡车车厢里的大米和食用油，安排随同人员上车，向他的侄子确认车上的大米是不是40袋？侄子点头回答说："40袋，没错的。"

车子开动，我问："这么多的慰问品？"话没问完，侄子回过头回答道："一些是我叔自己买的，一些是亲朋赞助的。"

出武都城，过石坪、马街、柏林、安化村镇，车子行驶在北峪河上游绵延起伏的山坡公路。年关时节的山路两边，雪花堆积，寒风吹得落光叶子的树杈瑟瑟抖动，山坳中狭长的土地铺层白雪。靠近公路的阳坡地里，长着蒜苗和油菜，寒风中像要抖掉茎叶上的雪片一样使劲摇头，冷风吹得车窗玻璃咔嚓作响，车窗玻璃的声音越大，意味着路面越陡，玻璃窗发出"嘭嘭"的跳动声时，就意味着已经到达米仓山最高峰。

距离米仓山最高处约200米，车子拐弯爬上崖壁间的狭窄山路，山路雪厚，车轮碾得雪层吱吱作响，车身左右摆动，半小时后到达小湾村，刘老说村里有个老护林员要去看看。

小湾村坐落在米仓山北面的阴坡底下，坡梁、沟壑尽是披挂雪花的刺槐和新疆杨。大中午了，太阳还没有光顾，显得冷冷清清，而对面的南山，太阳铺得满满的，看一眼就觉得暖和。松树枝杈间的雪花眨巴着忽闪忽闪的眼睛，好像在故意挑逗阴影中的小湾村。

刘老快步走在前面，爬上斜坡，其时雪落门路，冰结瓦砾。进门听见瘫痪三年的老队长李顺材哭叫不迭，其妻施秀英也哭得浑身颤抖，见我们来看他们，泣诉道："山上翻里翻面的树都是刘爷领着老头子，老头子又领着大伙栽的，老头子是个好人，老了咋成这样了？"床头用报纸糊过的土墙贴满奖状，上前辨认，见一张上写"优秀共产党员李顺材，武都县委，1982年"。其他一概被烟熏火燎得模糊不清。

刘老握住老队长的手，询问病情及身体状况。老队长眼泪横流，目光虚幻，像即将熬尽煤油的灯芯，牢牢盯着他，生怕松开他的手。临走，刘老给老队长100元钱，一袋米，一桶食用油。出门，又回头对老队长的老伴施秀英说道："好好过个年，有事给我打电话。"

当天随刘老到米仓山的李家庙、铺底下、焦家眼、秋林坪、双沟、马蝗沟、桦林沟、大鹿院等十多个村庄，所到之处，见护林员背着洋芋在半坡等待，老婆婆在弯道处生燃柴火等"刘爷"的到来，刘老一路走走停停，逐一给护林员送去慰问品，听护林员汇报哪里的树遭到了破坏，哪面坡还需要栽树，谁生病了今天没来。护林员给他一袋子精心挑选的洋芋，任刘老怎么婉拒，也拗不过倔强的护林员。如此，取下一袋米，又装上一袋洋芋，来时半车，去时一满车。在土城子村，送完最后一袋米，刘老召集该片区的护林员在雪花与寒风冻结的半山坡开了个会，没有想到的是，30里山路外的老护林员都赶来参加这个会。他们说冰天雪地的赶来就是想见见刘爷，和刘爷说两句话，这不就要过年了，都是70多岁的人了，明年还能不能再见面谁都说不准，最重要的是想聚在一起聊聊"树"的事。"树"的话题从20世纪60年代聊到2010年，聊了40多年还没有聊够。因为"树"连接着他们的感情和命运，连接着米仓山人后代儿孙的未来。他们冻僵的双手轮番握住刘老的手，不厌其烦地说着"树"的安危。对他们来说，没有"树"将无法生存下去，怎样保护好"树"才是他们的头等大事。大会开到天色昏暗，寒风挟裹雪花呼啸，夜幕染黑山路才散。夜里九点半回家，天黑风急，山路狭窄，路面雪厚，车身摇摆得厉害，我一路担心，心里直埋怨刘老太执着。

回家至今，眼前总是浮现卧病在床的老队长飘忽的眼神，惦记米仓山护林员们的生活状况。尽管刘老早在2001年已向陇南地区行署提交了给米仓山护林员申请工资的报告，报告也得以落实，每位护林员月薪50元，年薪600元，由地区财政拨付。可护林员不说钱多钱少的事，只说这钱是财政拨付，是政府对他们的认可，是令他们自豪的事。但是，仅靠已经年老的80位护林员的力量无法对米仓山森林实施有效的保护。我以为，米仓山森林的保护也不应是刘老一个人操心的事情，是整个陇南市、武都区人民的大事情，各级领导应该加大支持、宣传力度，激发全民护林意识，保护好米仓山森林资源。

保护好米仓山森林，也就是保护北峪河两岸武都城区几十万人民生命财产安全的大事。

米仓山是我多次来往的地方，地理位置属于长江上游，为流经武都区城东北部北峪河的发源地。北峪河，这条甘肃省唯一全境属于长江上游的河流，是我国四大滑坡、泥石流重灾区之一，其中甘家沟是我国第二大泥石流沟。当地人最早就是依靠泥石流灾害形成的平地以及富饶的土壤开始定居、生产、生活。因此，暴雨、陡坡、松散的土质，三大地质灾害的诱因蛰伏于白龙江边，只要遇上干旱和暴雨均可启动一场"战争"。甘家沟泥石流一次即可冲毁农田 1.8 万亩，造成数万人无家可归。所以，有人说武都城头上悬着一把"达摩克利斯之剑"。

几天前，看到一份 2008 年地震后的《北峪河治理纪实》中记载："北峪河流经鱼龙、安化、柏林、马街、汉林 4 个乡（镇）及城关镇的部分村庄，为白龙江左岸一级支流，于城西汇入白龙江，河长 44 公里，流域面积 432 平方公里，流域内支流众多，沟壑纵横，植被稀少。北峪河属山溪性河流，暴雨是形成洪水的主要原因，枯水期流量几乎为零。暴雨季节，洪水泛滥成灾，毁田断路，每年约有 1970 万立方固体物质输入白龙江，其最大含砂量达 1280 千克/立方，属稀性泥石流河道，使河床平均每年淤高 18 厘米。城区段北峪河王家庄至河口，河床开阔平坦，常年淤垫，致使北峪河河床比旧城区最低处高 13 米，白龙江河床高于县城 1.35 米，形成了'水比城高'的危险局面。

"北峪河以它独特的地理位置及源源不断生产泥石流的地质构造特征，给下游人民生命财产构成极大威胁，只要降雨量大于 55 毫米时，势必产生泥石流，将山坡沟床大量的块石、砂土及漂砾物浩浩荡荡由各支沟汇入主河床，直泻下游，流速慢、密度大、冲击力强，在河口与白龙江交汇处形成 75°~90° 之间正碰顶冲，而白龙江多半属清水河流，且白龙江钟楼滩段河床较平缓属淤积河床，流速远远小于北峪河泥石流流速，经多次发生洪峰时观察，北峪河泥石流以他独特的黏滞力，就像一扇软闸板，直奔白龙江清水河流，阻断江水，瞬间形成大量壅水。"

本文作者想必是一位致力于北峪河治理工作的有心人。

"北峪河对武都城区的威胁，近几十年重大的灾害就有1979年、1980年、1984年洪水先后3次堵住白龙江，壅水长2.25公里，淹没了大片粮田，特别是1984年8月3日，由于连续特大暴雨，使北峪河、白龙江洪水同时出现百年一遇的洪峰，冲毁白龙江河堤首尾部共31.50米，洪水进入城区，钟楼滩一片汪洋，教场坝成为湖泊，旧城内2/5进水，最大淹没水深达1.45米，倒塌房屋13 200多间，121个地县机关被淹，11 200多人被迫搬上旧城山避难。农田、公路和水利工程设施遭到严重破坏，造成直接经济损失达1.3亿元，酿成新中国成立以来最大一次洪水灾害，北峪河倘若发生超过设防标准的洪水，不但影响流域内10万多人的生存，而且直接威胁着新旧城区人民生命财产的安全。"

这是我在武都工作10年来，第一次认认真真阅读这些资料，看完的当晚彻夜未眠，听着白龙江轰轰流动的声音，第一次感觉到了恐惧。想到2010年8月8日凌晨，白龙江上游舟曲的泥石流灾害，近2000人付出了生命代价，这对距离舟曲仅77公里的白龙江下游的武都城区，无疑是一声惊天动地的示警。

而犀牛江与白龙江托起的海拔2000多米的米仓山，突兀挺拔，亘古神秘。用一个不太恰当的比喻，傲立于两江之间的米仓山，可以看作是武都白龙江两岸十几万人民的诺亚方舟，这艘诺亚方舟如果森林茂密，即可从源头抑制北峪河泥石流地质灾害的发生。几百年以前，确切地说在清朝以前，米仓山还是千里莽林，动物飞禽的乐园。后来，人们无节制地进行砍伐垦殖活动，加速了泥石流的形成，而且影响越来越大，米仓山因此变成荒山秃岭，熬尽了最后一滴水。再往后，祖先们要生存，年复一年地在这艘大船上抽薪揭底，长此以往，这艘诺亚方舟便开始四处漏雨，八面来风，携带泥浆顺北峪河而下，形成泥石流危害武都城区百姓。

这就是刘老40年来，坚持在米仓山植树造林的根本原因，也是他选择年关最寒冷的腊月，到米仓山看望护林员的缘由。

时间过去了多半年，小湾村老队长夫妇的生活令人揪心。今天是中秋节，我想借这个好日子再去看看他们，也想和老队长好好聊一聊当年刘老带领大伙在米仓山植树造林的故事。

上米仓山，走的还是那条路，路两边是大大小小的树，阳光从进入村庄的小路铺开，铺到一张塑料布晾晒的新鲜花椒上面，新摘的花椒散发着奇异的椒香，树叶在太阳下闪闪发光。

站在村口，看不到一个人，见不到一头牲畜，听不见一声犬吠。我想，只要进入村庄的小路在，就一定会有人走出来或走进去。突然，在我身边，站起一大捆绿叶繁茂的树枝，我惊愕，原是一位身材矮小的老人背着树枝挪动脚步。老人太小了，他背的树枝太多了，老人挂着一把镢头，长长的枝条挡住他的整个身体和挪动的脚步。老人每走一步，必先在眼前挂好镢头再挪脚步，小路狭窄，一边为沟，沟里长着密扎扎的树，沟往上是一座叫"切刀把"的山，山上全是树，绿汪汪地漫过山梁。

年前来时，老队长的老伴施秀英说过："山上翻里翻面的树都是刘爷领着他们栽的。"今天，除了看望老队长，最主要的是冲着施秀英老人的这句话而来。

背树枝老人在晒花椒的塑料布前站住，一只手拿起镢头倒过来搅了搅塑料布上面的花椒，每动一下木棍，背上的树枝跟着动，这个时间很长，像一段电影画面的慢镜头。靠路外边的花椒，他够不着，下面是条深沟，也绕不过去。他收回镰头，站着，盯住脚面长长出了一口气，他抬不起头，树枝压在他的头部。

小湾村是米仓山北部的一个小港湾，坐落在米仓山的沟壑间，四面环山，地势陡缓，坡梁纵横，村里有267人，300亩土地。40年前，这里荒山秃岭，满目疮痍，村民面临的不仅是吃不饱饭的问题，而是即使有粮食却没有柴火做饭。前后山上，没有一棵树，阴湿的地方，生有稀少的绵草。绵草根是村民用来烧水做饭的主要材料。听村民说，一天能挖到一背篼绵草根，就是烧了高香的运气。现在不同了，经过40年的植树造林，满坡满沟的树，还有自留山上的树，柴够烧了，用他们的话说几辈人都烧不完。可是，有了柴火，烧柴的人却越来越少，年轻人都外出打工，留守村庄的都是刚才背树枝那样的老人。说句不该说的话，村里有个老人不在了，谁来送葬都是问题。

我从坡上拍摄下来，仅见小路落满阳光，老人不见了。不多时，小路拐弯处又走出来一位老人，背着孙子，哼着小曲儿，孙子看着我，将小脸埋进爷爷的背部。我问老爷爷："孙子多大了？"他说："两岁，娘老子打工去了，我守家看娃娃。"老爷爷毫无表情的脸像路边的楸树。

进村，高高低低的核桃树、杏树、白杨树把村庄掩映成一片林子，蝉在林子里沸沸扬扬地叫，像在吵架。吵架声中冒出缕缕炊烟，散成半空弯弯曲曲的扫帚云。

在一棵大树前拐弯，可看见一座老木房，门前野草蔓延，蚊蝇飞旋，人去楼空。再转弯，前面一片嫩绿的铁扫帚，如小小丛林，丛林中突兀旧瓦片围绕的圆圈，瓦片缝隙挤出几枝竹竿缠绕的豆角花和小豆荚，蜂蝇鸣叫，白蝶翩跹。又一拐弯，铁扫帚拥门而长，间隙盛开艳丽指甲花，一朵朵依偎于茎叶间乘风纳凉，土墙中站立两扇打开的小柴门，门顶生灰色瓦苔。

这是小湾村老队长李顺材家的大门，与冬天的情景全然不同。

低头进门，一只白蝴蝶飞在前面带路，满院花香中，老队长的老伴施秀英头苦白色毛巾，身体弯成一张弓，埋头为院中的花树浇水，听见有人进门，叹息着站直身体，手端水瓢眯着眼睛看。她揉了揉眼睛认出我，便快步到房里取出一只绣了花猫的枕头套，塞到我怀里说："我知道你还会来的，绣好了等你来哩。"黑色绒布的枕套灰尘点点，红白丝线缠缠绕绕，散漫一股农村特有的烟柴味。枕头套绣得非常细致，猫眼睛的瞳仁用黑绒布作两个突起的圆圈，眼眶用白布红线隔离，金黄丝线作眉毛，蓝红星点花布作竖立的耳朵，嘴巴用红布，牙齿用白布，一颗牙齿脱了线，仔细看原来根本没有缝合，四只猫爪少一只，老人说她怎么忘了那一只。施秀英手指着树下玩耍的两只花猫说："看着它绣的，我绣的猫枕头枕着可舒服了，我给村里嫁到外地的姑娘都绣了花枕头和花鞋垫。"树下两只小花猫，见有客人来，攀到瓦房边的塑料棚上，一只没爬稳当，几个跟头滚到棚下的小菜园里，另一只看势头不对，赶紧退回瓦房窗户溜了下来，引来我们一阵欢笑。小院三分之一的地方被石头水缸占领，水缸四周放塑料水桶、水盆、瓦罐、土巴碗、瓷缸，凡能接水的器皿都围在石头缸边。施秀英说："这地方没水吃，全靠下雨，下雨就赶紧接水，天晴沉淀清了再倒进石缸，水干净得很。"她拉着我看水缸里的水说："你看，水清得能看到底。"老人脸上闪过一丝自豪，一转脸又泣诉："我要给瘫的人洗，用的水多，下雨的时候，院里摆得满满的，脚都没处放，嫁到这里几十年就忙着接水了，天要下雨还好，半个月不下雨，就睡不着觉，睡着了，梦里却下雨了。"

小湾村山前山后没有水源，祖祖辈辈靠天上落下的雨水生活。

进屋看望老队长，一张窄小的床挤在门后，被子的一角掉在地面。老队长吃力地侧过脸看我，脸色比冬天红润了许多，他目光涣散，好像并没有看见我，只是在感觉。依旧想说话又说不出，急得哇哇叫。施秀英抱住老伴的头，嘴贴到耳朵跟前说："刘爷的人来看你来了，哭啥呢？"老人听懂了老伴的话，激动得身体颤抖，哇哇叫着示意老伴给我们倒水。

施秀英说："谁来，他都认为是刘爷的人，就高兴得很。"

老队长说不出话，眼泪止不住地流，惹得老伴跟着哭，一遍遍重复："七个月死了两个娃，都是脑出血，我咋养的娃都是脑出血？"说着又要打自己的脸，床上的老人又对着屋顶哇哇叫。

乌黑墙面只留了一张武都县政府1982年颁发给老队长的"优秀共产党员"的奖状，我冬天来时，还有糊满一面墙的奖状。我问老人奖状哪儿去了？她说："我扯下来生了火了，人都瘫了，还要奖状做啥？"

老队长见我们出去了，口齿不清地叫老伴，老伴退回去说："我在哩，你是国家的宝，我宝贝你呢。"边说边埋怨道："又把被子蹬下来了？你再蹬，我就不来了。"老人张大嘴，脸上掠过一丝讪笑。

老人家的三间瓦房，屋檐低沉，门阶窄小，一边倾斜，另一边房顶凹陷，凹陷前搭塑料棚，棚下堆放煤屑柴草。施秀英说："以前好好的，地震后塌了，政府给了3000元，没补好，塌了就塌去吧，我活不了几天了。"旁边是两间老木楼，门额写"谦虚谨慎"四个大字，楼顶生些杂草，泥巴墙面到二层为木头，底层高门槛里面是个客厅，陈旧的沙发上放一蛇皮袋子刚摘的花椒。施秀英吃力地跨进高门槛，取出提前备好的两袋花椒，放在门槛前的石头上对我说："回去时拿上，送给刘爷。"掉头进屋又装了一袋，拿起秤杆见没有秤砣，便跪在地上，把手伸进沙发下面摸索，摸到秤砣努力站起身秤花椒。我问那是多少？"一斤。"她接着说:"今年一共摘了11斤花椒,半月前我在村里宣布,我家的三亩花椒谁想摘就尽管摘,我一不要钱二不要花椒,摘了就不可惜了,可村里不是老年人就是憨娃娃,没人摘,都落光了。"她提起秤秤花椒,不到一斤,抓一把,还不够,又抓一把,称好了放下秤。给我说:"这一袋是给你的,走的时候拿上。"我说:"我不能要,您留着自己吃。"她便哭了,我赶忙说:"好好,我要。"她抹把泪破涕为笑。

杂乱小院的台阶边有一个独特的花园,是老两口几十年来用过的破碗、破刷牙缸、水桶做成的盆景,刷牙缸里长株假樱桃,娇小的枝头结两粒圆圆的青涩果实,豁口瓷碗中长着黄菊花,土巴破碗里长朵喇叭花。面对此情景,禁不住问老人:"为什么要把花栽在那么小的缸子与破碗里?"施秀英笑笑说:"习惯了,跟上刘爷栽了几十年树,不栽点儿什么心里急,就把这烂院当成米仓山来务,心就宽了。"我突然明白,门前栽植的茂密的铁扫帚树,也是老人几十年在米仓山辛苦栽树养成的老习惯。

老队长不能说话,我想请施秀英老人聊一聊,20世纪六七十年代,在"远学大寨,近学何家庄""兴修水平梯田""深挖洞,广积粮"的历史大背景下,刘老是怎样带领村民,在米仓山开展植树造林,治理荒山的,以及90年代初期如何实施"富山行动计划"。

落座,施秀英说:"老头子很多年没有缴党费了,可能让党给开除了,我想起这事,心就难受着呢。"说话间,老队长又喊叫起来,我问喊的啥,施秀英苦笑着说:"你再不来,我跑了,我栽树去了,我背柴去了……"她说,他就想让我一天到晚坐在他面前,听他喊栽树栽树,不来人也这样。老队长的喊叫一声比一声大,施秀英进屋又见他把被子踢到地上,瞪了老头一眼,返身出门,老头又哇哇哭。她回身进屋骂道:"天天这样?"她安顿好老头,一只脚刚出门,老头又哇哇叫。

她朝屋内喊："不管了，再吵就不管了！"

施秀英坐下来说："我娘家在安化街道，18岁嫁到小湾村。要说烧柴，这山前山后找不到一根烧火棍，这地头跟岷州一样冷，冬天冻死人哩。天亮到山里挖草根，挖出的草根裹满泥巴，要用石头砸，砸草根的声音成天在村里回荡，听声音好像挖到了草根，可到了晚上还挖不到一背篼，听声音哄人呢。有时候，在半山上砸，不小心，草根蹦楞楞滚下山，看着看着没影了，能气死人。背回来的草根湿得烧不着，烧着了冒水泡，窜死烟。七八月份，苞谷洋芋熟了背到城里去换煤，苞谷洋芋换了煤，吃的又不够了。

"20世纪60年代，刘爷在米仓山驻队，发动社员到麻刺湾打马桑籽，马桑树少得很，酸刺也少得很，打一把树籽不容易，晒干埋进地里育苗。树苗死的多活的少，当时栽树就是为了烧柴，不是只有小湾里没柴烧，米仓山上的人都没柴烧。刘爷那时还是个小伙子，每回到村里来都拄根棍，穿双草鞋，每回栽树他先到山上，每回比社员栽得多，干部这么带头干，社员哪有不干的，都积极得很。不要说别人，就说我自己，看见落在路上的树苗，捡起来栽在路边地边的怕几大车都拉不动。春秋两季，刘爷用卡车拉来槐树、松树苗。那时，老头子当队长，到米仓山上领树苗，小湾村社员栽树有功，刘爷给村上奖励了两台架子车，老头子从公社拉回来，高兴得半夜不睡觉。庄里谁见过木板子做的车，连一根胖一点的木棍都没见过。那些年，大家盼望有柴烧，社员栽树的劲头大得很，看着看着山前山后的树就长大了，要说记功劳，刘爷是第一功。"

施秀英老人的陈述简单明了，她也许不知道，刘老带领村民栽树，一开始就是有计划有目标地栽树，不仅仅只考虑到烧柴，而是在解决村民烧柴问题的基础上，用森林来抑制北峪河可怕的泥石流，并让林业发展为富一方百姓的支柱产业。施秀英老人只是米仓山植树造林大军中的一员，但她的叙述，在一个层面上道出了刘老40多年来，在米仓山植树造林的艰辛之路。

"以前，小湾村老李家生养了3个儿子，大房里，二房里，三房里，就有了小湾村，没杂姓，都姓李。上前年，53岁的儿子脑出血死了，7个月后，51岁的女儿又脑出血死了，老头子不吃不喝，抱住酒瓶子吹喇叭，连气带呕瘫痪了。以前，猫耍的那里有棵麦梨树，那么好吃的梨。阴阳先生说，梨树罩了半个院，砍了算了，就砍了。砍了梨树也没换回死人，老头子瘫了，我的一身肉被天吃了。"说完呜呜地哭。

施秀英的思绪摇摆于逝去的儿女与栽树之间，她无法专注与我说话，不时哀叹哭泣，让人心情沉重。

我问她："庄里有多少地？"她一下子想不起来，抹着眼泪到屋里去问老头，高声问了三遍，老头从牙缝里挤出含混不清的300亩。她家有10亩地，4亩退耕还林了……话未说完又跑到木楼上去，下来时手里拿本红色塑料封皮，上写："遵纪守法'光荣户'，1982年。"没有内页。她刚要张口说话，老头又吵起来："我跑了，我栽树去了，我背柴去了，呜呜……"

一股风吹来，好像吹散了心里的憋闷。

施秀英是个爱美的老人，左手腕戴手表，右手腕戴珠子手链。她说："去年，我在房背后的阴山里点了一亩苞谷，卖了900元钱，今年没力气了，地也荒了。老头子年轻的时候，给自己打了一把6斤重的锄头，扛到山上栽树锄地，社员们站一排，数他的锄头最重最大。山上的地挖得越深种的庄稼越好，上山回家他把锄头扛在肩上，宝贝得很。"说着取下挂在土墙上的锄头、橛子、耙子、铁锨、镢头，一一摆在院落。又说道："农具都好好的挂在墙上，他就那样了。当队长那些年，白天在山上种庄稼栽树，批评了社员，夜里不睡觉还要跑到人家屋里去说好话。现在，身体坏了，头脑也不灵光了，睡了三年了。只要过节，刘爷就来看他，给米给钱给菜，刘爷也76岁的人了，还能来几回？"

施秀英想到哪儿说到哪儿，我觉得这样也好，起码老人说出了心里想说的话。我再问她："现在，村里有人砍树吗？"她立马严肃地说："那没有，谁砍一根树枝罚款1000元，广播上天天说着哩。""你自己栽的树敢砍吗？"她摇摇头说："树是给公家栽的不是给私人栽的，不敢。我不砍公家的树，我栽的树多得很，走路看见有棵树苗，拿起来栽在土里，哪怕是一根还没有手指长的树苗，我都要栽在土里，走到哪里栽在哪里，沟沟渠渠，房前屋后，我都栽。我就这样栽的树，十辆大卡车都拉不完。"

离开时，施秀英拉住我的手，眼泪汪汪地说："幸好有柴烧，日子才能过。"又说米仓山人自愿为刘爷立的功德碑掩映在山林里，你不走进去是看不见的。

病床上的老队长又开始喊叫："我跑了，我栽树去了，我背柴去了，呜呜……"施秀英转过头朝房门叫："你就在炕上栽树，在炕上背柴？"她进屋时，被子又被蹬下床，她抱起被子吓唬老头："不要盖了？"老头哇哇叫。她抖了抖灰尘，盖在老头身上。老头真想说话，可他面部痉挛，舌头僵硬。他心里明白，我们在聊当年在米仓山上栽树的事，他是最有发言权的老队长，房前屋后的山上，都有他的脚印，有他和刘老共同栽树的故事。用他老伴的话说，翻里翻面的山上都是刘爷领着大家栽的树。他知道每一棵树的长势、端正或曲直，他甚至知道，刀把山、麻刺湾、阴山，哪些树是村里的哪个人栽的，哪棵树随了哪个栽树人的脾气。但如今，这位刘老心目中的"造林功臣"只能白天服用曲克芦丁片消炎止痛，夜里服用氨酚待因片用于安眠，在痛苦煎熬中度日。

初秋的晚风里，老人重复喊叫："我跑了，我栽树去了，我背柴去了……"

夕阳映照，山村与红霞连接。山路两边，茂密的树木哗哗摇曳，摇曳得米仓山一片鲜活。

秦腔里的木轮车

在古羌大地宕昌县砲子坝，千百年来，木轮车演绎着生活、戏剧、文学的范本，每一种文本都是原始经典。

——题记

一

兴化街的早晨，鸡鸣此起彼伏。

在群鸡的鸣叫声里，我去了砲子坝。

到砲子坝的乡村公路，绵延于望不到边际的苍茫，山梁上苍黄的野草，在太阳下努力发芽；坡边散漫的牛羊，在枯草间努力寻找春的气息。绿色在砲子坝还藏于土地深处，而牛羊就像是初春的先驱，在听觉、嗅觉的引领下，在干燥的飞扬尘土的山塬，用迎接春天的嘴唇掀起土层，刨出深埋土地的草芽，细嚼着泥土的芬芳等待春天。

早春的山野有播种药材的农民，这些人像正要展露春色的树。男人岩石般苍黑，女人头戴艳红、鲜绿头巾，再大的山头都能第一眼看到女人，随后才顺那抹清柔找到一身黑的男人。

途中，戚老师给我讲了三个他记忆里有关木轮车的往事。

第一是他10岁那年，外地工作的父亲决定，将他们硇子坝的家搬往10多公里外的乡政府所在地兴化街。搬家的日子是一个秋后的艳阳天。父亲向村里借来10辆牛车，拉起了他们的全部家当。行至中途，一头犏牛突然倒地，继而死去。一头犏牛的死惊动了大队、公社两级领导。最后决定，一头犏牛赔偿450元，法办他的母亲。

收到判决通知的一家人，只有哭天喊地。

那是20世纪70年代，他们一家人最绝望的一天。

第二是农业社时代，每年夏收后缴公粮、缴生猪的一段时间，兴化街头木轮车一辆跟着一辆，从村头排到粮站，拥堵场面堪比现代城市堵车。

那是他童年里最热闹的场景。

第三是他上师范学校的那几年，每个假期都要到大梁后面的礼县上坪林子里去拾柴。因为山高路远年龄小，父母安排他隔一天去拾一次柴。一次，他跟小伙伴爬到山顶，将柴捆装上牛车。下山时，由于路陡车重，失去平衡，两头犏牛挣脱车身的瞬间，车翻了，木轮车背着一车柴从山顶滚进沟底，他惊恐的哭叫声，让森林里所有的树都张开了从未开启的嘴，他站在森林里滚动的闷雷般的回声里惊慌失措。

那是他见过的最危险的翻车事故。

戚老师的故事讲完了，硇子坝村也到了。

硇子坝地理位置在岷县、礼县、宕昌县交会处，由于海拔高，森林草地相连，形成草原像高原、村落在盆地的独特地貌。山川相连处为一道大梁叫硇牌山，也叫界牌山，意为边界。硇牌山横亘森林和草原之间，山这边的硇子坝，山山卯卯长满石头，石头山上适合种豆子，就有了"磴"这个繁体字。当地人将这个字形象地解读为"石头山上种豆子",并沿用至今。

磴子坝海拔高,却是冬天坐不住雪花的地方,夏天要生煤炉子,天气变化无常,天上一朵云飘过来,地上就下雨了。恶劣的自然条件,让这一片处在森林、草原边缘的高原部落,成为典型的靠天吃饭村。

而山那边的礼县上坪一带,森林密布,嘉木丛生,原始森林像一座座永不竭尽的宝藏,生长着数不清的桦树和柳树。于是,磴子坝人越过大梁到森林,伐桦树和柳树,受秦人"车马交驰往复来"四轮战车的启迪,改进制造出了独特的劳作运输工具——牛拉木轮车。

20世纪90年代,木轮车穿行于半农半牧的磴子坝,走林、拉田、拉草、拉石头、赶集、走亲戚;种田时拉种子、拉土、拉农家肥,是当地名副其实的"高原之舟"。

在农耕文明向城镇化转化阶段,木轮车逐渐退出磴子坝,成为现代人们记忆里的文化遗产。

此行,我将沿着先秦战车演变木轮车的历史,去唤醒那些沉睡的、散了架的、换了胶轮的木轮车;进入磴子坝人的生活,触摸秦民族发祥地的人们不屈不挠的生命密码。

历史中有记载,礼县上坪乡与宕昌县、岷县接壤处均为历代牧马监寺所在,也是秦人的牧马基地,宋代为之设"岷州"于现在的宕昌县理川镇,并为祐川县治。秦人的首领非子,因在"犬丘"(礼县西汉水一带)牧马出色,受到周孝王重用,封"附庸",赐"秦"地。从此,秦人逐渐强大,通过与西戎300多年的战争,东进关中车马扬威,建邦立国。秦人强大起来的主要战斗武器是战车、战马和兵器。战车、战马、兵器是秦文化的重要内容。第一反映的是秦人不畏艰险、开拓进取的性格特征。第二是在与强悍善战的西戎战斗时,铸就了吃苦耐劳、勇猛顽强的民族性格和崇尚武力的铁血精神，并经过吸收融合周文化和西戎文化，形成了开放、进取、包容的秦文化。第三是秦人打仗时骑马、用马拉战车、用马运输兵器，马匹强悍的生命力皆来自岷、宕、礼，那片三角地带的草肥水美。

那一带既是秦人牧马之地，也可能是早期秦人造战车的木料来源之地。

二

砲子坝村大，每一座院落都是一个村庄的缩小版。

旧式的农家瓦房之间镶嵌着新式砖房和低层楼房，捆成排的狼牙刺篱墙，院内的碾谷场、麦架、圈棚、木轮车制造间，俨然已经成为村庄新与旧的参照。

围坐在忠字楼前晒太阳的老人们给我说："年轻人都到城里去赚钱，没有人制作木轮车了。村里有劳力的人家种燕麦喂猪养牲口，种几分地的洋芋给人吃，我们吃馒头都到镇子上去买。现在路修好了，交通发达了，家家都有摩托车，一些人家还买了小车，到兴化镇也就半个小时。"一位老人特意站起来告诉我："砲子坝人基本不种大豆了，因为土坏了，大豆种子下进土里就朽了。"

曾经，砲子坝出产的蚕豆，可以说是那片三角地带的通用货币。现在，种过千百年蚕豆的土地却"朽"了。

今天拜访的第一位村民是木轮车陇南市级传承人范景荣。

范景荣是砲子坝村原党支部书记，2019年退休，今年61岁，当了近20年村干部，退休后，条件不够没有工资。家里种了二三亩当归，几分地的党参和大黄，年景好时能卖一万多元，零花钱够用了。

在他家的屋檐下，范景荣为我们泡上云南老茶，放在太阳下的小饭桌上。谈起木轮车，这位年过六十的男人，腾地站起来圆睁双眼，摆正身体，铿锵有声道："'车是桦木？（削）下的，牛是洮州（地名）赶下的，人是人上选下的。'听懂了这三句话，你就能想象当年木轮车在砲子坝的盛况。"

这位接受过记者采访多次的木轮车传承人，谈起家乡的木轮车，浑身便洋溢起自豪。

随后，他带我到他家的后院去看他亲手制作的木轮车。他家的车轮与车身是分开存放的，车轮放在简陋的木轮车制作间，车身立在厨房后墙。

范景荣拍着一只旧木轮介绍道："这只木轮，需要一棵50年以上的桦树。木轮就是轱辘，一副两个，鼓形。轱辘摩擦处嵌圆形生铁，起耐磨作用。外面为直径8寸的木轱辘固定车轮。12条木箭，用6个木楔套起。车辋24根（相当于自行车辐条），一个轱辘用12条车辋，扇环形。每块辋子一端外凸阳卯，另一端里凿阴卯，用于辋子之间的连接，木料有桦木、石枣等。车座6块，多用红心柳做成。车轴1根，用于把握平衡和承重。车排一般3米长，要看犏牛大小来做。连接车排与栏杆的叫立桩，车头前面的叫耕头，耕头旁有4个耕底子夹牛头，让牛专心耕作和走路。

"这样的木轮车，砲子坝还有十几辆，这十几辆里面还有新式胶轮车。以前木轮车的轮子为弧形，上山不打滑，下山路陡能刹住，路面坡度百分之七十上下自如。改进的胶轮车跑得快，但上下坡不如木轮车灵活。以前一个家庭至少有一辆木轮车，百分之七十的男人都会制作木轮车，一辆木轮车备好木料，制作完成要十几天，一辆车套起来200多公斤，一车能拉500多公斤，使用寿命一年。木轮车的核心是木卯。车轮旋转，木卯不停，木卯容易磨损。"

就是说，以前的碉子坝人，每年都要制作一辆木轮车来应对耕作。正常耕作时，两头犏牛至少要承重300多公斤。

大家聊着就给目前的碉子坝算了一笔账：碉子坝全村有8个社4个自然村，共378户2800多人。有土地3300多亩，主要粮食作物为大豆、燕麦、洋麦、洋芋。这几种农作物加上人、牲畜和木轮车，就是碉子坝的全部。

第一，打工收入。碉子坝打工外出的人口占百分之七十，一是中年人，集中在新疆维吾尔自治区、内蒙古自治区，从事的工作多为种棉花和建筑。第二是年轻人，到江西、河北，主要集中在工厂。这两个群体按全村人口的百分之七十，即1960人算，每人每年吃过用过大约可以拿回来2.5万元，共计大约4990万元，这就是碉子坝人当前的总收入，远远超过使用木轮车的年代。

第二，留守人口收入。留守的百分之三十人口中的百分之二十，身体好一些的，还能到山野放牧牲口，种几分地的燕麦、洋芋，给外出打工的儿女喂养一头过年猪。

第三，种药材收入。8个组平均每组按5户算，40户乘以8000元等于32万元。

第四，留守的百分之三十人口中，还有百分之十中的百分之三，都有低保。8组共约300人，一年政府给他们发放15万元或更多。

算这笔账是想了解木轮车消失的原因和木轮车逐渐消失以后，碉子坝人的收入及他们的生活质量是否有所提高。

总结下来，造成木轮车消失的原因有两个。一个是外出打工，有力气的人都走了；一个是林业保护法出台，没有了原料。

最重要的是，碉子坝人的生活质量确实提高了，国家精准扶贫政策好，医疗、养老，这一块的政策落实，给农民增加了自信和幸福感。

怀旧的范景荣特意告诉我："曾经的碉子坝，春秋两季，每天早晨有三四百辆牛轱辘车，从成排的刺篱墙院门驶出，牛车上坐女人、孩子、家猫、家狗，一路驰向村落周遭的高原耕种，那是怎样一种生机勃勃、热气腾腾的劳动场景。"

这一切，在今天看来，也一去不复返了。

三

第二天上午，见到新当选的村支书戚海琼，他是位退役军人，复员后回到家乡拉山货跑运输。

戚支书说："碉子坝的土地一共7000亩。种药材的3000亩，合作社流转了的793亩，大黄、当归各占一半。剩余的3000多亩百姓自种。流转土地给百姓租金，还是自己种，由合作社发工资。以前，到了五六月份，山梁上大豆一片绿，现在地里一片荒凉，木轮车的确太落后，但适合碉子坝。对面鱼沟山上，人走上去都陡，牛车却能上能下。去年流转土地种的大豆，人背不下来，叫了一辆牛车，轻轻松松就拉下山了，可是牛车现在是稀罕物，拉一趟要一百元。

"2009年以前，你要到碉子坝来，站在村口稍等一会儿，就出来十几辆牛车，现在是摩托出小车进，网络四通八达。基本上家家有电视，人人有手机，农民不再只是被动地依赖土地，而是更加相信科学种植方法，主动向外界学习先进的养殖经验。"

碉子坝一带，早年人称三省十八县。

三省十八县的深层内涵，说的是碉子坝生活着来自三省十八县的人，像地处礼县沙金乡的原始飞地长安岘一样，生活着来自大山外面的人们，他们从不同的地方带来不同的生活方式和风俗，他们将生活中的不同，放进大山深处融合，让男人变成了创造者，女人变成了维护者，犏牛成为家庭成员。

说话间，进来一位黄姓村民。我问他赶过牛车吗？他笑着说："我20岁就赶牛车了，硇子坝的崖坎山梁，我都赶着牛车种过庄稼。礼县上坪、铨水、沙金都是我扎荒、拾柴的地方。岷县有集市的地方，就是我赶着牛车卖豌豆、卖竹棍、换米面、换布料的地方。"

我请他讲讲木轮车的故事，他犹豫片刻道："木轮车在硇子坝就像锄头、背篓一样，就是一件大号的劳动工具，硇子坝男人都会造木轮车，木轱辘、木车辋、木卯、木楔、木耕头、木车排、木车座、木车轴，这些木头零件的制作，在我们硇子坝男人的手上，就像女人手上的针线活。硇子坝人种大豆时，套上木轮车拉上犁、种子、干粮，到了地里，把车卸下，给牛套上犁，男人拉着牛在前面犁地，女人在后面撒种子。秋后收了大豆，牛车拉上大豆到岷县、天水武山、礼县去换米面、换生活用品。大豆用处多，可以做凉粉，炒干货，磨面粉。那些年，大豆就是硇子坝人的钱，什么东西都可以用大豆换到。

"包产到户那一年，我到15公里外的礼县葱摊子草原去扎竹棍。在硇子坝，竹棍也是能换东西的钱。把竹棍割回家，划成条，晾干，卖给岷县人，他们又做成箩筐、背篓、菜笼，拿到市场买卖。扎竹棍是扎荒的一种，扎荒就是带上干粮到林子里，选一处树密柴多的地方搭起塑料棚，搭建一个临时住所，再到林子里砍竹棍，一般500根一捆，一牛车能拉一万根，砍一牛车竹棍要在林子里待上四五天，若天气好，不会被护林员发现，顺利拉回家，扎荒就成功了。拉回家的竹棍，要一根一根挑选，打理，晾晒，好看的摆在外面，细的夹在中间。备好20捆一万根，等到岷县闾井一带的逢集天，装上牛车，拉到集市一根能卖两分钱，一万根200元，这是上好的竹棍的价格。在硇子坝，三牛车竹棍就是600元，600元的概念就大了，大到能换一个老婆，拥有一个家庭，这是扎竹棍的意义。但是，扎竹棍不是一次就能成功，有时候一牛车竹棍要换几个地方，今天在礼县沙金的铁沟，明天就可能到大沟里了，遇上下雨，那就要撤了，被护林员发现，割到手的竹棍全部没收还要罚钱。"

"那您老婆也是三牛车竹棍换来的？"他埋下头，握住双手笑起来："就是的，到林子里扎荒才不觉得累。"戚支书"嘿嘿"笑起来说："就是就是，心里有一个念想，再苦也不觉得累。"老黄抬起头握住双手，换了种轻松的笑容道："大家都一样，有一个家庭就不会累了。"

他的话音落下，几个人都静了一会儿。

老黄转而满足地说道："我们这一代人都赶上了好日子，儿子们在外打工都很努力，月月给家里寄钱。我现在的生活，就是和老伴带孙子，把孙子从小培养好，不要给国家添麻烦。"

木轮车穿行硐子坝的年代，赶木轮车的硐子坝人，都即将成为历史。可是，当我走进硐子坝，内心总有一种莫名的悸动，这片土地遍地牛蹄车辙，怎么才能用一种接近硐子坝人生活的语境，来描写这片土地上，从先秦历史走过来的人们的生活及他们内心之向往。

在一栋崭新的砖房门前，遇到一位老人，老人头堆白霜，腰身弯曲，像正在观望岁月如何在硐子坝消逝。他盯着我审视道："我赶过牛车。"老人家接着说："没有牛，就不会有木轮车。正确的叫法是牛轱辘车。我们这里的人都是偏牛养活的，牛是我们的命根子，是硐子坝人的吃饭碗。"

随后，老人热情地邀请我到他家里去喝茶。

跟老人走进干净的院落，生煤炉子的房里明亮暖和。老人家从光洁的梨木桌上的塑料袋里抓起一撮老叶茶，煨进小土罐，茶水在煤炉子上面煮起绿色水泡。老人家端起茶杯，看着煤炉子盖上面的红色火苗说道："1973年秋天，我家要造一辆车，造车的木料要到硐牌山后面的林子里去砍。几天前，我到林子里找到了一棵大桦树，从树根处做了一个十字记号，记号边上放了一块石头。第二天，天未亮带上干粮，到那边的林子里去扎荒。白天，我在林子里砍树，也不敢太大声砍，毕竟不是我们地盘上的树。

"树砍倒之后，用提前准备的树枝掩盖好，再回家赶车牵牛。我每次都是深夜赶上牛车拉运木料。群星带路，牛车辘辘。翻过大梁拉回桦树，在屋檐下花十来天时间造一辆木轮车，一家人就有了新生活。我的一生，赶了40多年牛车，砍过四五十棵桦树，造过40多辆木轮车。20世纪70年代后期，有了护林员。而我们硐子坝没有一棵树，无奈得很，造车还是要到邻居家里去偷去砍。有一次深夜，我们三个男人赶着三辆牛车，拉着桦树就要出林子了，被护林员发现，七八个人冲上来，拉走了三家人的三头犏牛，三辆木轮车。三个人清醒过来，相互看了一眼，不约而同向礼县沙金方向走去，因为我们的牛和车关在那里。到了林业站，直接冲进去要牛要车。护林员当场宣布，每人罚款8000元，没收一头犏牛，一辆车，一车木料。

"天发亮时，护林员都睡着了，我们三个人靠院墙搭起人梯，越过林业站院墙，偷回三头犏牛，放弃了木轮车和三棵桦树，像深夜的森林英雄，走向与硐子坝相反的黑森林藏了起来。感到脚底生疼时，才发现一只烂球鞋不见了，光脚板上钉了一排刺。当他们发现我们偷走了牛，便开着车从原路追赶，他们越追距离我们越远，他们追到硐子坝，没有找到我们。在他们返回的路上，我们从相反的林子里跑呀跑呀，三个人赶着六头犏牛在林子里跑了一夜，天亮跑回了硐子坝。两天后，接到林场通知，每人8000元罚款降到2000元，又把没收的木轮车和几棵树还给了我们。第二次，也是刚刚砍倒树，在一片树木倒下惊起的鸟雀叫声里，被抓了个现行。这一次是深夜，我们几个人都跑散了，谁也找不到谁。我扎荒几十年，第一次被黑夜吓得抱住一棵树求饶。踉踉跄跄跑回到家，我大病一场，高烧不退。思前想后，我们几个人杀了一只羊，正正经经向他们道歉，发誓再也不砍树了。这一次，每人罚了1900元，林场把犏牛还给了我们。临走了，又把没收的木轮车还给了我们。

"这些都是从前的往事，自从80年代森林保护法出台，党的政策好了，我们农村人的生活好了，也没有人去砍树了。2019年春天，我把家里两头犏牛，吆到狼肚滩草原那边，卖给了岷县人。儿子儿媳去新疆打工，他们已经买了一辆小车，每年年关，从新疆开回碚子坝过年，过完年又开回新疆种地。木轮车在我们这一代人手上，就可能断了。"

听完几位传承人平静的叙述，听戚支书讲即将开馆的木轮车博物馆里，碚子坝人长长短短的农耕故事。始终感觉到碚子坝人的生命渗透了植物根须，他们好像生来就被赋予植物的深情与耐力。

每当他们谈到犏牛，像是想起一位莫逆之交。谈起赶着木轮车爬山越岭去扎荒，像在怀念生命里最美丽的经历。在他们心里，有了木料就意味着已经有了木轮车，有了木轮车就有了生活。在曾经的碚子坝，制作一辆木轮车，备料需要斗智斗勇，男人们像战士一样勇敢无畏。而造车时，他们个个心灵手巧，心怀美好。他们背负得起所有的辛苦，一切的艰难，在造一辆木轮车的过程中，彰显的是手艺人的智慧与工匠精神。

返回路途，初春的太阳温和地照亮大山里的家园，远处的山峦有了淡淡的绿色，春天已经来了。

时光穿梭，岁月如歌。回望历史，不禁令人感叹，2000多年前，战车载着秦民族建立了大秦帝国。2000多年后，木轮车拉着碚子坝人走向了现代文明。

四季陇南

陇南，甘肃省唯一长江流过的宝贝地带，一条独特的南北过渡带上的动植物大观园；陇南，大秦文化在西汉水两岸崛起，巴蜀文化在白龙江流域交汇；陇南，是王维笔下"春去花还在，人来鸟不惊"的诗性之所。

行走陇南，一步一景，好似徜徉在北方的南国里；行走陇南，步步为景，恰似漫步在南方的北国里。

陇南的春天，从文县中庙乡一带开始。中庙是四川、陕西、甘肃三省交界地带，被称为"鸡鸣三省"之地。这里群山矗立，翠竹成荫，云雾缠绕，几乎没有平地。几家十几家形成一个松散的村落，再高的山顶上也有炊烟，再深的沟壑也有人家。这里是南北向山脉的集中区，藏卧7个地震带，因此山梁经常此起彼伏地抖抖身子，引得群山一片惊叫。老百姓早已习惯了地震的逗弄，无奈中忘记了惧怕，常显得知足常乐。

每年刚进腊月，油菜花、野桃花就奔跑着把春描绘于坡梁河谷，紧跟着，豌豆花争先恐后打开朵朵白蓝小花，农家院落的蒜苗、夹竹桃、美人蕉，经历了冬季肃杀与休眠的垂柳也不甘寂寞地发芽展叶。按二十四节气，立春至谷雨属于春季，可中庙乡一带还未立春就开始播撒绿意，开始展演关于激情和新生的故事。

雾珠笼罩着山峦，草木发出娇嫩的芽儿，飒飒微风，颤动的光，山野溅起白色泡沫的泉水，油桐花、野玫瑰、海棠花一应在波光变幻的白龙江两岸绽放，这是人们眼里的春天，也是大自然的春天，静悄悄地向我们走来了，好像伸手就能触摸得到。这是一条通向生命的时光隧道，春天带着浓浓的清明前的茶香，在满山遍野耕地的牛歌声中，逆白龙江向碧口镇、玉垒关、郭淮城、姜维城、文县县城迁移，每向前一步，都走在历史与现实中，都被东南边陲的西秦岭与岷山山脉交汇的摩天岭层层阻挡。在一座座高山峻岭的严峻考验中，艰难地向火烧关、高楼山、临江关靠近，在"蜀陇咽喉""秦巴锁阴"的天然屏障面前，春天的脚步极其缓慢，仿佛三国时期的邓艾伐蜀过阴平，南宋蒙古兵攻打文县，明代李自成军队过文县那般艰苦卓绝，攀缘崖谷，昼夜兼行。在白龙江流域越来越高的地理上，春天一步步向前，将要攀登至山顶时，往往被一股寒流刮回原地。然而，一股暖风吹来，嫩绿从山底向山梁次第呢喃，似乎一夜之间，绵延山脉被花香染出一幅全新的春色图。

春天攀到高楼山须耐心等候，雾霭把四周的重山模糊起来，仅有雄黄山苍黑如铁，戴顶雪白帽子，春夏秋冬一袭白衣。雄黄山是陇南最高峰，海拔4000多米，关于春天的温暖、雨水、绿叶、鲜花，对雄黄山永远只是期待与梦幻。连绵起伏的山峰沿雪线排列，松树、枸杞叶张开蒙着灰尘的嘴唇等待春天的雨水，在山峰高处，因焦渴而死的花草树木比比皆是。这里有高楼山上的众多野草树木花卉，对春天最为壮美的呼唤。

春天无奈，晕头转向拐过十二道弯，漫下高楼山，继续逆白龙江蹒跚前行。峡谷中，每向前一步，都在压抑窒息中行进。从文县高楼山到武都五凤山，不知道春天的感受如何，我每一次走过，既心惊胆战又觉震惊。直线仅三四十公里的距离，千万座奇形怪状的山峰分列两岸，手挽手肩并肩守护或者围堵着白龙江，或者与美声低吟的白龙江共舞。两岸山峰近则不足百米，远则不过三五百米，山峰挺拔陡直，巉岩嶙峋，咄咄逼人。我们常开玩笑说，如果在这一带拍《西游记》，背景不用任何改造，不管从哪个山梁或山窝突然跳出一伙精怪来，你都不会感到奇怪和惊讶。春天到达这里，被大山四面围困，或者被大山的面容镇住了，一时反应不过来，不得不坐在白龙江边休息一会儿。春天就会看见，山峰与雾为伴，雾一旦消失，油菜花便如骡马脱缰绳般泼洒金黄，千里香绽放纯白，万物轻轻陶醉起来，春天才一路跌跌撞撞来到武都城区，然后慢慢登上五凤山。

陇南九县区中，文县、武都的地理环境较为严峻。通观陇南，文县、武都、宕昌的山是站着的，站得笔直挺拔，徽县、成县、康县的山是坐着的，坐得雄壮舒适，西和县、礼县、两当县的山是卧着的，卧得大气深沉。从高楼山到五凤山的地貌，与两山之间隐蔽的万象洞实在是造山运动形成的一道地理奇观。被誉为西北第一洞的武都万象洞，是高楼山到五凤山地貌的缩小和集中展示。高楼山兜里暗暗揣着500吨黄金，它周围的群山里埋藏了千年取之不尽的铁矿和重金石，生长着纹党、天麻、红豆杉、银杏、红橘、虫草。原始森林里，大熊猫、金丝猴、羚牛、黑鹳等动物，年年复年年生息繁衍，演绎它们绝世的生命荣光。五凤山却身披几十万亩绿油油的花椒，佩戴几座庙宇，椒香弥漫全中国，庙宇消散人们心中的困惑。五凤山与北山、南山、仙陵山、何家山同时拔地而起，形成一个极为有限的狭窄空间，白龙江浩浩荡荡穿城而过，一下子给岸边的武都城增加了活力和魅力。五凤山高耸入云，海拔约2265米，垂直高度1200多米，北山、南山高度与五凤山相差不大，仙陵山、何家山略低一些。我孤陋寡闻,世界上可能没有哪一座地级市被五座垂直高度平均近千米的山峰团团围住,这是一种姿态也是一种气势,我想这也许又是一道人间奇观。你要站在城里仰望山顶,帽子掉了都还看不见。让人感到更为奇特的是五座陡直的山上皆有村庄,房屋修在崖壁上,像一只只悬挂的鸟笼,一股大风就能吹下来。百姓在山上耕作生息,他们低头看城市,近在咫尺却遥远迷蒙,抬头看白云,遥远迷蒙却近在咫尺。我曾经站在五凤山的庙宇门前,整座城市和山峰尽收眼底,让人顿悟生命的真谛。我不知道山上的农人祖辈足踏羊肠小道,哼唱着高山戏,下山进城上山进庄的真实心理感受。

武都的大多数山不似文县的树木茂密,是光秃秃的红山,一座连着一座。春天到达武都,满山油橄榄树葱绿,油菜花嫩黄,城市对面的南山春意盎然,桃花绽放,这片春色延及五座山顶,与文县高楼山、北面米仓山、康县白云山、成县鸡峰山、西和仇池山挥手呼应,形成具有陇南特征的浓浓春意。

武都春意阑珊之时,礼县、西和县、宕昌县的大多地方还是积雪成堆,寒风刺骨。这不难理解,这三县在海拔相对高的黄河流域边缘。在陇南各地,不仅季节,从自然风光到生活方式都存有很大差异,有人说过,陇南八县一区的九个人坐在一张桌子吃饭,单说语言,就有九种方言,说话的语气、语速、语感都带有自己生活地域的烙印,甚至同为一市之人相互之间听不懂对方的语言。在礼县、西和县、宕昌县,春天都有代言人"春倌",春倌见面给主人递张"春"的红色纸片,所谓"春"是自制的关于一年的吉凶、播种、农事等等,"春"被主人贴在正屋中堂,这样"春"就有了命运的意味驻扎在人们心中。春至康县、成县、徽县、两当县,所到之处,西汉水、嘉陵江、广香河两岸白色的千里香花飘飞,连翘萌绿,山桃的花骨朵饱满欲开,一座座坐着卧着的山,一片片舒展的田野轻笼绿烟，娇娇嫩嫩的野花白白红红。当你发现春天时，已是鸡峰树绿花红，锦屏叠翠，梅园海棠火红，三滩姹紫嫣红，蜂迷蝶彩，莺歌燕舞的无限时光。

陇南的油菜花，从年前的农历十二月中旬，从文县中庙乡开到武都马营乡与礼县交界地带，已经是年后的四月中旬至五月下旬，甚至六七月份，这条独特的陇南油菜花之路，从时间上算开了两年。

当春天完成陇南八县一区的长途跋涉，给大地山脉穿上一件件美丽衣裳。当向日葵绽放夏天的花盘，从文县中庙一带准备出发时，陇南的春天，仿佛全部汇聚于高楼山顶的一棵孤傲巨大的玉兰树，玉兰树怀抱暮春光芒，绽开千万朵粉红花朵的精灵，在陇南最高峰给春的绚烂举行盛大的送行仪式。

陇南的夏天从文县中庙一带出发了。

此时的白龙江下游两岸小麦醇香，布谷声声，上游裸露的黄土、岩石之上，苍鹰高飞，茂密的林子里犬吠起落。两岸密林里守候的麻雀、啄木鸟，江面掠飞的鸥鹭，碧绿的稻田，把白龙江两岸装点得热情似火。夏天攀越高楼山到达武都，由浓烈的椒香引领，渐次抬高到莲花山、药王殿、五凤山。

当武都进入炎热的夏日，农人开始收获麦子时，坐落在秦岭边上的礼县、西和县、宕昌县才真正进入夏天的第一道门扉。天高云淡，太阳照亮亘古的西汉水和白雪的云朵，清澈的蓝天，一畦又一畦翠绿麦田，花丛里穿行的少女，树影间劳作的农人，喧哗的顽童……伴随飘来飘去的花瓣，漫向半空的水雾，将夏天的气息撒向仰卧于崖壁的细溜土地，隐匿于悬崖峭壁间的山径、古栈道。荒芜陡壁处仍在流传的氐羌人建立的仇池国、宕昌国、武都国、武兴国、阴平国的往事，在时光的浸染下，那些远去的王国好像还在人迹罕至的角隅，静静守候，渴望与现代文明融为一体，焕发出新的生命力，创造更加壮美的人间奇迹。

武都县与文县的季节是天文学的，而陇南其他区域的四季大都是气象学的。礼县、西和县、宕昌县尤以明显，即以植物、动物的反应来标示，玄黄鸟叫，核桃满仁，小麦灌浆，就是夏天来了。气象学的夏天，比较准确地说就是一山有四季，十里不同天，这是陇南北面四季的另一个有趣现象。比如：在礼县的高山地区，樱桃仲夏开花，可在文县、武都樱桃早都上市了。礼县、西和县、宕昌县虽是夏天了，早晚温差大，天蓝如镜，云如扫帚。山野山鸡扑腾，兔子跳跃，山丹花绽放，芍药凋零。平地处麦田金黄，洋芋开花，小河流淌，人背马驮，果树围拢的村庄，一条小路伸进去，又一条小路走出来，晚归的庄稼人骑乘毛驴，吼一折拐了调的秦腔，引得四山呼应，驴马和鸣。

礼县北部的长江黄河分水岭，连绵不尽，有一望无际的野花绿茵。分水岭曾是秦先祖牧马的地方，秦人从这里养马铸兵器，西征戎羌，辟疆拓域，逐鹿中原，一统六国。秦先祖们励精图治，与命运不断抗争的铁血精神，曾经让这片土地马蹄翻飞，鼙鼓动地，生命的尊严起伏跌宕。而百里之外的西和县仇池山则是人文始祖伏羲诞生之地，也是战神刑天葬首之地。漫长的陇南历史中，唐朝大诗人李白、杜甫曾在徽县、成县，留下了《蜀道难》《同谷七歌》等千古绝唱。近代历史中，中国工农红军突破天险腊子口到达宕昌县哈达铺，毛泽东、周恩来率领红军，在陇南播撒革命火种。

一位摄影家说过，陇南不缺乏美，每当他拍摄了陇南的一处风光，他都有一种想亲吻这片土地的冲动。夏天看半坡村落点缀的几棵小树，看梯田的斜面，看庄稼从山底长到山顶。这种景致经常让他产生幻觉，他说陇南的夏天，很多地方太像瑞士，他饱含感情地称陇南是"东方瑞士"。于是，每每有打动他的风光和情景时，他都要陪时光多坐一会儿。

夏末，西汉水流域千年不变的乞巧节，在农历七月初七日牛郎织女将要相聚时开始，这一天也是最古老的东方情人节。姑娘们穿红戴绿，手挑花灯来到黄昏的小河边，把各自的花线手襻连接成桥拉在河面。此时，天上黑压压的喜鹊搭桥，天上人间共同演绎汉唐风韵的爱情故事。姑娘们七天七夜的深情倾诉，将农耕时期的夏季，在礼县、西和县一带姑娘们的乞巧歌声中推向高潮。

　　陇南的秋天，更具体地说，从礼县最北端黄河流域边缘的固城乡走来，正好与春天伊始做了一次南北大调换。夏收后，村民们将睡觉的时间花在收割山坡的豌豆上，前半夜，当一声声野野的山歌声穿过山梁，后半夜梁上落一层晶莹剔透的凌霜，秋天就这样来了。白露紧跟凌霜的脚后跟到了，礼县、西和县、宕昌县开始从高山到平地播种冬麦，男人们天不亮就吆喝牲口上山，女人们去收割荞麦、胡麻、土豆、苞谷等秋庄稼。秋天从分水岭出发，带着黄河的深沉和气势，经永坪乡到达永兴、祁山、盐官镇、长道镇，40多万亩苹果哗啦啦集体羞红了脸庞。门前屋后，一座座小山似的苹果，抱住一团，香气聚集，过去了几十里也不会消散。被甜香果味包裹的盐官镇里，一座千年盐井，在秋的吹拂中更加深不可测，唯一的83岁的水盐制作人，守护着咕噜咕噜冒盐泉的古井，像白杨树上的最后一片黄叶，再吹一股秋风就会飘零。这时，西和县、宕昌县秋野金黄，苍鹰盘旋，大雁南飞之时，文县碧口中庙一带还在盛夏的芭蕉与竹林里徜徉，武都也在夏天的热闹中滑翔。到了十月份，礼县、西和县、宕昌县已是叶落归根，霜凝大地，秋天才慢慢地旅行到武都、文县，而康县却有自己的节奏，森林里成群结队的野猪、野山羊，在农家的庄稼地里偷吃长膘。徽县、成县、两当县一带，一座山峦就是一个巨型红色火炬，火炬连绵燃烧到嘉陵江、西汉水两岸。在几千座火炬的腹地之中，在红川镇与伏家镇，酒香越来越浓烈，人们开始嫁姑娘娶媳妇，山峦醉了，田野醉了，一直醉到冬季雪花降落也不会醒来。

当文县中庙一带，还在秋意缠绵的细雨中徘徊，白龙江上座座碧绿的水库里，一群群百多斤重的野生鱼自由游泳。而冬已带着黄河的威严和冷峻，从礼县固城乡的分水岭上开始了漫漫征程。冬的长途跋涉相对于前面三个季节更富有深情厚谊。一朵雪花从黄河流域飞到长江流域要经历多少坎坷，或者收获多少浪漫？需要说明的是，冬天到达武都境内的米仓山会迎来雪花的热情接待，但到达文县境内的高楼山，与终年积雪的雄黄山久久相望之后，翻山越岭飘来的雪花只能化作一泓水魂，长眠于干燥山梁，这是陇南冬天到达文县的壮观结局。因此，文县中庙一带很少见过雪花飞扬的苍茫冬景。可是，每年春天清明过后，桃花凋零时分，一场漫天雪花在中庙、碧口的天空降落。这场雪花是专门为桐子花开而降临的，桐子花没有雪花不肯开放，多么美丽而善解人意的一场雪。仅一夜之间，仿佛一场梦，雪花就无影无踪，只见天空飘来绒线般的白色云朵，一朵朵白云散向天际，高处的白云吐出一抹云霞，一坡坡的桐花与天地一起合唱，一道又一道山梁一片粉红。

北风呼啸，大雪封山，高楼山外的白马山寨银装素裹，四野寂静，白马氏后裔身穿盛装，在深峡幽谷点燃火把，打开酒缸，举杯痛饮，唱起祝酒歌，舞起古老的"迟歌昼"，答谢养育他们的土地神灵。白马人在正月里，18座山寨不分昼夜狂欢，山寨成了歌的海洋、舞的海洋、欢乐的海洋，一时引来国内外游客流连忘返。与白马人歌声对应的是北边礼县、西和县的数百家秦腔自乐班，一阵锣鼓叮咚响，一声花音唱出欢快喜悦，两声苦调唱出凄楚悲凉，秦腔的高亢激越引来崖娃娃的声声回应，千百年前的王朝动荡，烽烟战火，在乡村大地轮番演绎。歌声中，腊月里候鸟般返乡的五六十万打工大军，经过短暂的欢聚，在新年的社火村戏声里又带上乡愁呼啦啦地飞走了，只留下老人和孩子看护古老的村庄。

陇南冬天的精彩总结在宕昌县官鹅沟里举行，数十里恢宏壮观，由冰雕筑成的透明长廊宫殿中，住满了冰精灵、住满了冰神仙。他们酣睡在原始森林中，鼾声穿透大地，形成的氛围，便成为陇南冬天的最高境界。

每每意识到身在陇南，我手中的笔就会写得又多又远，也让我久久沉浸在陇南的四季美景中，我对家乡的热爱不分季节，不分区域，在这个过程中，我也对陇南百姓的真实生活有了新的发现和认识。我虽然是陇南人，由于太熟悉，所以往往漠视。五座高山环抱的武都城，自古有"水比城高，人比门高，山比云高"之说。房屋沿江而建，城区仅有两条不宽的街道兼公路由东往西，由西往东，车辆人流穿梭不停。小巷两边排列低矮破旧的木板房，与民居一室的小电器部、小醋房、小音响店等，门前藤箩里垒着高高白馒头，摆放坛坛罐罐泡菜，女主人围火炉坐或站着埋头炒瓜子、炒大豆、搓麻食，成熟多少卖多少、能搓多少卖多少。小巷有千年的烙饼，烙饼的锅叫凹锅，锅的上下都是红彤彤的无烟煤，上下两股火烙饼，温度对等，饼不生不焦。小巷的烙饼有葱花饼、核桃饼、酸菜饼、鸡蛋饼。小巷深处还在用木尺量度棉布，售卖手工的锅碗瓢盆，在年代久远的小巷深处日日盛行。这是武都的小巷，乱得一塌糊涂，可杂乱中却有它的方圆与乾坤，有它的传统与贸易。有人30年前离开再回到武都小城，他站在拥挤的街道非常困惑，如果找到了小巷，马上就会找到童年记忆和家的温暖，这就是一座城市的记忆，也是一座城市的历史。

不知道有人注意到没有，陇南地理形状酷似祖国胸膛上的一片枫叶，这片枫叶异常美丽，有的地方是绿色、有的地方是黄色、有的地方是黑色、有的地方是灰色、有的地方是红色，还有许多过渡色，极为丰富。这片枫叶异常厚重，托举的陇南十万大山里，中原王朝和少数民族政权厮杀了千余年，留下了多少悲欢与离合？陇南280万氐羌族的后裔长期在大山沟壑中艰难跋涉，又创造出多少人间辉煌和感慨？

后　记

整理完《春歌》，恰逢一场春雪。

地处长江流域的陇南市区武都，下场雪给人们带来的欢乐，堪比过大年，尤其是春雪，就是罕见之物，吉祥之兆。武都人几乎倾巢出动，在白龙江畔载歌载舞，欢呼庆祝雪落武都。

当我踏雪从体育馆走到东江湿地公园，看到一个女孩儿蹲在三叶草丛，从草叶上面刨下来一捧雪，雕刻着小雪人。她的身后是一排红色的木栏杆，栏杆上面已经站着二十几个小雪人。

女孩把雕好的一只雪花小白兔，用三叶草做成眼睛和嘴巴，轻轻捧起，放在栏杆上面的两只大白兔怀里。

三只用雪花做成的小白兔相依相偎，俨然幸福的一家三口。

我看着女孩儿冻得通红的双手问她："这些雪人都是你做的？"她搓着双手点头。我又问："为什么要做这么多雪人？"她捧起雪花告诉我："我喜欢画画，我的理想是当一名画家。我说不上来要表达什么，我妈妈去浙江打工，两年都没有回家，我就是想妈妈了。"

待我从公园另一头返回来，女孩不见了，站在栏杆上的小雪人，在暗红色的天光下开始融化，小白兔的腿脚已消融，雪水从围栏上面滴落。我鼻子一酸，想起梵高说过的一句话："我梦见了画，然后画下了梦。"算是与女孩儿心里漫长的冬天，做了短暂的告别。

春雪过后，公园里漂亮公厕周围的合欢、金桂、月季、油橄榄树，随季节开出浓香或淡雅的花儿。

于是，我称公厕为二次元公厕。

公厕内住一对环卫夫妻，这对夫妻本质上是一对朴实的农民。他们搬进公厕后，从老家挖来一株紫槐树苗，一株夹竹桃树苗，栽在公厕对面的墙根处，把东洋菊种子撒在两棵树之间。

公厕门前被行人冷落的长条靠椅，在女人每天一次两次的擦拭中，变得干净明亮。女人常常背对行人，面对她的花树，坐在条椅上面做针线活、择青菜。每当女人用她的方式坐在两棵日渐长高的树下，做家务活的时光，她身后的公厕、公园和更远些的白龙江就显得异常安静。而当她的男人佝偻着腰，手拿扫帚清扫公园路面的落叶，和行人丢在路面的食品包装袋时，总用低沉的声音哼唱武都山歌。

早晨六点或六点半，我们从公厕门前经过，到白龙江边去跑步、打打八段锦。都会看到那对夫妻，一人埋头清扫路面，一人弯腰给花树浇水。每当有人走来，夫妻俩便向墙根处移步，把路面让给行人。

今年春天，公厕门前的紫槐开花了，那一树紫色花朵，就像约好要在清晨一起绽放。早晨七点以后，有人送信一样，来了很多拍照、拍短视频的摄影爱好者。紫槐花在摄影家的相机里摇曳，花朵就像一串串来自神秘之地的紫色风铃。

时间不长，紫槐一侧的夹竹桃也开花了，可一半树生了病，萎靡萧疏，花朵憔悴。而另一半树，蓬蓬勃勃，充满生命的活力。

一天早晨，看到一半夹竹桃用它健康的枝条靠近生病的另一半，绛彩娇春的花朵们，用绽放的花瓣触摸萎蔫的病花。在植物用情感相互鼓励，传送温暖的那一刻，春天的晨风乍起，树叶花影拂动。

过去了几天，突然发现一半病树上的花伤神奇地转好了，与健康的一半树，复原为一棵完整的夹竹桃树，挺拔树枝把一树粉红色的花朵高高举起，在春光下，像一团明亮的火炬。

我震惊于夹竹桃树的自愈能力，问树荫下坐着女人是怎么做到的？那位始终面对花树落座的女人，用她一贯沉静的语气说道："那一半病树上的害虫被好树帮忙吃掉了，毕竟人家是一棵树，心在一起。"

女人的话令我震惊，人们往往会把短暂的美丽当成主题，把漫长的痛苦悄然抹去。而女人正好相反。

这对恪尽职守的夫妻，他们或清扫路面，或给花树浇水，或清理公厕，或打扫公厕门前门后，都是谨小慎微又兢兢业业。他们看上去还不算老，他们只是具备了农民特有的尊严与小心翼翼的生存智慧。

紫槐花开放的时候，我请他们坐或站在紫槐树下拍张留影，他们笑而不语。夹竹桃花盛开的时候，我又请他们坐或站在夹竹桃树下拍张合影，他们含笑摇头。

二次元公厕门前，始终与花树形成一幅静物画的是一把扫帚和一辆垃圾车。它们与油橄榄树、东江湿地公园是一个整体。这个独特的整体，经由环卫夫妻、环卫工人们的默默奉献，精心打理，悄无声息地提升起城市的精神气质。

我想说的是，一个地方或一个城市，有了像留守儿童那般纯真的热爱，有了环卫夫妻那样执着的敬业，就有了春天唱不完的歌谣与感动。

这两则小故事不是《春歌》的尾声，是春天的开始。

2022年春天